O ABISMO DE CELINA

ARIANI CASTELO

O ABISMO DE CELINA

Rocco

Copyright © 2024 *by* Ariani Castelo

Imagem de aberturas de capítulos: Freepik

Direitos desta edição reservados à
EDITORA ROCCO LTDA.
Rua Evaristo da Veiga, 65 – 11º andar
Passeio Corporate – Torre 1
20031-040 – Rio de Janeiro – RJ
Tel.: (21) 3525-2000 – Fax: (21) 3525-2001
rocco@rocco.com.br
www.rocco.com.br

Printed in Brazil/Impresso no Brasil

Preparação de originais
MANU VELOSO

CIP-BRASIL. CATALOGAÇÃO NA PUBLICAÇÃO
SINDICATO NACIONAL DOS EDITORES DE LIVROS, RJ

C345a

Castelo, Ariani
O abismo de Celina / Ariani Castelo. - 1. ed. - Rio de Janeiro : Rocco, 2024.

ISBN 978-65-5532-459-4
ISBN 978-65-5595-281-0 (recurso eletrônico)

1. Ficção brasileira. I. Título.

24-92066
CDD: 869.3
CDU: 82-3(81)

Meri Gleice Rodrigues de Souza - Bibliotecária - CRB-7/6439

O texto deste livro obedece às normas do Acordo
Ortográfico da Língua Portuguesa

*Para todos aqueles que já se perguntaram
o que vem depois do último suspiro.*

# I.
A Morte dá uma chance

Eu me ergui com um solavanco, a cabeça doendo. Olhei ao redor, tentando entender a paisagem onde estava, mas não foi a melhor das ideias. No chão de pedras, tomado por raízes de árvores mortas, havia *corpos*.

Meu estômago se contorceu.

Tentei buscar na cabeça qualquer lembrança de como eu tinha ido parar ali, mas não encontrei. A última coisa de que me lembrava era…

Fogo.

Não um fogo comum, mas um fogo furioso, com chamas grandes demais. Tomando tudo. *Quebrando* tudo. E dor. Uma dor ardida, muito próxima, que corroía e… paralisava. Todo o meu corpo tremeu ao se lembrar de labaredas intensas brincando com uma pele branca.

Tentei apertar minhas mãos uma na outra para que parassem de tremer, mas meu pânico só aumentou quando reparei nas marcas enormes, já cicatrizadas, que contornavam meus braços. Queimaduras. Levei as mãos à cabeça e toquei os fios ruivos do meu cabelo, porém, quando as desci para o rosto, senti o que o fogo tinha causado no seu lado direito. Minha pele se revirava e dobrava em si mesma. O pânico subiu pela minha garganta e odiei cada uma daquelas cicatrizes imediatamente, porque eram disformes. E *nojentas*. A pele havia se deslocado de uma maneira que não deveria, até se tornar algo que não mereceria ser pintado, algo que me fazia desejar sair do meu próprio corpo.

Lágrimas se formaram nos meus olhos e desceram feito cascatas. Em momentos como esse, eu me agarraria ao Vincent e deixaria que seu pelo macio me acalmasse. Como será que ele estava? Ele sempre foi um gato inteligente, mas a lembrança do fogo, e da dor, permanecia vívida, embora não houvesse nada depois dela. Todo o resto era um vazio. E não saber que lugar era aquele não ajudava em nada, assim como os corpos, ainda no chão, que pareciam personagens de uma cena macabra. Será que estavam *mortos*?

Mortos... como eu?

Balancei a cabeça. Não, eu não podia estar...

— Ei, você tá legal?

Virei-me para trás, os olhos arregalados. Em meio à penumbra, uma garota com expressão preocupada me encarava com atenção. Uma onda de alívio cresceu dentro de mim. Eu não havia morrido, afinal. Ou não poderia ser vista por outra pessoa. Era uma regra básica, não?

Abri a boca para responder, mas sua pele negra retinta perfeita — ou, ao menos, sem nenhuma cicatriz monstruosa — fez com que eu ficasse ainda mais consciente do meu próprio estado. Abracei a mim mesma em uma tentativa falha de me cobrir até desaparecer.

Com um suspiro, ela se aproximou e retirou a jaqueta de couro que estava vestindo, ficando apenas com uma blusa cor-de-rosa.

— Toma — ofereceu, estendendo a peça para mim.

Cogitei dispensar a oferta, mas não conseguiria ficar encarando *aquilo*. Porque as cicatrizes não deveriam estar ali, e encará-las produzia agulhadas de incômodo. Aceitei a jaqueta com um olhar agradecido e a vesti com rapidez; a suavidade do couro me acolheu.

— Me diz uma coisa, você sabe onde a gente tá? — perguntou ela enquanto enrolava um dos seus cachos com movimentos rápidos e repetitivos.

— Não faço ideia — respondi, secando as lágrimas das bochechas.

A desconhecida olhou para cima, a expressão pensativa, como se fosse encontrar a resposta flutuando pelo ar.

— Será que fomos raptadas?

— Raptadas?

Franzi o cenho, pois não havia cogitado a possibilidade, mas também não a levei a sério nem por um segundo. Afinal, estávamos livres, sem algemas nas mãos ou fitas na boca, o que era ainda mais assustador, porque, diferente de em um sequestro, não tínhamos como saber *o que* esperar.

— Só pode ser, ué — afirmou ela. — Meu nome é Kaira, aliás.

— Celina — respondi. — Mas prefiro só "Lina".

Uma após a outra, as pessoas começaram a despertar e, aos poucos, o chão deixou de parecer um mar de corpos. Assim como eu, todos ali agiam como se estivessem perdidos, buscando algum sentido em toda aquela situação. No entanto, ninguém parecia ter sucesso. Não demorou até uma discussão ter início e o falatório ficar alto demais. Só se ouvia perguntas como:

— Que lugar é esse?

— Quem trouxe a gente pra cá?

Olhei para longe, buscando o horizonte como sempre fazia para me distrair e acalmar os batimentos acelerados do meu coração, mas uma sensação terrível me invadiu, porque eu não reconhecia nada naquele lugar. Não havia mais o céu límpido que costumava me tranquilizar, nem o verde profundo das árvores ou o barulho irritante das avenidas agitadas.

Tudo ali era sombrio. O céu era escuro como um vasto manto negro, sem estrelas cintilantes e sem a iluminação da cidade. E, embora houvesse uma lua, ela não parecia nem um pouco real, porque mal brilhava. Era opaca feito um fantasma boiando no céu e seu propósito parecia ser iluminar apenas o necessário. Existiam árvores, mas os galhos estavam secos e retorcidos, tão frágeis quanto o meu estado de espírito. Já as poucas construções que eu conseguia ver eram todas decrépitas, feitas de materiais antigos e cobertas por vinhas mortas.

Arregalei os olhos, chegando à última conclusão: não havia cor. Nenhuma cor *alegre*, pelo menos. Nem vida. O céu ali era tão infinito como o das minhas memórias, mas era só isso o que tinham em comum. Não havia nada em sua imensidão — pássaros, estrelas, nada. Era como se soubesse que não havia o que fazer para trazer alegria ao cenário abaixo, tão cinzento que parecia uma mistura de preto e branco em uma tela sem sentimentos.

— O-o que é *aquilo?* — perguntou Kaira, chamando a minha atenção.

O choque me paralisou.

O silêncio se instalou de forma tão pesada que pude ouvir a respiração de Kaira ao meu lado.

Tudo porque sombras densas e raivosas se expandiam no ar como um vento descontrolado, até se transformarem em... um homem. Quer dizer, não sabia se "homem" era a palavra certa quando não havia nada de humano nele. Os olhos se pareciam com os nossos, mas as pupilas eram uma mistura infinita de tons de preto, que evocavam portais obscuros para segredos e conhecimentos sedutores. Tudo isso contrastava com os cabelos, brancos e reluzentes, que terminavam nos ombros e eram quase da mesma cor da sua pele. Tão branca quanto a de uma pessoa albina. Os traços dele eram afiados, letais, pois não havia suavidade alguma na boca fina e reta ou no nariz esculpido de forma severa. O corpo, por outro lado, era esguio, e um manto o cobria. Não um manto qualquer, mas um cujo tecido era feito de sombras que se moviam como chamas, indo de um lado a outro, para cima e para baixo.

Só que não foi nada disso que enviou um calafrio pelo meu corpo ou fez minhas pernas vacilarem. Foi o objeto que ele segurava. Uma grande e imponente foice, que parecia capaz de arrancar a vida de qualquer um que ousasse encará-la por muito tempo. Não que isso fosse um problema para mim, porque, naquele instante, não tive mais dúvidas.

Eu estava morta.

Porque aquele ser era a própria *Morte*.

Com seus dedos longos e finos, ele apertava o cabo escuro da foice com a naturalidade com que eu segurava um pincel. Como se a curvatura da lâmina não reluzisse uma promessa de perigo. Ou, talvez, o perigo estivesse nele, no fim das contas. Naqueles olhos pretos que, apesar de amedrontadores, prometiam uma escuridão prazerosa. Ou nas sombras flamejantes, que, mesmo emanando ameaça, eram quase... convidativas.

Ele era a personificação de um predador, empregando artifícios para nos distrair e, no momento certo, daria o bote. Ou já até tinha dado. Afinal, ao que tudo indicava, nós já havíamos sido pegos por suas garras, caso contrário não estaríamos ali — e era a mão delgada dele que segurava todo aquele poder. Uma mão que...

Pisquei. Flashes de memória, mais uma vez, invadiram a minha mente em uma confusão de cores. O vermelho-vivo do fogo. Gritos, não sei se meus ou de outra pessoa. O som dos bombeiros. Dor. E uma mão estendida.

A mão... dele?

Foquei a imagem que se formava em minha consciência, tentando entender o que significava, e mais cenas passaram por trás dos meus olhos. Cenas cortadas, porém, marcadas por cabelos brancos e escuridão.

Eu já o vi antes.

Isso explicava a sensação de *déjà vu* que experimentava naquele instante. Só não conseguia desvendar exatamente onde ou quando isso havia ocorrido. Eu tinha mesmo vislumbrado sua figura em meio ao fogo? Não tinha certeza. De todo modo, não podia deixar de me perguntar se ele estivera comigo durante a minha morte ou se eu estava me pregando peças, tirando conclusões precipitadas.

Em um silêncio angustiante, a Morte percorreu o ambiente com passos leves, um ar de divertimento nos olhos. Apertei a jaqueta ao redor do corpo, porque o ar ficou gelado de repente e todos os meus pelos se eriçaram. Depois, fiz menção de tirá-la e devolvê-la quando percebi que Kaira começou a tremer ao meu lado, mas ela negou com a cabeça.

Eu ia insistir, mas perdi a capacidade de raciocínio assim que a entidade ergueu a mão e galhos retorcidos se embrenharam em um frenesi até formarem uma escada que se levantou do chão. A Morte subiu degrau por degrau, e ruídos de madeira velha e seca ecoaram por todo o lugar. Ao chegar ao topo da estranha escada, um grande trono de madeira adornado com espinhos longos e afiados surgiu do absoluto nada, tão alto e imponente que sua sombra se estendeu pelo chão e cobriu nossos rostos chocados.

— É uma grande alegria receber todos vocês em minha casa — declarou a criatura, a voz grave e profunda exalando autoridade.

— Sejam bem-vindos ao *Abismo*.

— Que merda é essa?! — esbravejou um homem. — Eu não sei *o que* você é, mas...

A criatura fez um movimento com o dedo indicador e, de repente, o homem começou a bater em si mesmo e a se *desesperar*, fazendo movimentos desengonçados e murmurando coisas sem sentido. Franzi o cenho, sem entender, até ele parar diante de uma mulher e a sacudir, clamando por ajuda. Foi então que vi: sua boca simplesmente desaparecera.

Segurei a jaqueta com mais força, até os nós dos meus dedos ficarem pálidos, a cabeça tumultuosa e o coração prestes a saltar do peito.

— Como estava dizendo, uma grande *alegria* — prosseguiu a criatura com um sorriso felino, reclinando-se no trono até quase se deitar. — Vocês vão perceber que eu não aprecio interrupções e nunca repito o que digo. Portanto, sugiro que ouçam com atenção, pois o que vou dizer determinará seus destinos.

Eu me obriguei a respirar fundo até acalmar meus batimentos e a respiração, ignorando minha cabeça, que parecia prestes a entrar em colapso. Fiz o possível para focar apenas a voz irônica do ser no trono e não me entregar ao desespero.

— Vamos acabar logo com qualquer esperança boba que vocês tenham. — Ele suspirou, impaciente. — Sim, vocês estão mortos.

Não, vocês não estão no Céu. Mas acho que isso já deu para notar, certo? Ele deu uma risadinha da própria piada enquanto olhava todo o cenário devastado e morto ao redor, mas o som não foi retribuído. Alguém começou a chorar baixinho perto de mim, e precisei respirar fundo mais uma vez para manter a postura firme.

— O que foi? Acharam que seu lugar no Céu estava garantido?

— Ele ergueu o dedo indicador, movendo-o de um lado a outro em um gesto enfático de negação. — Nada disso.

A tensão no ar era palpável. Como se todos estivessem paralisados, exceto os que soluçavam. Desviei o rosto e observei os arredores apenas para me deparar com lábios trêmulos, olhos lacrimejantes e cabeças balançando em negação. No entanto, a imensa maioria não conseguia deixar de encarar a Morte. Mesmo com medo, seus olhos e corpos se voltavam para ele, absortos por aquela presença sobrenatural.

— Todos vocês morreram sob a mesma circunstância, mas se acalmem — informou a Morte, entediado, como se já tivesse dado aquela mesma explicação milhões de vezes. — O destino de vocês ainda não foi decidido. Vocês ganharam uma última chance. *Eu.*

Bocas se abriram em total espanto, e meu corpo ameaçou se descontrolar de novo, mas firmei os pés no chão. Imaginei cores vívidas, felizes, como o azul do antigo céu, e só parei quando senti que não começaria a chorar ou a espernear como faziam várias pessoas ao meu redor.

A Morte bateu a foice na escada, e tudo abaixo de mim sacudiu. Algumas pedras se esfarelaram sob meus pés enquanto um terremoto se iniciava; o barulho de rochas quebrando ressoou. Kaira e eu precisamos nos segurar uma na outra para não cairmos. A alguns metros, cada retângulo de pedra se moveu até abrir um buraco, de onde se elevou um grande bloco rochoso que, em seu topo, carregava algo *majestoso*.

Não havia outra palavra capaz de descrever o espelho gigante com ornamentos delicados e detalhados em ouro, brilhante o bastante para me cegar momentaneamente, tão lindo que parecia obra de um artesão celestial. O vidro era liso e de um azul intenso, como um oceano atrativo que te convidava a dar um mergulho. Respirei de alívio por ver uma cor, por senti-la me acalmar. Desejei ter meus pincéis para pintar a imagem esplendorosa do objeto à nossa frente e me aproximei do bloco para olhar mais de perto, mas sombras vivas surgiram do nada e se alastraram como fogo ao redor do espelho.

Eu me afastei e voltei para perto de Kaira, perturbada. Tive a impressão de que a figura enigmática no trono havia pousado seu olhar em mim por alguns segundos.

— Como logo vão descobrir, o espelho não reflete a imagem insignificante de vocês — informou ele, apoiando um dos braços no trono de forma preguiçosa e descansando o rosto esculpido na mão. — Ele mostra a verdade e conduz à verdade. Não engana e não pode ser enganado.

A Morte fez um movimento gracioso com a outra mão e um cálice se materializou em seus dedos longos. Fixei meu olhar nele à medida que o líquido deslizava por sua garganta pálida, pois tudo nele era desconhecido — e eu sempre fui curiosa até demais. Era quase admirável como ele fazia um movimento tão simples quanto tomar uma bebida parecer íntimo. Eu não conseguia parar de encará-lo, de buscar por detalhes ocultos, controlada por um magnetismo que era uma mistura de horror e fascínio.

Porque tudo nele era um mistério, e mistérios, às vezes, imploravam para serem desvendados.

Seu manto de sombras se movia com uma fluidez dolorosamente calma, revelando braços pálidos contornados por veias escuras, praticamente pretas. Tudo nele emanava morte e, embora não tivesse uma ruga sequer, havia uma brutalidade refinada naquele rosto anguloso que não fazia parte da juventude. Algo assim só podia ser adquirido com o passar de muitos anos.

Por debaixo do manto, ele usava um colete refinado de um material que parecia veludo, tão preto quanto suas veias, e com alguns bordados em dourado que davam um toque luxuoso. Sem dúvida, não era o tipo de roupa que eu esperava ver na Morte.

— O que você acha que ele tá bebendo? — sussurrou Kaira no meu ouvido.

Estava prestes a dizer que não fazia ideia quando uma gota de um líquido vermelho, que devia ser vinho, desceu dos seus lábios finos até o queixo delineado. Ele afastou a taça da boca de modo preguiçoso e limpou a gota com o polegar. Continuei observando todos os seus movimentos sem piscar ou me mover.

Como alguém que percebia que estava sendo analisado, a criatura fixou sua atenção em mim com aquelas pupilas escuras. Ele balançou o líquido que havia na taça, sem deixar de fazer a própria análise. Tentei sustentar seu olhar, imaginando se ele já havia visto cicatrizes piores do que as minhas, se me achava tão horrível quanto eu mesma me achava, mas falhei. O sangue que subiu para o meu rosto obrigou-me a desviar os olhos para outra direção.

Esperei um tempo antes de voltar a olhá-lo, para ter certeza de que ele não estaria me encarando de volta.

— Se desejam partir do meu lar, precisarão encarar o que tem dentro do espelho e, depois, passar pelo portal que se formará na superfície dele — explicou a Morte, a taça ainda girando na mão. — Eu, particularmente, acho aqui muito mais divertido. Uma pena a maioria de vocês preferir o *Paraíso*.

Ele aguardou que todos processassem aquelas palavras ou só aproveitou a pausa para dar mais um longo gole no conteúdo do cálice. Eu, porém, já não conseguia me concentrar em mais nada e minha mente girava de forma enlouquecida.

O Paraíso... existe mesmo!

Eu nem conseguia mensurar o que aquilo significava, mas as imagens dos folhetos que os religiosos distribuíam nas ruas, na minha vida anterior, preencheram minha cabeça. O céu era sempre lindo, com uma mistura de cores etéreas. As árvores, as flores, os riachos cristalinos, as famílias perfeitas. Tudo era pintado de forma harmoniosa e gerenciado por um Deus afável e bondoso, sem dúvidas bem diferente da criatura sentada no trono espinhento, com suas falas carregadas de deboche e olhar malicioso.

Toquei meu rosto, sentindo a pele com a textura desagradável. Não me lembrava de ver pessoas com cicatrizes nos folhetos. Será que minhas marcas sumiriam quando eu chegasse lá? As cores brilhariam de forma diferente? Eu encontraria tintas para pintura?

— Alguma pergunta? — indagou a Morte, com o suspiro resignado de alguém que devia cumprir uma obrigação.

— C-com licença. — Uma mão se ergueu no ar, receosa. — E-eu tenho u-uma dúvida.

— Diga.

— Então é só ir até o espelho e seguir em frente?

A figura da Morte encarou o homem por um instante, então fez a única coisa que eu não esperava: desatou a rir. Uma risada estranhamente sedutora, que cruzou todo o espaço e só cessou quando um pouco do líquido foi derramado do cálice.

— Perdão, perdão — disse ele, mas ainda havia o resquício de uma risadinha no canto dos seus lábios. — Vocês acharam mesmo que seria tão fácil assim? Que isso aqui é só uma sala de espera? Bem, lamento decepcionar. O espelho não é só um portal; ele vê a sua alma. Você pode passar por ele, mas antes ele deve olhar para você. Infelizmente, o espelho só aceita algumas pessoas. Os meus *campeões*.

Kaira e eu trocamos um olhar angustiado enquanto alguns sussurravam súplicas e reclamações.

— O que foi? — perguntou a Morte com bom humor. — O Paraíso não pode ficar abarrotado de humanos idiotas. São as regras da casa.

— O que você quer dizer com... campeões? — O rapaz tornou a perguntar.

— Vocês nunca ouviram falar de como a Morte adora jogos? — questionou ele com um revirar de olhos. A palavra que usou para se referir a si próprio fez alguns vacilarem. — Bom, agora vocês sabem. Vamos jogar um jogo. As regras são simples: para ser digno do espelho, é preciso vencer três desafios.

Mordi a língua e o gosto ferroso de sangue se espalhou.

— Os três desafios foram pensados para revelar o que seu inconsciente esconde e explorar o que há de mais profundo em suas almas: desejos, temores, esperanças e todas as outras bobagens que adquiriram no mundo terreno.

Todas as bobagens que adquiriram no mundo terreno? Uma lembrança surgiu em minha mente sem que eu tivesse tempo de expulsá-la. Era a imagem de uma mulher de ossos muito proeminentes e palavras cortantes. Minha mãe. Os olhos verdes eram parecidos com os meus, uma versão apagada deles, já que ela era apagada. Como se tivessem passado uma borracha várias vezes por todo o seu corpo.

De repente, me vi de volta à nossa velha casa com tijolos rachados e tinta descascando. Meu salário mal pagava as contas, mas era o único emprego próximo o suficiente para me permitir ficar de olho nela. De pé na frente do fogão, nós discutíamos por ela continuar levando homens para o seu quarto. Por continuar gastando o dinheiro que eles lhe davam com uma substância que *destruía* seu corpo.

— Eu *odeio* você! O dinheiro é *meu*, sua imprestável! Eu gasto como eu quiser!

Pressionei os dentes com força, rejeitando a memória. Tentar cuidar dela e lutar para que nós duas tivéssemos o que comer tinha sido como insistir em segurar uma corda frágil e que me cortava os dedos, sempre prestes a arrebentar. E eu estava tão, tão, cansada de carregar aquele peso. Ainda assim, não consegui soltá-lo em vida. Fazer isso seria como deixá-la morrer e... Ela ainda era minha mãe, não? A pessoa que tinha me presenteado com os primeiros pincéis, que dera beijinhos para qualquer machucado sarar e que havia sofrido comigo pela morte do meu pai.

Nada disso importa agora, concluí. Mas o que eu havia adquirido no mundo terreno, além de arrependimentos? Mesmo agora, sentia falta apenas das coisas que não tive a chance de ter. Não ter podido arrumar um emprego longe da sarjeta onde vivíamos, pois minha mãe precisava de mim. Não ter conseguido arcar com um curso de pintura, pois mal tinha dinheiro. Também não ter ido para a universidade, pelos mesmos motivos. No fim, eu tinha vivido de forma cruelmente estática.

Não cometeria o mesmo erro na morte.

Então, se depois de atravessar o portal eu pudesse ir para um lugar mais bonito, sem obrigações desgastantes e com paisagens deslumbrantes para pintar...

Seria o suficiente, certo? Nunca tinha me permitido seguir um caminho traçado por minha própria vontade. Aquele era o momento certo para isso. Eu venceria os jogos, entraria no espelho e seguiria para um lugar melhor, aonde as pessoas desejavam ir com todas as forças.

A Morte tornou a molhar a garganta com a bebida em um movimento demorado, ainda examinando nossas reações — devagar o bastante para a ansiedade corroer meu estômago diante da perspectiva de jogar algo criado por uma entidade tão emblemática e ambígua. Para alguns, a Morte podia significar conforto e misericórdia, enquanto para outros, representava crueldade e despedidas nunca feitas.

— Respira fundo, Lina — murmurou Kaira, calma, embora seus músculos estivessem tensos.

Eu ofegava, como se tivesse acabado de correr uma maratona, e minhas unhas haviam afundado um pouco na pele. Meu controle estava por um fio, e eu sentia que a qualquer momento poderia ceder, assim como alguns dos outros ao meu redor. Os soluços escapando de suas bocas tornavam difícil ouvir cada palavra da Morte com exatidão, então eu precisava me manter atenta. Não podia desmoronar. *Ainda não.*

Levei ar aos meus pulmões e soltei lentamente, seguindo o conselho da garota.

O ser sombrio, que já havia afastado o cálice dos lábios, levou uma das mãos ao queixo e nos dirigiu um olhar malicioso.

— Se ganhar, você segue seu caminho — disse ele. — Se perder, seu caminho será me servir por toda a eternidade.

Estremeci.

— Nós estamos ferradas — murmurei.

— Muito ferradas — concordou Kaira.

A criatura realizou um movimento fluido com a mão e o cálice desapareceu, assim como o espelho majestoso, deixando o grande bloco de pedras, que antes o sustentava, com o topo vazio. A Morte se aprumou no trono; pela primeira vez, sua postura era totalmente séria. Sem olhares ardilosos ou sorrisos debochados, apenas uma expressão implacável. Firme.

— Os jogos terão início amanhã. Esta noite, vocês podem explorar a *vizinhança*, mas sem pressa. Esse vai ser o lar da maioria de vocês, de qualquer maneira.

Suas palavras me atingiram como um mergulho em água quente demais, a aflição alcançando todos os meus membros. A diferença era que o que estava em jogo não era apenas algumas bolhas, mas o destino da minha alma. Minhas pernas bambearam e, assim que o corpo da Morte foi envolvido por chamas escuras e desapareceu do trono, eu desmoronei.

II.
Como você morreu?

— Ele não tava falando sério, né? — indagou uma jovem de cabelo colorido, que usava uma cartola de mágico preta na cabeça.

Procurei algum indício da morte nela, como machucados recentes ou cicatrizes, mas não encontrei nada. Ao menos, nada tão chamativo como o que fora gravado no meu corpo. Ainda assim, me perguntei se ela teria morrido com o vestido de nuvens coloridas que ostentava, o que me fez baixar o rosto e avaliar minha roupa: calça jeans, camisa branca, um par de tênis surrados. Franzi os lábios, vasculhando a mente em busca de lembranças.

Um quadro se formou na minha cabeça: a memória daqueles mesmos tênis surrados... pegando fogo.

Meus pés ardiam. Os braços também. As chamas acariciavam minha pele de forma debochada, assim como faziam com minha casa, consumindo o sofá, as cortinas e os tapetes. Eu permanecia em pé, estagnada, confusa por conta de toda a fumaça. No meu colo, havia algo pesado. Minha garganta se fechou e o estômago deu voltas. Contra a minha vontade, um novo quadro tomou forma.

Vincent, seu pelo cinza tigrado chamuscado pelo fogo e marcado por fuligem. Os olhos verdes me encarando.

Porque minha mãe provavelmente havia esquecido o gás ligado de novo e nossa casa se incendiara.

Vacilei, as ideias se embaralhando.

Como ela pôde? Vincent...

Não, ele estava bem. Eu o alcançara. Certo? Mas tínhamos conseguido escapar das chamas e da fumaça se acumulando ao nosso redor? E aquela *mão*. A mão da Morte em meio às brasas, convidando-me a pegá-la. Tudo isso só podia significar uma coisa: se eu estava morta, o Vincent provavelmente... *Não*. Pelo bem da minha sanidade, não acreditaria nisso sem ter uma prova, sem saber com toda certeza.

— N-não pareceu brincadeira — replicou uma mulher, atraindo minha atenção de volta. As mãos dela esfregavam a saia incansavelmente, como se desejasse limpar alguma coisa que já estava limpa.

Senti uma pontada no peito por ver seu estado, carregado do mesmo nervosismo que eu experimentava. Pela maneira como seus olhos se moviam, perdidos, estava tão solitária quanto eu, mas isso já me era tão normal quanto respirar ou caminhar. Já ela tinha a ansiedade de quem ainda desconhecia o sentimento.

— Pouco importa se era sério ou não! — intrometeu-se um homem de bochechas rosadas, o peito estufado na típica postura de um machão. — A gente tem é que dar um jeito de sair daqui, isso sim!

— Isso, caralho! — apoiou um rapaz loiro com piercing na sobrancelha.

— Conta comigo. — A menina de cartola deu um aceno de cabeça decidido, que fez seu chapéu parecer que ia cair.

Eu balancei a cabeça.

— Vocês não ouviram nada? Nós estamos *mortos*, todos nós. Para onde vocês acham que vão?

Minhas palavras, que saíram um pouco mais brutais do que eu esperava, mexeram com as expressões ao redor. Pelo menos algumas dezenas de pessoas se reuniram à nossa volta para acompanhar aquela discussão e todos se encararam sem saber o que dizer, atordoados. Mas alimentar esperanças ridículas não seria certo — nem para eles, nem para mim.

— Sei que estou morto, monstrinha — rebateu o machão, observando meu rosto com desagrado.

Eu o olhei com rancor e quis enforcá-lo com a gravata-borboleta que usava. No entanto, não podia culpá-lo por apenas apontar o que eu havia me tornado. Com um nó no estômago, movi meus fios ruivos para esconder o lado direito do rosto.

Ele me encarou com asco e continuou:

— Mas não importa. Se o espelho é uma saída, deve ter outra! A gente só tem que procurar!

— Procurar onde? — perguntou uma velha.

— Bom, eu não sei! Por aí... — O machão andou de um lado para outro, passando as mãos pelo cabelo ralo, e, por fim, parou de repente. — Que tal lá?

Ele apontou para um lugar no meio da escuridão. Precisei estreitar os olhos para ver o formato de um...

Castelo.

Mal consegui distingui-lo na escuridão; sua estrutura era feita de um material que parecia absorver a pouca luz presente no Abismo. As torres altas e imponentes se erguiam aos céus da mesma forma que as garras afiadas de um monstro, envoltas por uma névoa esbranquiçada. Nem mesmo as janelas iluminadas por uma coloração amarelada diminuíram o arrepio incômodo que me percorreu.

— É melhor não, filho — disse a velha, olhando para a estrutura amedrontadora como um rato olharia para uma armadilha. — E se você encontrar a *Morte*?

— Ela tá certa. — Kaira se intrometeu. — Até onde eu sei, ele pode estar nos ouvindo agora.

Um silêncio pesado se instaurou entre todos com a sugestão, mas foi quebrado pelo machão, que deu um suspiro profundo, como se estivesse buscando por paciência no ar. Aparentemente, o idiota não conseguiu encontrá-la, e minha mão formigou para acertar um soco no rosto dele só para ver se o homem aprenderia alguma coisa.

— Vocês vão mesmo querer jogar os jogos daquela *coisa*?! — vociferou ele. — Tudo bem, mas *eu* não vou ficar aqui sem fazer nada, como um imbecil.

— Eu vou com você — declarou o loiro com o piercing, dando um passo à frente.

— Eu também — disse uma jovem com bochechas proeminentes.

No fim, formou-se um grupo de pelo menos doze homens e seis mulheres prontos para desafiar a Morte. Pessoas podiam ser bem estúpidas, às vezes.

— Como vamos fazer isso? — perguntou a garota da cartola, empolgada, feito alguém prestes a ir para uma festa e não a desafiar uma entidade.

— Vamos conversar em outro lugar. — O machão lançou um olhar de desgosto a todos os demais, que rejeitaram a sua ideia. — Se os covardes não querem ajudar, não têm por que ouvir.

— Você não tá raciocinando — replicou Kaira, colocando-se diante do homem. — A gente ainda precisa discutir muita coisa, caramba.

— O que mais tem pra discutir, garotinha? — Ele a olhou de cima a baixo.

— Para começo de conversa, nossas mortes. — Kaira fez uma pausa e suspirou. — Ele disse que morremos sob a *mesma circunstância*. Se descobrirmos como viemos parar aqui, talvez isso nos ajude a encontrar uma saída.

— Ah, que inteligente — elogiou o machão, exalando deboche. — Vamos começar, então. Como você morreu?

Kaira ergueu as sobrancelhas, os olhos subitamente perturbados e as mãos tremendo de leve. Sua reação atraiu alguns olhares curiosos e outros mais consoladores.

— Que foi? — Ele curvou os lábios para baixo, fingindo pena. — Você não sabe?

— Um incêndio — eu anunciei a contragosto, atraindo a atenção para mim e, finalmente, dizendo em voz alta o que tinha me acontecido. — Eu morri em um incêndio.

As palavras deixaram um gosto amargo na minha boca e precisei resistir à vontade de morder o lábio.

— Se é assim, a teoria é furada — constatou o machão. — Minha última lembrança é no trabalho.

A discussão se acumulou como urubus quando acham carniça e, de uma hora para outra, todos estavam compartilhando suas últimas memórias com as possíveis causas de suas mortes. Uma havia sido em um avião, outra em uma festa, a seguinte em uma rua movimentada; cada uma diferente da anterior. Em algum momento, parei de escutar.

— Viram só?! — Ele afrouxou a gravata-borboleta. — O merdinha tá mentindo pra gente. Se bobear, ele nem é a Morte!

— Não faz sentido — murmurou Kaira. — A gente deve estar deixando alguma coisa passar...

— Boa sorte tentando descobrir — desejou ele, e se afastou sem dizer adeus ou dar chance para mais discussões, levando o grupo atrás de si.

As silhuetas se mesclaram à escuridão até ser impossível distingui-las. Desejei que tivessem o bom senso de não adentrar o lar de uma entidade imortal, especialmente sem um plano, mas o que eu podia fazer se era essa a vontade deles?

Apertei a jaqueta de couro em torno de mim, tentando afastar o frio, enquanto encarava os rostos cansados de todos os outros. A noite estava gelada, como se *ele* ainda estivesse ao nosso lado, e o vento soprava incessantemente, trazendo um cheiro úmido e desagradável de mofo.

Kaira continuou a rejeitar a jaqueta com um movimento de cabeça. Aparentemente, não esquecera minha reação às cicatrizes logo que despertamos. Precisaria dar um jeito de recompensá-la por isso depois, pois a maioria não reagia bem à parte disforme do meu rosto. Mesmo com meus fios vermelhos disfarçando-a, eu notava os olhares de repulsa. Se vissem os meus braços, eu atrairia ainda mais atenção indesejada.

— Vamos procurar um lugar pra dormir — sugeriu um homem de cabelo loiro, uma fumaça branca saindo de sua boca. — Se vai ter mesmo um jogo, quero estar pronto.

— Por favor — pediu uma garota, esfregando os próprios braços. — Não quero mais ficar aqui fora.

As divisões começaram a ser traçadas, conversas e considerações preenchendo o ambiente. Assim como no mundo dos vivos, alguns logo trataram de assumir uma espécie de liderança, dividindo grupos equilibrados entre jovens, adultos e idosos. Outros preferiram seguir com apenas mais uma ou duas pessoas, fosse por desconfiança dos demais ou afinidade.

Kaira e eu continuamos uma do lado da outra, sem nos juntarmos a nenhum dos grupos que começavam a se formar. Apenas observávamos, silenciosas, conforme as decisões eram tomadas.

— E aí, gatinha — cumprimentou um homem com uma camisa de botões aberta.

Seu cabelo era raspado e a tatuagem de um coração atravessado por uma espada cobria seu peito bronzeado. Obviamente, ele estava falando com Kaira.

— Hum, oi — respondeu ela.

— Eu sou o Ian. Quer se juntar a nós? — Ele meneou a cabeça para um grupo com outros três homens e duas mulheres.

— Não, valeu — disse Kaira, incisiva.

— Sério mesmo? — insistiu ele, contraindo o rosto. — A gente pode manter você segura. Sua amiga também. — Ele apontou para mim com um desprezo que não passou despercebido.

— Manter a gente segura? Da *Morte*? — Dei uma risada. — Tenho minhas dúvidas sobre isso.

Kaira me acertou com uma cotovelada pouco discreta e Ian me encarou com o maxilar tenso.

— Tanto faz. Só tomem cuidado. Esse lugar deve ser bem... perigoso.

Cruzei os braços, os olhos afiados. Ian se afastou com passos pesados e fiz uma anotação mental de conferir em qual direção ele seguiria, apenas para ir pelo caminho contrário.

— Pensa antes de falar, por favor — murmurou Kaira. — Você não conhece essas pessoas.

— E daí? Ele é um babaca.

Kaira franziu os lábios carnudos, mas continuou comigo. Assim como eu, ela não aparentava ter interesse em ser guiada por homens mandões ou em passar a noite com pessoas chorando em desespero, que só nos lembrariam a todo instante do horror da situação.

— Só nós duas, então? — perguntei, o ar gelado entrando em meus pulmões.

— Pode ser. Menos pessoas, menos problemas — concluiu ela, e eu podia jurar que sua postura ficou um pouco mais cabisbaixa.

⋀

Caminhar pelas estradas do Abismo era muito diferente de andar ao ar livre no mundo dos vivos. No lugar do som dos pássaros ecoando melodias, o barulho sinistro era uma mistura do vento movendo galhos secos com murmúrios que me forçavam a olhar para todos os lados, desconfiada. Era como se almas penadas estivessem sussurrando nos meus ouvidos, contando todas as atrocidades que aconteciam ali feito fantasmas que eu não conseguia enxergar.

As ruas se quebravam e rachavam em alguns pontos, enquanto em outros desapareciam por completo até só sobrar terra. Uma terra sem plantas, ervas ou mato. Marrom e sem vida. Como as árvores mortas na beira da estrada, tão secas que pareciam prestes a cair.

Já estava me arrependendo ter me distanciado tanto dos outros grupos. O caminho se partia em várias bifurcações e, apesar de um estranho instinto me dizer para seguir sempre para a direita, eu duvidava de mim mesma e lamentava não ter mais companhias para me distrair dos sussurros e das sombras empalidecidas que eu jurava ver com o canto dos olhos.

Mordi o lábio.

Ao meu lado, a respiração de Kaira denunciava seu cansaço, mas ela não falava nada, soltando apenas suspiros ou movendo os braços em busca de calor. Um abrigo viria muito bem a calhar, mas só havíamos encontrado casas inabitáveis até então. Algumas sem teto, outras sem as paredes principais ou cobertas por mofo — todas sempre com um cheiro horroroso de umidade e bolor.

Eu evitava me concentrar nelas, pois às vezes pensava ouvir vozes muito, muito baixas saindo de suas paredes. Não quis confirmar se era imaginação minha ou não. Pior do que saber que estávamos sozinhas em um mundo tão obscuro era saber que tínhamos companhias inoportunas. Mas não conseguia parar de me questionar: e se houvesse outros ali? Vivendo naquelas moradias abandonadas?

Se Kaira ouvia os sussurros agourentos, não dizia.

A vida me ensinara que pessoas não gostavam de compartilhar, e menos ainda de ter seus territórios invadidos, portanto, não seria boa ideia sair entrando em qualquer lugar. Por outro lado, o estado deplorável das casas tornava ridícula a possibilidade de ter pessoas morando em qualquer uma delas — o que só aumentava a inquietação de ouvir os sussurros inexplicáveis.

— Merda — disse Kaira, tropeçando em uma pedra.

Segurei seu braço antes que ela caísse de cara na terra úmida com cheiro de esgoto.

— Toma cuidado.

— Me diz, como você consegue andar tão bem nessa escuridão com esse tanto de pedras? Isso aqui tá parecendo um cenário de livro de terror.

— Hum, acho que já andei muito no escuro — respondi, lembrando os dias em que minha casa tivera a luz cortada, quando eu ainda confiava que minha mãe usaria o dinheiro para pagar a conta.

— Que estranho.

Ignorei suas palavras e semicerrei os olhos em direção ao horizonte escuro da floresta morta que se estendia para além da beira da estrada. A luz opaca da lua me ajudou a ver o contorno de uma torre emergindo entre as árvores secas. Cogitei a possibilidade de passar a noite lá em cima. Era improvável que as raízes tivessem chegado até lá e o cheiro devia ser mais ameno também.

— E se a gente ficar em uma dessas casas? — perguntou Kaira, agora esfregando os braços desesperadamente com as mãos, os dentes batendo.

— Sem paredes? A gente vai congelar. Além do mais, como vamos dormir com *esse* cheiro?

Ela bufou, mas não discutiu. A gente precisava descansar se quisesse ter uma chance de enfrentar o que viria no dia seguinte, e não tinha como fazer isso com as raízes machucando nossas costas enquanto nossos narizes sofriam uma morte lenta.

— O que você acha de a gente sair da estrada? — perguntei.

— E ir para onde?

— Para lá. — Meneei a cabeça em direção à floresta, que poderia ser acessada se deixássemos a rua e seguíssemos em direção à lua.

— De jeito nenhum. Você não sabe o que tem lá. — Ela deu um passo para trás, quase tropeçando em um tronco caído.

— Mas eu sei o que tem aqui — argumentei, apontando para as casas decadentes. — E não é nada bom.

— E você acha que *lá* vai ser diferente?

— Talvez.

Kaira cruzou os braços, arfando pelo frio. A dúvida cruzou seus olhos e, por um momento, temi ficar sozinha naquele lugar devastado. Eu não saberia dizer por que exatamente havíamos decidido ficar juntas, mas ter uma aliada em uma região inóspita governada por um ser sobrenatural soava no mínimo inteligente.

Ela pareceu chegar à mesma conclusão.

— Você vai na frente.

III.
Pesadelos

O chão era um tapete de folhas secas e quebradiças, com buracos e irregularidades que tornavam difícil a simples tarefa de andar sem tropeçar ou prender a perna. O som dos nossos passos se destacava no silêncio absoluto e o cansaço mastigava nossos membros, mas a névoa era o pior. Com ela, me localizar era bem mais difícil do que imaginara, e frequentemente tinha a sensação de que sua densidade branca escondia algo. Algo que nos seguia. Nos *vigiava*.

Por sorte, a torre era alta e ainda conseguíamos nos guiar pelo seu topo. A única coisa que eu desejava era encontrar um lugar aceitável onde Kaira e eu pudéssemos dormir, e sobreviver até ser enviada para um mundo menos desolado, sujo e acabado. Tudo naquele reino me fazia lembrar as criações de um pintor simbolista que costumava me fascinar por suas artes sombrias e mórbidas, que não eram nem um pouco belas, porém tinham algo de hipnotizante.

Isso não significava que eu gostaria de pintá-las e *muito menos* viver dentro de uma delas.

— Você acredita em fantasmas, espíritos e essas coisas? — perguntei para me distrair do ar gélido e dos meus pensamentos.

— Não — respondeu Kaira, ainda batendo os dentes. — E você?

— Hum, também não. Não até agora. — Olhei para os lados. — Esse lugar me dá uma sensação estranha.

— Só... vamos achar logo um abrigo — disse ela, a voz trêmula.

Eu entendia sua atitude. Não pensar em coisas que lembravam a morte, como fantasmas e espíritos, era mais fácil. Mantinha a realidade da situação afastada. E era fácil ignorar que seu corpo estava se decompondo em algum lugar quando, para todos os efeitos, você ainda vivia. Só não da maneira convencional. Até porque o meu coração ainda batia no peito. O ar gelado ainda golpeava meus ossos como navalhas e meus pulmões reclamavam pela caminhada sem pausas.

— Eu não entendo, sabe? — Kaira fungou. — Nunca acreditei em nada... *disso*. Ainda assim, vim parar aqui? Tudo porque eu morri? Não faz sentido, eu pareço viva e normal!

Ela se virou para mim com um olhar de súplica.

— Não pareço?!

— Parece — respondi com sinceridade. — Você é você, mas em outro lugar. Eu acho.

— Lugar? — Ela bufou. — Nesta desgraça de Abismo, você quer dizer.

Um vento gelado e cortante passou, quebrando alguns galhos secos das árvores à nossa volta, como se o simples nome já afetasse o ambiente. Os pelos da minha nuca se eriçaram.

Eu me calei depois disso.

Forcei meu corpo a aguentar a dor nos ossos pela caminhada sem fim. A única coisa que me mantinha andando era o calor gerado pelo movimento, que combatia um pouco o frio desumano. Além disso, algo instintivo me atraía na direção da torre. Talvez fosse o fato de ela estar na mesma direção da lua opaca, e, mesmo que fraca, a luz me tranquilizava em meio a toda a névoa e escuridão. Mas só um pouco.

Felizmente, a torre se aproximava. Seu contorno, que antes era uma sombra fraca no meio da neblina, agora estava mais nítido. Era bem grande e, no mundo dos vivos, seria equivalente a uma torre de observação. Não era um lugar apropriado para dormir, mas fazer o quê? Se não tivesse esgoto no chão e as paredes me protegessem do frio, dormiria até nas escadas, se precisasse.

Ver a estrutura mais de perto renovou um pouco da minha energia. Kaira devia sentir o mesmo, pois caminhamos com mais rapidez, e eu já não me importava se fazíamos barulho ou se fantasmas nos acompanhavam. Chegar ao nosso destino era a única coisa que nos movia.

∧

— Até que enfim! — comemorou Kaira.

A torre de pedras estava coberta de vinhas e de um tipo de gosma preta nojenta que eu não sabia dizer de onde tinha saído, porém a estrutura geral estava em bom estado, então me mantive esperançosa. Corremos até o portão e paramos diante dele com a respiração acelerada.

— E se tiver alguém lá dentro? — perguntou minha aliada, vapor saindo de sua boca.

— A gente vai ter que descobrir.

Ela assentiu, a maior parte do medo já apagada pelo cansaço.

Encostei no ferro frio e enferrujado para abrir o portão e ele caiu feito uma árvore cortada por uma máquina, com um estrondo enorme. Kaira e eu demos alguns passos rápidos para trás e poeira voou pela escuridão, causando coceira no meu nariz.

Demorou alguns segundos até meus olhos se acostumarem ao breu dentro da torre. Kaira e eu tentamos entrar com passos silenciosos, como alguém entrando na jaula de um animal feroz, mas as raízes secas no chão tornavam isso impossível. Quase tropecei umas cinco vezes e quebrei várias delas, mas não tinha muito o que ver naquele lugar. Era só um espaço circular com uma escada que subia em caracol.

— Que droga — falou Kaira, de frente para a escada, cobrindo minha visão.

— O que foi?

— A escada tá quebrada. Não tem como subir — lamentou ela, se recostando na parede com rachaduras profundas.

Suspirei, indo até o seu lado apenas para ver uma parte da escada com um rombo. Lá ia nossa esperança de dormir no topo da torre.

Plaft!

Pulei de susto com o som de algo se espatifando do lado de fora. Kaira e eu nos encaramos com olhos arregalados. Levei o dedo indicador à boca em um sinal para ela não fazer barulho. Com passos lentos, fui até o lugar onde antes estava o portão.

Examinei todos os cantos com cuidado, encontrando apenas o mesmo silêncio e árvores secas — ainda bem. Convenci a mim mesma de que o barulho foi apenas obra do vento, derrubando algum galho, e aproveitei que a névoa estava mais fraca para dar uma segunda olhada no cenário ao redor, com seus galhos retorcidos, troncos caídos, um arco de ramos secos e...

Estreitei os olhos para ver uma estrutura pequena, próxima de grandes troncos, um pouco atrás do arco com partes faltando. Uma casinha.

— Vem! — Puxei Kaira.

Meus olhos brilharam assim que chegamos à estrutura sem cor. Como em todas as outras construções, o exterior estava coberto por vinhas mortas, mas não tinha aroma de esgoto ou paredes faltando. A janela, coberta de poeira, tivera seu vidro quebrado por um galho, mas ainda era uma casa. Com um teto!

— Por favor, me diz que isso não é um sonho — pediu Kaira.

A porta rangeu com meu empurrão. Semicerrei as pálpebras em uma tentativa de distinguir o que havia dentro da casa, esperando ver sujeira, mobília despedaçada ou buracos no teto, contudo, não encontrei nada disso. Claro, a escuridão podia estar escondendo a situação real do ambiente, mas já era alguma coisa.

— Ai! — Kaira resmungou, abaixando-se para pegar o objeto no qual acabara de bater com o pé.

— O que é isso?

— Não sei... — Ela tateou seja lá o que fosse. — Parece... uma lâmpada a óleo! Meu pai costumava levar algumas quando íamos acampar, pena que não tem como acender. — Kaira se virou para mim, esperançosa, e deixou o objeto no chão.

— Eu não tenho nada.

Ainda assim, ela veio em minha direção e puxou a jaqueta, como se a quisesse de volta. Tentei devolver a roupa, só que Kaira apenas abriu um dos bolsos e procurou algo ali dentro, tirando a mão logo em seguida com um suspiro vitorioso.

— Você tem, sim. — Ela levantou o isqueiro como se fosse um troféu.

Em apenas alguns segundos, o pavio foi aceso e o lugar ganhou uma iluminação dourada. Como havia pensado, tudo estava em seu devido lugar, o que seria um pouco preocupante se não fosse pela grossa camada de poeira cobrindo toda a mobília, indicando que ninguém morava ali.

Os móveis de madeira rústica eram da mesma cor das árvores secas lá fora. Apesar de antigos, estavam bons, sem cupins ou rachaduras. No entanto, foi a lareira que fez meus olhos se arregalarem com a esperança de nos aquecermos, fazendo com que eu até mesmo ignorasse o cheiro desagradável de mofo que permeava não só a casa, mas todo aquele território.

— Um sofá! — exclamou Kaira. A expressão de antes desaparecera, e ela se jogou no móvel, que reclamou com um rangido. — O que é tudo isso?

Minha companheira assoprou alguns objetos em cima de uma mesa de madeira diante do sofá, o que me fez espirrar duas vezes.

Com o nariz coçando, ajudei-a a limpar os objetos, que acabaram se revelando livros enormes. Ela praticamente deu pulinhos de alegria, abrindo páginas e mais páginas, olhando para as histórias em suas mãos da mesma maneira que um pintor encararia sua arte favorita em um museu. Eu, por outro lado, me afastei três passos antes que meu nariz começasse a escorrer.

— Quem diria que teria livros em um lugar tão horrível, hein? — comentou ela, acariciando a capa de um calhamaço como se fosse um namorado que havia reencontrado.

— Fico feliz por você — falei, pois era bom ver uma emoção diferente do assombro que havia presenciado o dia todo.

— Mas o que é *aquilo*?

Kaira apontou para a estante, que estava vazia exceto por uma caixa empoeirada. Eu hesitei por alguns segundos e, finalmente, optei por pegá-la, ignorando a maneira como o meu nariz reclamou, e abrindo-a em seguida. Senti minha alma acender igual a fogos de artifício ao ver o que tinha ali dentro.

— Não acredito — sussurrei, deixando uma risada descrente sair dos meus lábios.

Era o conjunto perfeito para qualquer artista, com todas as cores e todos os tipos de pincéis; uma coisa que, em vida, eu só havia visto nos meus sonhos mais distantes. No fundo da caixa, repousava um caderno de desenho com folhas grossas. Toquei as cerdas macias dos pincéis com cautela, desconfiada de estar caindo em uma armadilha.

— Isso não é um pouco estranho? — indaguei.

— Sei lá, um pouco, mas são só coisas. — Ela deu de ombros. — Qualquer casa pode ter.

— Hum, faz sentido.

— Você gosta de pintar?

— Gostar é pouco. — Soltei os pincéis após constatar que não tinha nada de errado com eles.

— Sei como é — afirmou ela, abraçando o livro. — Mas sabe o que eu ia amar *de verdade* agora? — Ela se recostou mais no sofá, a exaustão do dia parecia finalmente estar cobrando seu preço. — Uma caneca de chocolate com espuma. Era o que minha irmã, Júlia, fazia em momentos assim, sabe? Ela é um amor, tem só dez aninhos. Eu fingia que não gostava, mas bebia tudo.

Ela me olhou com os olhos marejados, e eu apenas encarei as minhas mãos, sem saber como consolá-la. A menção ao chocolate me fez salivar, mas me dei conta de que não sentia mais sede ou fome.

— Eu devia ter aproveitado mais. Ter bebido mais chocolate com espuma — lamentou Kaira com a voz embargada. — Agora é tarde.

— Não é impossível — respondi, os acontecimentos do dia girando na minha cabeça. — Não viu a Morte bebendo do cálice? Talvez você ainda consiga fazer isso.

Podíamos não sentir mais fome, mas quem sabia? Talvez ainda pudéssemos comer ou tomar alguma coisa, assim como nosso anfitrião. Mas dificilmente teríamos a chance, pois, da mesma maneira que não havia cores no Abismo, a esperança também era escassa. No fim, eu podia estar só me enganando, igual a todos os outros.

— Não seria a mesma coisa, Lina — rebateu ela, e as lágrimas que desceram pelo seu rosto me fizeram entender que o chocolate não era a questão.

— É, não seria.

Nada mais será a mesma coisa.

Demorou um pouco até ela secar as lágrimas e seus olhos começaram a se fechar, a exaustão já vencendo a luta para carregá-la para o sono. Aparentemente, dormir ainda era uma necessidade.

— Lina? — chamou ela baixinho. — E se nós perdermos amanhã?

Algo pesou no meu estômago só de considerar a possibilidade, mas fiz o possível para não demonstrar temor.

— Vamos ter que servir a ele. — As palavras saíram sem emoção.

— Para sempre — completou Kaira, cabisbaixa. — Não pensei que morrer seria *assim*. Esse lugar — ela encarou a casa — é horrível. O único momento em que senti alguma paz foi quando olhei o...

— Espelho.

Ela assentiu, sonolenta.

— Você acha que o Paraíso é tudo o que a gente imagina? — perguntei.

Kaira não respondeu. Da sua boca saía apenas um ronco lento e baixinho. Desejei ter a mesma facilidade para dormir ou ter um sono pacífico, mas, a julgar pelos sonhos horríveis que me faziam revirar na cama no mundo dos vivos, sabia que isso não aconteceria.

Um lugar como o Abismo só podia guardar os piores pesadelos.

IV.
Monstros do Abismo

Despertei no sofá, o pescoço dolorido por ter dormido em uma posição desfavorável. Virei para o lado para olhar pela janela quebrada, esperando ver o céu no processo de amanhecer, mas o que encontrei foi a mesma escuridão de antes. Bati dedos inquietos no braço do sofá em um esforço para abafar a ansiedade. Não adiantou.

Levei as mãos à cabeça e puxei os cabelos para trás, respirando fundo. Logo, os jogos iam começar e... eu não sabia o que esperar. Porque se viesse a perder...

Não, não podia pensar nisso.

Eu me levantei e caminhei pela sala, indo de uma ponta à outra do cômodo, porém Kaira se remexeu com o barulho dos meus passos e tive medo de acordá-la. Precisava me acalmar.

Meus olhos seguiram o caminho até a caixa com o material de pintura na estante, buscando o conforto que só a arte me proporcionava no mundo dos vivos. Sem pensar muito, coloquei a caixa pesada debaixo do braço, peguei a lâmpada a óleo e saí para o ar gélido do lado de fora.

Com os membros tensos, caminhei um pouco pelas folhas secas e galhos quebradiços até chegar a um grande tronco caído. Sentei-me no chão e apoiei as costas nele, posicionando a caixa lisa de um lado e a lamparina do outro. Em seguida, peguei um pincel, algumas tintas e, por fim, o caderno. Suas folhas brancas farfalharam com o vento quando o abri, mas usei uma mão para segurá-las. Com a outra, mergulhei o pincel na tinta verde e ergui o rosto para examinar os arredores, estudando pelo que poderia começar a pintar.

Mas não tinha nada verde, pelo menos não dentro do alcance da luz dourada. Segurei o pincel com mais força.

Certo, eu poderia reimaginar aquele lugar. Decidi tentar transformar a paisagem, começando a definir os contornos de uma grama viva e plantas com raízes longas no lugar do chão moribundo. Depois, usei a cor marrom para começar a esboçar árvores belas, diferentes das cascas vazias que observava, só que não parecia certo. Eu não sentia a alegria de criar da minha antiga vida, porque recriar o espaço ao redor só me tornava mais consciente dele. Da sua feiura.

Segurei com força o cabo delicado do pincel. Era só um desenho qualquer, com traços ansiosos e sem alma que o sustentasse. Rasguei a folha com raiva e a amassei, jogando-a longe com um grunhido de frustração. O caderno foi o próximo, acompanhado do pincel. Com um suspiro irritado, apoiei a cabeça entre os joelhos, encarando o chão enquanto tentava esquecer aquele mundo horrível.

A bola de papel amassada voltou para mim, rolando pelo chão. De imediato, a sensação de estar sendo vigiada, similar à que senti enquanto andava com a Kaira, retornou. Eu a ignorei.

Vento idiota.

Como uma criança birrenta, peguei a bolinha e a taquei longe — com toda a minha força.

De imediato, ela voltou rolando.

Eu a joguei de novo.

Ela retornou.

Entrei em estado de alerta, olhando para todos os lados em busca de... qualquer coisa. Peguei a caixa; talvez pudesse usá-la como arma.

Só que não havia nada à vista.

Eu me ergui, a caixa ainda em mãos, pronta para pegar a lamparina e voltar ao abrigo. Até que algo suave me *cutucou*. Olhei para baixo devagar e deixei a caixa cair com um baque, minha boca aberta em completo horror. Andei para trás com as pernas bambas — o que não foi nada inteligente, já que acabei tropeçando e caindo de bunda no chão.

— O-o-o que é você? — perguntei para o *monstro* obscuro parado diante de mim.

Ele não era grande, sequer devia passar do meu quadril, mas o seu "corpo", se é que dava para chamar assim, consistia em uma escuridão profunda. Como uma fumaça extremamente densa. Dentro de suas trevas, delineavam-se formas de braços e pernas, mas, sem dúvida, aquilo estava muito longe de ser humano. Seus olhos eram apenas dois círculos e a boca se resumia a uma linha reta.

— Você quer me machucar?

Fechei as mãos ao redor da terra e das folhas secas, nervosa.

Não sabia se era uma boa ideia me levantar ou se ele era como um animal, que me atacaria caso se sentisse desafiado. Porém, o monstrinho não respondeu. Em vez disso, ergueu um bracinho de sombras e apontou um dedo para o caderno de desenhos a alguns metros de distância.

— Você quer aquilo? — Inclinei a cabeça, confusa. — Pode pegar!

A criaturinha fez que não com a cabeça. De novo, seu braço se ergueu, apontando agora para as tintas. Franzi a testa.

— Uma... pintura? É isso que você quer?

Ele moveu a cabeça para cima e para baixo, de forma lenta e fantasmagórica.

— Se... Se eu fizer, você vai me deixar em paz?

A criaturinha fez o mesmo movimento.

— Certo.

Eu me levantei do chão e fui até o caderno de desenhos, depois peguei de volta o pincel e o mergulhei em uma única cor: a preta. Então, com movimentos rápidos e desajeitados, tracei uma forma escura qualquer na folha.

— Pronto.

Ergui a mão para mostrar a "pintura", o braço tremendo. A linha reta no rosto do monstrinho se inclinou para cima. Um... sorriso?

Seu braço feito de fumaça preta se estendeu até mim e pegou a folha que eu arrancara do caderno, fazendo com que eu me encolhesse. O papel com a pintura mais feia que eu já fizera voou até chegar à linha reta na boca da criaturinha, que a abriu até criar um círculo enorme, engolindo a folha como uma jiboia engoliria um coelho.

Um tremor involuntário percorreu meu corpo.

— Você é um monstro? Ou um fantasma? — indaguei, sem conseguir frear a curiosidade.

Nenhum movimento. Será que ele só respondia perguntas de "sim" e "não"?

— Têm outros como você nessa floresta?

Torci para que ele balançasse a cabeça em negativa, pois a ideia de ter várias criaturas como aquela rodeando a casa na qual eu dormira não era *nada* agradável. Suspirei de alívio quando ele fez esse exato movimento.

— Você vive aqui?

Ele meneou um "sim".

— Se importa em dividir esse lugar comigo e com a minha amiga? — perguntei, apertando a jaqueta para me esquentar do frio crescente e afastar o nervosismo.

A última coisa de que eu precisava era um monstro feito de fumaça e trevas vindo atrás de nós com aquela boca gigantesca. Já tínhamos aborrecimentos demais.

Ele não respondeu. Isso era um problema.

— E se eu te der outras pinturas? Você deixa a gente ficar?

De novo, um "sim".

— Hum, certo... Obrigada.

Peguei a caixa e guardei o caderno e as tintas dentro dela, colocando-a debaixo do braço como antes. Com a outra mão, segurei a lamparina com força, pois sua luz era a única coisa que me dava coragem. Ainda estava meio vacilante em dar as costas para aquela coisa, mas não aguentava mais o frio do lado de fora e temia que Kaira a visse, caso acordasse.

— Nos vemos depois — falei, apesar de desejar o contrário.

Retornei para o abrigo rapidamente, galhos quebrando abaixo dos meus pés, até que uma ventania gélida passou por mim como uma navalha fria. Arquejei. Meus membros ficaram fracos e minha visão escureceu. Não pude fazer nada além de me deixar cair.

⋀

Meu coração disparou e me ergui com um tranco, desorientada. Procurei pela criaturinha obscura e depois pela casa sem cor, mas eu não estava mais na floresta. De novo, havia centenas de corpos deitados no amplo chão de pedras, mas tinha algo novo: muros grandiosos cercando todos nós. Olhando com cuidado, o lugar parecia uma espécie de *arena*.

Respirei aliviada quando achei Kaira em meio às pessoas, ainda em um sono profundo, a julgar pela forma como sua barriga descia e subia lentamente, sua blusa cor-de-rosa se destacando entre os corpos. Ainda assim, não consegui evitar me sentir claustrofóbica com aqueles muros de pedregulhos me encurralando. Era como se a Morte soubesse que poderíamos querer fugir e já tivesse tomado precauções.

— Seja bem-vinda ao primeiro jogo, minha cara Celina.

Arfei com a voz grossa e profunda que veio do trono. Precisei erguer o queixo para encará-lo. A Morte tinha uma postura relaxada, as costas totalmente encostadas no trono e as pernas cruzadas. Seu olhar, no entanto, era estranhamente atento e, por um instante, me perguntei o que já havia visto. O quanto já havia vivido. Os mistérios que escondia.

— Vejo que acordou antes dos demais.

— Co-como sabe meu nome?

— Eu sei tudo sobre você.

— Pouco provável — rebati, incomodada.

Entidade ou não, era muita arrogância afirmar saber tudo sobre alguém, mas ainda assim... Uma pequena parte de mim se perguntou se ele estava falando a verdade. Se a Morte era como uma espécie de deus onisciente ou se havia limites para o seu poder. O que ele sabia e o que mantinha em segredo? Uma faísca de curiosidade se acendeu dentro de mim, mas a foice cintilando afiada ao lado dele, apoiada no trono, era um lembrete da sua natureza perigosa.

Para a minha surpresa, porém, um brilho sutil cintilou nos olhos dele.

— Se você diz... — respondeu ele, malicioso.

O tom provocante da sua voz fez a faísca de curiosidade virar uma chama. Cruzei os braços e estreitei os olhos, encarando-o com desafio.

— Vamos supor que você saiba *tudo* sobre mim, então. O que eu estou pensando?

A Morte balançou a cabeça, um sorrisinho debochado no rosto anguloso.

— Quantos anos você tem? Seis? — zombou ele.

— Eu tenho vinte — rebati, ignorando seu sarcasmo. — E você... não pode, não é? Ler meus pensamentos? — concluí com um olhar vitorioso, feliz por aquele ser estar longe da minha cabeça.

— Eu não *preciso* — corrigiu ele.

— É o que alguém que não *consegue* ler pensamentos diria.

— Não preciso, porque sei o que você está pensando só de olhar para você.

Revirei os olhos.

— Sei.

— Duvida de mim? — Ele arqueou a sobrancelha, impaciente. *É claro!*

— Só até você provar o que diz.

Ele semicerrou os olhos, a mão no queixo, e falou:

— Você está pensando em como tudo aqui é feio e sem vida. Procura alguma coisa bonita, mas nunca encontra. Mais do que tudo, você quer entrar no espelho e ver se lá tem o que tanto busca.

— Você poderia dizer isso para qualquer um — contestei, incomodada.

— Mas estou dizendo para você.

Ele me encarou de cima a baixo, enviando arrepios por todo o meu corpo. Seus olhos pretos atentos me deixavam nervosa, não tinha como negar. Desviei o rosto para o chão, desejando focar outra coisa, então tornei a examinar as pessoas deitadas enquanto uma sensação desconfortável na nuca, similar a um torcicolo, parecia querer me avisar de alguma coisa.

Continuei olhando para baixo, para o rosto das pessoas, um por um. A sensação de desconforto se tornou mais acentuada e não demorei a descobrir o porquê.

— Cadê eles? — perguntei.

— Como? — retrucou a Morte com uma expressão confusa, um tom fingido de surpresa.

— Você sabe, os outros — respondi, lembrando-me de alguns rostos da noite anterior.

— Não sei do que está falando — afirmou ele de modo dissimulado, encarando a própria mão com uma expressão entediada.

Pisquei uma, duas, três vezes.

— Ué, tinha um homem metido a machão e uma...

— Metido a *quê*? — A Morte franziu as sobrancelhas.

— Hum... a machão.

Ele ergueu a sobrancelha.

— É aquele típico homem que acha que manda em tudo, entende? Que anda por aí com o peito estufado e tudo mais — expliquei.

A Morte estreitou os olhos, mas não falou nada. Não sabia se ele estava achando graça ou se eu era como uma mosca irritante, voando ao seu redor e fazendo barulhos em seu ouvido. Se ele se cansasse de mim, eu sabia bem o que podia acontecer. Lembrava com clareza o que ele tinha feito com o homem que o interrompera não muito tempo atrás. Mas eu precisava saber o que exatamente estava acontecendo, com quem estava lidando.

— Onde eles estão? — insisti, sem deixar de buscar os rostos familiares no amontoado de pessoas.

Não encontrei ninguém. Poderia até considerar que estivessem escondidos no meio dos corpos, que eu apenas não os estivesse encontrando, mas eu era acostumada demais a achar coisas pequenas em espaços amplos, a registrar todas as nuances de uma paisagem em uma pintura. Por isso, tinha certeza de que aqueles jogadores *não* estavam deitados ali no chão.

— Você gosta de machões? — perguntou a Morte, simplesmente.

Cruzei os braços diante de sua clara recusa em me responder. Odiava o fato de ter que olhar para cima para falar com ele, pois parecia que tudo naquele lugar queria dizer que aquele ser de cabelos brancos era superior a nós.

— É óbvio que não — respondi, meio a contragosto.

— Então por que se importa?

— Tinha outros além dele. Uma menina de cartola, um homem com piercing...

— Quem anda com cães sarnentos deve encarar a possibilidade de pegar sarna. — Ele deu de ombros.

— Você está admitindo que fez alguma coisa?

A Morte suspirou de forma preguiçosa, os olhos felinos fixos em mim. Eu me sentia um pouco como um rato conversando com um tigre.

— Aqueles que tentam fugir dos jogos não podem encarar o espelho — disse ele, sem desviar o olhar. — O Paraíso não gosta de covardes.

Absorvi as palavras sem saber o que pensar, mas ele parecia estar sendo sincero, o que não me acalmou nem um pouco.

— E o que você fez com eles?

— Bem, digamos que eles vão estar bem ocupados a partir de agora. — A Morte sorriu de forma enigmática.

Abri a boca para exigir uma resposta menos subjetiva ou, quem sabe, para dizer algo que me faria ser castigada, mas uma movimentação me impediu de continuar. As pessoas começaram a se erguer do chão, acordando finalmente.

Além de não ter percebido um padrão nas nossas mortes, também não via nada em comum em nossas aparências; tinha gente de todas as idades, traços e tamanhos. Uma senhora com um vestido bege, uma adolescente de cabelos curtos, um homem adulto tatuado, um velho careca.

Tentei contar o número de pessoas, no entanto, me perdia conforme alguém se movia ou outros se levantavam. Chutei umas duzentas e cinquenta.

— Sejam bem-vindos ao primeiro desafio! — cumprimentou a Morte, ajeitando-se no trono com empolgação.

Um burburinho ansioso começou e o ar foi preenchido por uma mistura de medo, ansiedade e motivação. De canto de olho, vi alguns homens e mulheres lançando olhares furtivos uns aos outros, comentando algo sobre a criatura no trono. Eu não os julgava, o interesse pela Morte era universal — e alguns estavam, de fato, bem interessados.

Só que ninguém ousava se aproximar demais. Era como se fossem mariposas atraídas pela luz que vinha das chamas, voando em volta, mas com receio de chegar muito perto e acabar se queimando.

— Ele é tão bonito — murmurou uma mulher perto de mim.

— E daí? Ele vai *condenar* a gente — sussurrou outra pessoa de volta.

— Só se perdermos — replicou um homem.

Eu me movi para perto de Kaira, um frio se espalhando pela minha barriga. De novo, me senti sem ar com os muros opressores da arena, e o céu, escuro como sempre, não me reconfortava nem um pouco. Além do mais, podia jurar que o vento trazia sons estranhos, quase inaudíveis, muito parecidos com os sussurros fantasmagóricos que eu ouvira enquanto andava nas estradas.

— Você tá ouvindo isso? — perguntei a Kaira, baixinho, imaginando a sensação do pelo macio de Vincent para me acalmar.

— Sim, mas... prefiro ignorar. — Ela tremeu.

— Acha que são fantasmas? Monstros? — insisti, a lembrança da criaturinha que acabara de conhecer na floresta ainda viva em minha mente.

— Não. Não vi nada desse tipo. Vai ver o vento daqui é amaldiçoado, só isso.

— É, deve ser — concordei, o maxilar tenso.

Apesar de estar há pouco tempo naquele mundo, podia jurar que uma eternidade havia se passado. Porque era um lugar tenso e opressivo, com um cheiro ruim e uma paisagem de causar arrepios. Além disso, os sussurros e o fato de nunca amanhecer... destruíam completamente qualquer esperança. Era como se a oportunidade de um recomeço nos fosse tirada porque o tempo e o espaço eram sempre os mesmos.

— Estou curioso para ver o que cada um de vocês tem a oferecer, então não vou me prolongar — prosseguiu a Morte.

Meu estômago se revirou como um barco em um mar violento. Kaira segurou a minha mão e a apertou com força. Fiz o mesmo.

Nunca tive uma amiga. Eu era a garota deixada de fora dos grupos, nunca boa o suficiente para compartilhar dos segredos ou para ser escolhida como primeira opção nas aulas de educação física. Era magrela demais para os esportes, preferia pintar a fofocar sobre os outros e nunca tinha dinheiro para os passeios da escola, pois meu pai tinha sido um músico talentoso, que tocava violão para eu pegar no sono e criava músicas com a facilidade de uma respiração, mas que — como tantos outros — nunca alcançara o sucesso, e era minha mãe quem mantinha a casa. Ou tentava.

Claro, o que mais afastava as crianças de mim era a minha boca, grande demais para ficar calada diante das chacotas. Perdi a conta das vezes em que meus pais foram chamados na diretoria, mesmo quando ainda éramos uma família normal, com um pai bobalhão, que fazia minha mãe rir até soluçar, e nos levava para tomar banho de cachoeira nos fins de semana.

E depois tudo ainda piorou. Eu mal tinha chegado à adolescência quando um diagnóstico tardio deu fim às canções, aos risos, aos passeios. Porque, em algum momento, o homem que eu adorava tanto virou uma casca do que fora um dia; só sobraram paredes brancas no lugar das cachoeiras, injeções no lugar das risadas e aparelhos que faziam barulhos estranhos no lugar do violão.

Com ele, a morte foi misericordiosa, pensei.

Quando ele se foi, eu já era adolescente. Os insultos no colégio continuaram, mas eu já não respondia ou brigava. Se minha mãe tivesse que a ir à direção, todos veriam o que ela havia se tornado — uma morta-viva, pois, no dia em que meu pai morreu, ela se foi junto. De início, perdeu o emprego. Como não perderia, se sequer tinha energia para se levantar da cama? Depois, a casa. Como a manteria, se não tinha dinheiro? Por fim, a si própria. Como continuaria igual, depois de passar a usar qualquer coisa para esquecer a realidade? Minha mãe podia continuar respirando, mas a alma dela tinha morrido.

Então passei a encarar as provocações com um sorriso forçado. Até pensarem que eu não me importava. Uma mentira que algum dia virou verdade, porque deixei de ligar para as provocações, para as aulas e para amizades. Agora, porém, eu estava no reino da Morte, prestes a jogar um jogo que mudaria tudo. Parecia uma boa razão para começar a me importar de novo.

Finalmente, eu tinha a chance de lutar por uma vida melhor e ir para um destino onde coisas boas me esperavam, livre do peso das responsabilidades de cuidar de uma pessoa adulta, dos ressentimentos acumulados e dos sonhos despedaçados. O Paraíso era um recomeço — um *novo objetivo*. E, pela primeira vez, eu poderia perseguir o que mais queria sem nada para me segurar.

— Sem mais delongas, vamos começar.

Ele pegou a foice e a ergueu em direção ao céu, resultando em um brilho incomum na lâmina comprida. Tudo no objeto que a Morte tinha em mãos indicava ameaça e, apesar de a entidade no trono ser alta, o cabo da foice era ainda maior do que ele. Sem dúvidas, a lâmina prateada também era mais afiada do que os espinhos no trono — ou do que qualquer coisa que eu já vira. E mais poderosa. Como se concordasse comigo, o chão balançou violentamente e um barulho ensurdecedor de pedras se chocando tomou o ambiente, mas o que emergiu do solo logo depois me fez franzir o cenho em confusão.

Uma por uma, *portas* começaram a surgir a partir das pedras. Eram de diversos tamanhos e cores, algumas novas e brilhantes, outras antigas e enferrujadas. Mas cada uma delas era única. Arregalei os olhos diante daquele poder capaz de moldar o espaço à sua vontade, vacilando com a visão das centenas de portas dispostas feito um exército.

— Eis seu primeiro desafio: abram a porta que esconde seu maior medo, enfrentem o que tem lá dentro e *retornem* antes que todos os galhos da árvore caiam. Bem simples, não é?

Ele apontou com os dedos magros para uma árvore com galhos tão finos e secos que o mais ínfimo vento poderia partir metade deles. Nosso tempo seria curto.

— No final, darei uma recompensa aos ganhadores. E quanto aos perdedores... Bom, eles perdem.

Meu coração dava socos no peito conforme eu encarava cada uma das portas. Respirei fundo, tentando acalmar meus batimentos. Nem conseguia imaginar qual delas era a minha, muito menos sabia qual era o meu maior medo. Não tinha nada *simples* ali.

— Ah, só mais uma coisa.

A Morte levantou a foice no ar e, de repente, todo o lugar foi tomado por uma tênue luminosidade dourada. Estreitei os olhos na direção do céu para tentar ver o que era, e me pareceu uma estrela suspensa. Como uma espécie de sol falso.

Sua forma era composta por uma esfera resplandecente, feita da mais pura luz dourada. Duas linhas de símbolos brilhantes flutuavam feito ornamentos e cruzavam-se para formar um X ao redor dela. O ar saiu dos meus pulmões. Aquilo só podia ter sido minuciosamente esculpido — como o espelho. Não por um humano, claro. Algo tão belo e brilhante só poderia ser obra de um ser superior, capaz de manipular a própria luz para criar algo *monumental*.

Semicerrei as pálpebras para enxergar melhor e a fascinação foi substituída por um incômodo, semelhante a um leve calafrio. Dentro da esfera, tinha... uma coisa. Torci os lábios, sem saber exatamente como interpretar aquilo, mas pareciam duas flechas tridimensionais conectadas por um pequeno globo. Cada flecha apontava para uma direção, uma para cima e a outra para o lado, e a superfície de ambas era adornada por símbolos etéreos e delicados, que pareciam arabescos. As duas flechas lembravam os ponteiros de um relógio.

— O que é isso? — perguntei.

Alguns se voltaram para mim, espantados com a pergunta tão direta e inesperada, feita sem receios ou um erguer de mão. Em vida, eu havia me acostumado a engolir muitas palavras e aceitar os golpes sem revidar, porém, o problema das palavras não ditas era que, em algum momento, elas deixavam de ser palavras e se transformavam em veneno. Um veneno que destruía seu corpo de dentro para fora. Eu estava cansada disso.

O ser sombrio arqueou uma sobrancelha.

— Você é mesmo muito curiosa, não? Isso acaba com toda a graça. — Ele revirou os olhos de modo dramático. — Mas, se quer mesmo saber, este é o Orbe de Cronos.

Algumas pessoas arquejaram ao meu redor.

— Cronos... — refletiu uma garota, hesitante. — Não é o nome do deus do tempo?

A Morte assentiu com um movimento entediado.

— Já li o mito. Foi um que devorou os filhos, não é? — perguntou uma voz familiar. Era Ian, o homem que havia nos chamado para o seu grupo e tinha uma tatuagem nada discreta no peito. — Ele era incrível. Forte pra...

— Uau, o pai desse daí devia ser ótimo, para ele achar isso — falei para Kaira, mas minha voz saiu mais alta do que deveria.

Algumas risadas contidas ressoaram.

— O que isso aí faz? — perguntei, para deixar o assunto de lado, especialmente porque Ian me encarava com olhos afiados.

— Tudo — respondeu a Morte, as costas relaxadas no trono. — Agora, eu me apressaria, se fosse vocês. Ouvi dizer que teremos uma forte *ventania* e não sei se a árvore vai aguentar por muito tempo.

Como que em resposta, os galhos secos tremeram.

O jogo ia começar.

V.
O primeiro jogo

Os outros jogadores tinham expressões tão perdidas quanto a minha, porém alguns já se arriscavam a analisar as portas de perto e até mesmo as tocavam, focados e sem exprimir som algum. Alguns grupos que haviam se formado no dia anterior permaneciam juntos, avaliando a situação. No entanto, ninguém girou nenhuma maçaneta.

Virei o rosto de um lado para outro, atormentada pela dúvida, e parei para analisar a porta na minha frente. Nada se moveu dentro de mim ao encarar o azul-escuro descascado, que revelava a textura de madeira por baixo. Experimentei tocá-la. Nada. Eu imaginava que a porta certa me daria uma pista, mas como saber se aconteceria mesmo?

Uma corrente de ar gelado passou por mim e fez meus cabelos esvoaçarem.

Claque.

Alguns galhos da árvore se partiram e foram ao chão, assim como minha paciência. Olhei de modo breve para a Morte, reclinado confortavelmente em seu trono e com um leve sorriso de divertimento no rosto. Bufei com ódio pela sua maneira banal de tratar a vida humana, então me dirigi para a porta ao lado.

Foi aí que algo, ou *alguém*, me atingiu com brutalidade, levando-me direto ao chão. Fiz uma careta assim que vi que se tratava de Ian, correndo sem se importar com quem havia derrubado. Murmurei alguns xingamentos e só parei ao vê-lo girar a maçaneta dourada, curiosa para saber o que aconteceria. Arregalei os olhos assim que a porta se abriu e ele foi arrastado para dentro pela força invisível de um furacão. Seu corpo desapareceu no ar, e eu pisquei umas cinco vezes tentando interpretar aquela cena.

    Ele tinha acertado? Não havia como saber. Mas o grupo que o acompanhava desde a noite anterior também corria, sedento por encontrar suas próprias portas.

    A atitude de Ian motivou mais alguns a se arriscarem, incitados pelo pânico de perder a alma sem lutar. Todos foram consumidos pelo vácuo e desapareceram, mas não devia ser tão fácil escapar do que encontravam atrás das portas, ou alguém já teria retornado.

    Balancei a cabeça. *Droga*. Não podia me distrair agora e definitivamente não podia correr o risco de abrir uma porta aleatória e ser *puxada* para o medo de outro jogador. Um medo que poderia me prender por tempo o bastante para que todos os galhos daquela maldita árvore caíssem no chão!

    Ofegante, acelerei em direção à porta seguinte. Havia manchas que lembravam sangue em toda a estrutura cor-de-rosa-bebê, porém não quis tocá-las para descobrir se eram recentes como pareciam. Passei para a seguinte. E, então, para a do lado. E mais uma. Fiz isso até analisar umas trinta portas, então comecei a me questionar se a minha já não havia ficado para trás.

    Outro vento passou, mas daquela vez não foram só meus cabelos que se moveram, e sim pedras, folhas e *galhos*. Um *claque* atrás do outro e minha confiança foi se dissolvendo. Quando o vento cessou, a árvore já tinha menos da metade dos galhos de antes.

    Eu deveria apenas abrir alguma das portas? E se a escolha fosse parte do jogo? Como nos filmes em que o perdedor era o que não escolhia nada?

    Não. Não me arriscaria escolhendo qualquer coisa ainda. Esperaria ao menos alguém conseguir escapar. Dei um passo para o lado para analisar a porta seguinte, admirando a estrutura de ferro, até que um choramingar baixinho me alcançou como uma canção triste. Virei na direção do som. Kaira estava paralisada na frente de uma porta com pintura descascada, a primeira que havia chamado a minha atenção. *Merda.*

Fui até ela.

— O que foi? — perguntei, mas não obtive reação. A garota agia como se tivesse caído em um buraco e não soubesse o que fazer para sair dele. — *Fala comigo.*

Balancei seus ombros.

— É a minha — murmurou Kaira.

— Então entra!

— Não... E-eu vou desistir, Lina. — Ela se encolheu.

Olhei para cima em busca de algum sinal de vento, só que não tinha como saber quando uma lufada viria. Cogitei voltar para as portas, mas continuei no lugar. Kaira não era minha amiga, mas poderia ser uma boa aliada; talvez até precisássemos uma da outra nos jogos que viriam. Ou isso era só uma desculpa para a decisão que eu ia tomar apenas porque, encolhida e choramingando, ela parecia a minha mãe nos piores dias.

— Eu entro com você.

Kaira arregalou os olhos e se afastou da porta; foi quando senti uma nova rajada de vento chegando. Não esperei a resposta dela; segurei seus dedos macios cheios de anéis e girei a maçaneta fria. Nós duas fomos arrastadas. Arrastadas, não, torcidas e comprimidas, e depois *arremessadas.*

Caí no chão duro com um baque surdo, minha visão obscurecida tornando tudo um breu. Demorei alguns segundos para conseguir fazer o mundo parar de girar e apertei meu estômago, lutando contra a náusea. Um barulho inesperado ecoou pelo ambiente, me fazendo franzir as sobrancelhas, pois parecia com... água. Água, não, *ondas.* Ondas se quebrando com violência.

Minha visão foi retornando aos poucos, como uma pintura ganhando forma na tela, e precisei de mais alguns segundos para assimilar a paisagem à frente, deslumbrante e sinistra. Havia uma ponte que tremia com o vento, totalmente enferrujada, como dava para notar pelos rangidos. O meio dela estava um pouco caído, e a estrutura parecia prestes a desabar a qualquer momento, mas ainda dava para atravessar. Se fôssemos rápidas.

O mar instável abaixo, entretanto, me provocou um calafrio. Ondas altas e raivosas batiam contra as rochas abaixo, ecoando um som cada vez mais alto, que me fazia imaginar o estrago que seria cair lá embaixo. O aroma de água salgada teria sido bem-vindo em outro momento, mas ali só deixou todo aquele horror mais real.

No final da ponte, solitária e convidativa, estava a mesma porta pela qual tínhamos entrado. Nossa saída.

Certo. Podia ser pior.

Eu me virei para chamar Kaira e a encontrei fora de si — feito um animal selvagem ferido. Seus olhos se fixavam na imagem adiante com o horror de quem encarava seu pior pesadelo e não uma ponte velha e enferrujada.

Cheguei perto dela com cuidado.

— Vamos. — Estendi a mão. — Juntas.

A garota olhou para a minha mão como se eu estivesse oferecendo um rato morto.

— *Por favor* — pedi com urgência.

— Não...

— *Kaira*.

— Vo-você não entende. — Ela se contraiu até parecer uma criança, abraçando o próprio corpo. — O mar e a ponte... estão piores.

— Piores que o quê? — perguntei, mas ela não respondeu. — Piores que o quê, Kaira?

Os olhos dela se encheram d'água, atormentados como o mar abaixo de nós, com mil demônios se escondendo atrás deles.

— Piores do que no dia em que eu...

As lágrimas escaparam, combinando com a revelação que saiu da sua boca:

— Que eu deixei ela cair.

Meu coração se despedaçou. Não conhecia Kaira, mas senti sua *dor*. A dor em cada palavra, em cada entonação, em cada tremor do corpo. Não foi difícil compreender de quem ela falava.

— Sua irmã?

Ela meneou afirmativamente a cabeça, limpando o rosto, os olhos parecendo guardar um mar próprio.

— Era para ser só uma fotografia, Lina. *Só isso* — contou ela em um choramingo. — Ela pediu para que eu a colocasse no parapeito, sabe? Aí eu fui pegar a câmera e...

— Foi um acidente, Kaira.

— Não, não foi. — Ela balançou a cabeça repetidamente. — Por que todo mundo sempre diz isso?

— Porque é a *verdade* — insisti. — Você adorava ela, dá pra ver. Sabe o que eu acho? Que, se você tivesse a chance, teria se jogado no lugar dela.

— Não faz diferença, Lina — lamentou ela, evitando olhar para mim. — Eu tentei... Eu pulei para pegar ela, mas não...

As palavras morreram em sua boca.

Cogitei buscar mais argumentos, dizer algo para fazê-la se sentir melhor, mas certas batalhas estavam destinadas à derrota; encontrar palavras para confortar alguém que lidava com a dor de perder uma pessoa amada era uma delas. Ainda assim, os segundos escorregavam pelos meus dedos e cada um deles era precioso demais.

Se não havia nada mais a dizer, só restava agir.

Caminhei em direção à ponte e comecei a andar pela estrutura enferrujada. O som de estalos se misturou ao bater da água. Toda a estrutura balançou e ficou óbvio que ficar parada ali era o mesmo que pedir para morrer. Mas eu já devia estar dentro de um caixão. Então, o que aconteceria caso tudo viesse abaixo?

De longe, pude ver o terror no olhar de Kaira crescer como uma maré e seu corpo se encolher ainda mais. Quis dizer que sentia muito por fazê-la passar por aquilo de novo, porém era o único jeito de obrigá-la a se mover.

— Não faz isso! — implorou ela, um grunhido de dor deixando sua garganta.

Eu me mantive no lugar.

— Eu não consigo! *Não consigo!* Você não vê?

Não respondi.

— Só... volta para cá!

Nada.

— Porra, Lina!

O lado esquerdo do parapeito cedeu com um rangido, despencando no mar violento. Segurei o lado direito com força o suficiente para fazer meus dedos estalarem e a ferrugem se agarrar a eles. Inspirei fundo para manter a calma e quis agradecer aos céus quando Kaira finalmente começou a se mexer. Lágrimas desciam por seus olhos sem parar e suas pernas estavam mais trêmulas do que a ponte. Ainda assim, ela foi em minha direção com passos lentos e instáveis.

Enfim, ela chegou à beirada da ponte. Parecia mais uma marionete, guiada por uma força oculta, tão frágil que poderia tropeçar e cair a qualquer instante. A cada passo dado, a estrutura de ferro se inclinava mais para baixo. Travei o maxilar e, mesmo sem nunca ter rezado, pedi para ela ignorar os rangidos. Para não voltar atrás. Para não olhar para baixo. Por fim, Kaira chegou a apenas três passos de distância.

Uma grande onda quebrou abaixo de nós e gotas de água respingaram na minha pele.

Dois passos, o parapeito da direita caiu também, quase nos desequilibrando.

Um passo, ela olhou para baixo e o ferro começou a se desintegrar.

Chamei sua atenção com um murmúrio, para não assustá-la, e Kaira agarrou a minha mão com firmeza. Corremos em direção à porta enquanto a ponte caía, como se nossas vidas dependessem disso.

Pouco importava se já estávamos mortas.

Ignorei o modo como meu corpo reclamou ao retornar para a arena, as costas jogadas contra o chão duro, e meus olhos desesperados se moveram direto para a árvore. Precisei de toda a força de vontade que havia em mim para não começar a tremer. Havia apenas uns cinco galhos restantes. Cinco galhos!

Bastava uma curta rajada de vento para derrubá-los e eu me tornar escrava de uma entidade pelo resto da minha existência. Meus dentes bateram, a tentativa de controlar os tremores indo por água abaixo.

A arena estava praticamente vazia, indicando que os jogadores já deviam ter encontrado suas portas ou cedido ao desespero e entrado em qualquer uma. Cruzei os braços, desejando manter o pânico longe, mas só de pensar em...

— Lina! — chamou Kaira, apertando os dedos da minha mão, seu olhar determinado, mas seus lábios ainda trêmulos. — Juntas, certo? — perguntou ela, logo antes de me puxar.

Corremos pela trilha de portas conforme eu olhava de uma para outra. Não havia mais tempo para refletir ou tocar o material; só me restava correr e esperar algum tipo de iluminação. Eu arfei a cada tentativa frustrada, apertei o maxilar a cada porta que não me dizia nada e senti minhas esperanças serem varridas quando todas foram ficando para trás.

Até restar uma.

Eu me aproximei dela com o receio de um morcego diante da luz. A madeira havia sido atingida pelo fogo, que deixara grandes manchas pretas na superfície e algumas partes esfarelando. Podia sentir a passagem das chamas por cada lasca, junto com o cheiro de queimado. Vacilei. A fechadura da porta, que um dia fora de bronze, agora se encontrava chamuscada. Um nó se formou na minha garganta.

— É a sua? — questionou Kaira.

Fiz um "sim" com a cabeça e comecei a girar a maçaneta com os dedos agitados enquanto minha respiração ofegava. Kaira ainda tremia, mas estava pronta para me ajudar, como eu fizera com ela, apesar de ainda sentir o impacto de ter enfrentado o próprio medo. Eu agradeci mentalmente a ela; porém, quando a porta se abriu, soltei sua mão.

VI.
De novo, não

Aterrissei sobre algo fofo, que pinicava as partes descobertas do meu corpo, um aroma verde e terroso me envolvendo. Abri os olhos e me sentei com movimentos rápidos enquanto olhava para todos os lados, buscando quais terrores o meu medo havia me reservado. Só que só podia ter acontecido algum engano, porque o que estava diante de mim era *perfeito*.

O ar tinha um cheiro doce e cítrico, que provavelmente vinha das milhares de rosas, plantas e flores de todas as cores espalhadas por um enorme jardim, divididas em canteiros. Havia lírios, rosas, peônias, orquídeas, lavandas, crisântemos, girassóis e mais uma infinidade de espécies que eu sempre adorara pintar. Sabia que não poderiam estar todas tão lindas e perfeitas juntas, recebendo a mesma criação e no mesmo ambiente, mas naquele jardim tudo parecia certo.

O barulho suave de um riacho mais à frente era relaxante, e uma linda — e segura — ponte branca de madeira o cruzava. Incomodada, arrisquei olhar para o céu, e quase chorei. O azul infinito e vívido estava lá, acompanhado de um sol brilhante que acariciava a minha pele. Perguntei-me se tudo o que eu tinha vivido não passara de um pesadelo e se, na verdade, eu tinha ido para o Paraíso desde o princípio.

Algo peludo acariciou a minha perna. Eu me afastei, o instinto falando mais alto, porém, quando vi um gatinho rechonchudo e tigrado de cinza-claro, dei um sorriso vacilante.

— Vin?! — chamei-o pelo apelido, incrédula. Eu o peguei no colo com braços trêmulos e fiz carinho na sua cabeça, meus olhos se enchendo d'água. — O que você está fazendo aqui?

Ele ronronou em resposta.

Funguei.

— Não acredito — disse, sem parar de acariciá-lo.

Uma borboleta rosa sobrevoou o ar, dando piruetas na nossa frente, depois seguindo seu caminho. Vincent se desvencilhou do meu toque e saiu correndo atrás dela no mesmo instante. Um vazio se instaurou no meu peito. Não tinha percebido o tamanho da saudade que sentia até tê-lo em meus braços e não estava pronta para me despedir. Ainda não. Por isso, corri atrás dele.

Eu o segui por um caminho bonito de pedras retangulares, ladeado por árvores frondosas. Ele corria muito rápido, mas eu também aumentei a velocidade, sem me importar com minha respiração ofegante, com o suor ou com a paisagem deslumbrante que eu perdia a chance de observar com tranquilidade.

— Vin... *espera!*

Ele não esperou. Na verdade, correu ainda mais rápido, só que não mais atrás da borboleta e sim ao encontro de duas pessoas, um homem e uma mulher. Os dois estavam sentados em um banco no meio de um pátio mais à frente, onde havia uma grande fonte com a estátua de uma sereia no topo. Das mãos da sereia, levantadas para o céu, saía água, e as gotas formavam um arco-íris.

No fundo, eu sabia que deveria ficar em estado de alerta, procurar a saída ou correr para longe, mas a cena me desarmou. Continuei seguindo Vincent com uma sensação estranha de familiaridade no peito, e um nó se formou na minha garganta. Com passos hesitantes, fui chegando perto do casal, que estava de mãos dadas. Ambos sorriram para mim.

Minhas pernas ficaram bambas.

— Nós sentimos saudades, amorinha — falou meu pai, chamando-me pelo apelido de criança e despertando sentimentos por muito tempo guardados.

O nó na minha garganta afrouxou enquanto algo molhava o meu rosto. As bochechas rosas e saudáveis que meu pai exibia eram um conforto em comparação às minhas últimas memórias dele, pálido em um caixão.

— Vem se sentar com a gente, meu amor — convidou minha mãe com olhos brilhantes.

Não só os olhos; tudo nela era vívido. Os cabelos ruivos, as sardas, o sorriso. Mal conseguia reconhecer nela a mulher frágil, descontrolada, com dentes amarelados e membros muito magros, que me batera ao pensar que eu havia roubado o pó que ela tanto adorava. Mesmo depois disso, eu permaneci ao seu lado, dia após dia e noite após noite. Porque achava que era o que o homem ao lado dela naquele momento teria feito. Porque alguns ciclos nos prendiam como algemas, e fugir deles era tão difícil quanto escapar de uma prisão.

Mas aquela ali não era aquela mulher. Era a mãe que eu amara. Por isso, me sentei ao lado deles.

— O que você achou do nosso jardim? — perguntou meu pai, cutucando meu ombro, cheio de bom humor.

— É bonito — respondi, sem saber o que fazer com as mãos.

Vin pareceu notar e pulou no meu colo. Meu coração se preencheu com algo entre amor, ressentimento e esperança. Amor por como as coisas eram no passado. Ressentimento, porque nunca mais voltariam a ser como antes. E, contra todo o meu bom senso, esperança. Porque as duas pessoas que eu mais adorava estavam comigo, finalmente, e um mundo lindo se desdobrava em torno de nós.

Encarei os arredores, deixando o canto dos pássaros me inebriar e o cheiro floral, que nada tinha a ver com mofo, me preencher. Era tudo tão lindo. As montanhas, os rios, os arcos floridos, a estufa e...

Pisquei. Diante da estufa, que se ligava ao pátio onde estávamos por um caminho íngreme de paralelepípedos, havia uma árvore solitária com folhas cor-de-rosa. Em seu tronco marrom-claro, a forma de uma porta de madeira destruída pelo fogo se destacava.

— Quer pintar, amorinha? — perguntou meu pai, apontando para um cavalete com uma tela em branco e uma mesinha com algumas tintas brilhantes.

Franzi as sobrancelhas com a aparição dos materiais de pintura, que não estavam ali antes.

— Não, quero só... ficar com vocês mais um pouco.

Para o meu alívio, a tela e as tintas continuaram no mesmo lugar. Eu poderia pintar depois. Meu pai deu um sorriso largo e minha mãe me embrulhou em um abraço quentinho, enquanto eu fazia carinho no meu gato.

— Que tal uma música? — indagou meu pai, e um violão se materializou nos braços dele.

— Mas... como? A tela, o violão... — Arqueei uma sobrancelha.

— Vou te contar um segredo — murmurou ele com um sorriso gentil. — Esse lugar é *mágico*.

— Ah...

— Posso tocar para você? — insistiu ele, empolgado.

Meneei um "sim" com a cabeça, e mais uma lágrima escapou dos meus olhos assim que ele começou a cantar uma das minhas canções favoritas. Nunca tinha sido uma criança de histórias faladas; preferia aquelas que o meu pai contava com a ajuda do violão. Fechei os olhos para escutar sua voz cheia de emoção, cantando sobre uma garotinha que fora muito machucada, mas a letra prometia um final feliz, com um refrão que dizia que ela voltaria a sorrir. Essa era a parte mais animada da canção e meu pai a interpretou do jeito que eu amava, dedilhando as cordas do violão com alegria e graça. Um sorriso se abriu no meu rosto.

Até ele errar uma nota. Porque ele...

Nunca errava.

Abri os olhos. Vincent sumira do meu colo.

Agora, todas as notas saíam desajeitadas, erradas, sem sintonia com o que era cantado. As bochechas do meu pai perderam a cor e, fio por fio, seu cabelo começou a cair. Depois, o corpo foi ficando magro e mirrado, até eu sentir que seria capaz de partir seus ossos em um abraço. O violão caiu dos braços dele, pois meu pai não tinha mais firmeza para segurá-lo.

— P-pai...?

Eu o encarei com horror, apertando seu braço com força, como se isso pudesse impedi-lo de se transformar na mesma versão de logo antes da sua morte. Mas não estava funcionando. Aos poucos, a vida se esvaía dele enquanto meu corpo tremia e meu coração ficava em fragalhos.

— Não, *por favor*, de novo, não — implorei, mais fraca do que nunca, sentindo que minhas forças iam embora junto com ele.

O jardim se transformou em uma versão sombria de si mesmo. De repente, o céu ficou tão escuro quanto um poço profundo. As flores, as rosas e as plantas murcharam e morreram. As folhas das árvores caíram e a vida foi sugada de seus troncos. As águas cristalinas se transformaram em um esgoto preto, que deixou o ar com um cheiro podre de carniça.

— M-m-mãe, me ajuda... — Eu me virei para encará-la, mas me arrependi profundamente.

— Você roubou o meu dinheiro de novo, não foi? — acusou a mulher com ossos proeminentes e rosto apagado. — Sua vadia imprestável! Me devolve! Me devolve! Me...

Não, não, não, não, não, não, não, não, não, não, não, não, não, não, não, não, não, não, não, não, não, não, não, não, não, não, não, não, não, não, não, não, não, não, não, não, não, não, não, não, não, não, não, não, não.

Balancei a cabeça, soluços altos saindo da minha garganta. Meu coração batia repetidamente contra o meu peito, como se quisesse me quebrar ao meio, enquanto meu estômago se revirava. Não conseguia mais ver nada com clareza, já que minha visão fora embaçada pelas lágrimas e uma sensação de sufocamento me atacou como nunca.

O jardim começou a ser preenchido por uma escuridão tão espessa quanto a do Abismo, que, como uma névoa, aos poucos tomava tudo. Ela cobria as árvores, a estufa, as flores, o rio, o pátio. E ia se fechando ao meu redor. Em completo desespero, procurei a árvore que detinha a porta, mas...

Ela já havia sumido, devorada pelas sombras opressivas.

É o fim.

Eu vou servir à Morte. Por toda a maldita eternidade.

— Morre logo, sua inútil — ordenou minha mãe, raivosa. Seus olhos, antes verdes, estavam esbranquiçados.

Eu encarei aquela criatura com ódio, cerrando os punhos até que minhas palmas ardessem. Só nós duas continuávamos ali; meu pai fora devorado pelas trevas, abandonando a gente, como na minha antiga vida. Só restava o seu violão.

Uma rajada suave de vento me atravessou e a tela branca com o cavalete balançou. As tintas, as únicas coisas coloridas no meio daquela vastidão obscura, atraíram minha atenção. Elas brilhavam um pouco e me perguntei se não seriam mágicas, como tudo naquele lugar.

E se...

Saltei em disparada até a tela e peguei as tintas, abrindo os potes de qualquer jeito. A escuridão estava cada vez mais próxima, só que eu não tinha tempo para pensar nisso. Mergulhei três dedos nas cores primárias e, sem me importar com a técnica, esbocei com rapidez o caminho de paralelepípedos que levava até a árvore com a porta, antes de a escuridão tê-lo consumido. Os traços eram meio porcos, trêmulos, mas aos poucos eu podia enxergar o cenário que desejava.

Não sabia o que esperava conseguir, só tinha uma expectativa boba, baseada na maneira como as coisas se materializavam ali. A tela começou a *cintilar*, dando-me esperança. Se a coisa que fingira ser meu pai havia conseguido a tela e o violão, talvez eu pudesse conseguir a... saída.

Mas ainda não foi o suficiente. A escuridão estava a apenas um braço de me tocar e suas trevas já devoravam mais algumas coisas. O violão se esfarelou. A jaqueta que eu usava também.

Desenhei mais alguns detalhes da pintura com os dedos.

— Chega! — gritou a criatura que se passava pela minha mãe, jogando a tela para longe e derrubando as tintas.

— Não!

A escuridão se aproximou mais; ia me devorar.

Não ia?

— É hora de parar, *filhinha*.

As palavras da criatura saíram como uma ameaça, mas ela não viu o que surgia atrás dela, brilhando com uma luz dourada. Eu sorri, sentindo as veias latejarem com uma adrenalina que me queimava da cabeça aos pés.

Ela franziu o cenho e se virou para olhar na mesma direção que eu.

— Só quando eu vencer, *mamãe*.

Eu a empurrei com toda a força e corri em direção ao caminho brilhante de paralelepípedos que se formara na escuridão, que ia se apagando depressa enquanto eu o percorria. A árvore que guardava a porta estava a poucos metros, seu brilho começando a falhar. Toda a luz estava se apagando muito rápido. Será que eu conseguiria?

Ergui a mão, a maçaneta a poucos centímetros.

Eu a girei, desejando que o medo que mais me assombrava ficasse para trás. O medo de estar condenada à infelicidade, destinada a reviver as memórias de um passado que nunca voltaria, presa por pessoas e circunstâncias que me impediriam de seguir em frente, sendo obrigada a ver tudo o que eu amava desmoronar repetidas vezes. Sem felicidade, apenas escuridão.

A porta se abriu e tudo se apagou.

∧

— Você conseguiu! — Kaira me abraçou, mas não pude corresponder.

Meus membros pareciam boiar em um mar de exaustão e a água era pesada demais para que eu pudesse me mexer. Só tive forças para me virar para a árvore, onde restava apenas um único galho.

Uma sensação nauseante me obrigou a segurar minha própria barriga. Desejei, com todas as forças, não vomitar ali mesmo. As cenas que presenciara atrás da porta... Os meus pais se transformando, até perderem tudo o que tinham de melhor, a escuridão impiedosa vindo para me devorar, toda a paisagem sendo destruída... Era demais para lidar.

Ergui o rosto para encarar o ser cruel com rancor, reclinado em seu trono sem se importar com os métodos que usava ou o dano que causava. Como alguém podia coordenar um jogo tão terrível? Ele ergueu o cálice para mim, como se fizesse um brinde pela minha vitória. Desejei tomar a taça de sua mão e lhe enfiar goela abaixo. Eu a deixaria presa em sua garganta até ele sufocar ou se arrepender por brincar de forma tão leviana com a vida das pessoas.

A raiva me acalmou como um remédio, ajudando-me a ignorar o descontrole em meu estômago. Respirei fundo e deixei a fúria entrar nos meus pulmões feito o ar que eu respirava, e, enfim, soltei minha barriga. A náusea havia passado.

— Você acha que mais alguém vai sair? — perguntou Kaira, me puxando em direção a um lugar mais afastado. — Menos da metade voltou até agora...

Na mesma hora, um homem foi jogado por uma das portas como uma bola de canhão. Demorei algum tempo para notar a tatuagem de coração com uma espada tatuada em seu peito, que estava ralado de modo considerável. Seu corpo, girando pelo chão de pedras, ia se cortando e se abrindo, deixando um caminho de sangue.

A Morte riu de forma estridente. Apertei o maxilar, incomodada, até que minha mandíbula doesse.

Claque.

O último galho caiu. Relaxei o maxilar.

— Poxa, mas já? — lamentou a Morte, então ergueu a foice em direção ao objeto dourado no céu. A lâmina cintilou, afiada.

Ergui o queixo e vi a esfera celestial brilhar um pouco mais acima de nossas cabeças. Uma das flechas, a que apontava para cima, começou a girar em um movimento anti-horário, tal como um relógio. Esperei a flecha que apontava para o lado se mover também, mas ela se manteve parada.

Foi então que a coisa mais *absurda* aconteceu: o galho voltou para o lugar original e o corpo de Ian foi rodando de volta para dentro da porta enquanto os rastros de sangue no chão iam sumindo.

Então, é isso o que o Orbe de Cronos pode fazer.

A foice brilhou. De novo, a flecha se moveu.

E aí a cena se *repetiu*. Mais uma vez, Ian foi jogado com brutalidade porta afora. De novo, rolou pelo chão. Outra vez, o galho caiu. Tudo isso ficou se repetindo, de novo e de novo, conforme o sangue cobria e sumia do chão. Em determinado momento, Ian começou a implorar:

— Merda, para! Já chega! Não aguento mais...

Torci os lábios em reprovação e desgosto, pensando no quão insensível alguém precisava ser para fazer uma pessoa sofrer incontáveis vezes da mesma maneira, mantendo sua memória intacta para presenciar a própria tortura. Por mais babaca que Ian tivesse se mostrado até o momento, ele não tinha feito nada tão grave para merecer um tratamento tão brutal. E se a Morte estava fazendo aquilo com um *vencedor*, perguntei-me qual destino cruel aguardava os que tinham perdido.

A Morte, entretanto, riu ainda mais e ergueu a foice para o céu outra vez. A mesma cena se repetiu. Mais risadas.

— Quando ele vai parar? — murmurou alguém.

Eu não sabia. Contudo, o objeto no céu e a forma como ele podia usá-lo para curvar o tempo à sua vontade me obrigaram a admitir um fato angustiante, que me fez querer, de novo, vomitar a comida que não havia dentro de mim.

No território dele, com artefatos tão poderosos sob seu poder, ele não era só a entidade responsável pelos mortos. Era um *deus*. E queria mostrar isso.

— Bom, acho que já é o bastante — concluiu a Morte, recostando-se mais no trono, cansado das próprias risadas.

Uma corrente de ar frio passou, brincando com os meus cabelos. Por instinto, levantei os braços para arrumá-los, e duas meninas, a alguns metros de distância, me olharam com aversão e sussurraram entre si. Estreitei as pálpebras na direção delas e ambas desviaram o olhar. Várias pessoas se reuniam perto das duas, mas Kaira estava certa sobre o número de jogadores ter diminuído de modo considerável.

Se antes éramos uns duzentos e cinquenta, agora estávamos em torno dos cem. Porém, o pior mesmo era imaginar o destino dos perdedores. Será que ainda estavam atrás das portas, lidando com seus maiores traumas? Como serviriam à entidade recostada no trono?

Não precisei guardar meus questionamentos por muito mais tempo, pois a foice da Morte reluziu e, num piscar de olhos, o centro da arena foi preenchido por mais de uma centena de pessoas. Os perdedores irromperam do absoluto nada, com rostos apavorados e olhares desfocados. Alguns ainda gritavam, sem se darem conta de que não estavam mais perante seus medos. Outros corriam, pensando que ainda precisavam fugir. Muitos tinham rostos inchados pelo choro, e o restante só encarava o chão.

Demorou alguns segundos até que todos percebessem que haviam retornado. O olhar da Morte recaiu sobre eles, examinando-os sem um pingo de sentimento. As sombras que compunham seu manto dançavam em movimentos fluidos e ansiosos, como se soubessem de alguma coisa desconhecida por nós.

— Acredito que se lembrem do nosso acordo. — Os dedos longos se fecharam ao redor da foice.

Se perder, seu caminho será me servir por toda a eternidade.

— Vocês falharam no primeiro desafio, mas sou benevolente. — Ele sorriu de forma travessa, as sombras em seu manto crescendo. — Eu concedo meu poder para que se tornem parte de mim.

A lâmina da foice brilhou.

Encarei o meio da arena e o horror me acertou como um soco na barriga. Os perdedores desapareceram, afinal, não eram mais humanos, e sim *coisas*. Coisas que flutuavam no ar como um véu feito de sombras vivas. Não conseguia mais distinguir suas pernas, braços ou rostos. Todos os membros foram substituídos por algo sinistro e sem forma, tão escuro quanto o céu do Abismo.

Um calafrio intenso passeou por mim e não pude deixar de encarar aquelas coisas. Talvez pela maneira calma e serena como suas formas de sombras se moviam, como se boiassem no ar, como se fossem feitas de uma mistura de paz e aceitação. Em algum momento, meu pavor foi substituído por uma sensação de tranquilidade que tocou minha consciência, que quase me fez desejar encostar naquelas sombras. De algum modo, meu corpo não as via mais como ameaças.

— Vão, meus servos. Tragam as almas para mim — ordenou a Morte, e as coisas desapareceram tão rápido como haviam surgido.

Meus servos?

Encarei a Morte, o transe interrompido. Fechei as mãos em punhos com força ao lado das coxas. Ele não tinha o direito. Nossos corpos podiam estar mortos no mundo dos vivos, mas aquilo...

Era matar nossa *consciência*. Não havia benevolência alguma em sua atitude, embora ninguém fosse contradizê-lo.

— E a vocês, meus vencedores, eu prometi uma recompensa. — Ele sorriu com o canto dos lábios, voltando-se para as dezenas de jogadores que restavam. — Espero que apreciem.

A foice brilhou mais uma vez e o mundo virou um breu.

VII.
Uma visita ao castelo

Eu e alguns dos outros vencedores nos materializamos sentados a uma grande e comprida mesa retangular de madeira escura, mas nenhum de nós parou para questionar o acontecido. Só tínhamos olhos para o que havia sobre a mesa: carne de porco assada, coxas de frango cozidas mergulhadas em um molho suculento, pratos de sopa fumegante com especiarias que invadiam os sentidos, e diversos pães com recheios que transbordavam.

Salivei, suspirando de alívio por sentir um cheiro bom, diferente do odor desagradável de mofo e umidade enraizado em todo o Abismo. Por isso, foi difícil cruzar os braços e virar o rosto para longe da comida. No entanto, eu não comeria nada, *nem pensar*, e os outros jogadores também não. Se o infeliz achava que podia nos manipular com uma refeição, estava muito enganado.

Nós nos entreolhamos, cheios de desejo; as expressões dos jogadores eram de pura saudade misturada à curiosidade de provar uma refeição de outro mundo. Fiquei satisfeita por ninguém ter tocado em nada e virei o rosto para olhar o ambiente ao redor. Era um salão de jantar envolto por paredes robustas de pedra escura. Grandes janelas góticas emolduradas por arcos ogivais alongados mantinham o frio do lado de fora, e três mesas enormes ocupavam o espaço amplo do salão, estendendo-se de uma extremidade à outra. Cada uma acomodava, pelo menos, trinta pessoas.

Kaira estava sentada à mesa mais à direita, enquanto eu me encontrava na mesa da esquerda. Com dezenas de pessoas entre nós, era difícil ver o que ela estava fazendo, então torci para que se mantivesse longe da comida também.

Fui distraída dos meus pensamentos quando passos ressoaram nos tapetes luxuosos, que davam uma aura refinada ao salão. Imaginei que devia ser difícil manter toda aquela grandeza em boas condições, mas isso não era um problema para a Morte. Porque os passos ecoando eram de pessoas carregando vassouras, panos, baldes, rodos e outras coisas. Todas tinham rostos cansados e, em sua maioria, eram mulheres e homens com corpos mirrados.

Eles nos fitaram com ressentimento, vendo-nos sentados às mesas cheias de comida, e atravessaram o salão com rapidez. Provavelmente estavam indo limpar alguma outra parte daquele castelo imenso. Entre eles, um rosto me chamou a atenção por causa da cartola preta, porém o colorido do seu cabelo não era mais o mesmo e cada um dos fios desbotara. A menina que havia se juntado a um grupo para fugir dos jogos fora transformada em *escrava*. Assim como o machão, que ia atrás dela com a postura curvada, diferente da forma como andava antes.

— Vão ficar aí só olhando? — A pergunta da Morte ecoou pelas paredes, me fazendo dar um pulo.

Virei-me na cadeira para encarar o homem com cabelos brancos na ponta do salão, apoiado sobre um trono de madeira escura talhado com ornamentos de ouro. Ao contrário do outro, aquele trono era mais simples, liso, sem os galhos espinhentos. Porém, estava localizado sobre uma espécie de tablado de pedra; o infeliz se achava superior a nós e gostava de deixar isso explícito em todos os lugares.

Ninguém fez menção de comer.

— Prometo que não há nada de errado com a comida. Na verdade, ela é o *prêmio* que tenho para dar a vocês — afirmou a Morte, cruzando as pernas e nos olhando com cuidado. — Vejam bem, essa não é uma refeição comum. Aqueles que comerem vão superar o que encontraram atrás daquelas portas.

Sussurros preencheram o salão e reverberaram pelas paredes. Alguns se empolgaram com a notícia, especialmente os que tinham os olhos mais inchados ou que ainda tremiam como resultado da última prova. Outros, no entanto, continuaram calados, sem saber se a oferta da Morte não escondia uma armadilha. Como se isso não fosse óbvio!

— Como assim "superar"? — perguntou um homem de cabelos crespos pintados de cor-de-rosa, sentado à mesma mesa que eu.

— Bom, vocês ainda vão enfrentar outros jogos. Por que arriscar deixar esse estado emocional fragilizado atrapalhar seu desempenho? A comida vai fazer vocês esquecerem uma coisa idiota, ora. *Seu maior medo*. Nem sequer vão lembrar o que encontraram atrás da porta — explicou ele.

Pratos de porcelana apareceram na frente de cada um e uma espécie de guerra começou nas mesas. Todos enfiavam a maior quantidade de comida possível em seus pratos e outros brigavam pelas receitas mais bonitas ou saborosas, esperando que elas trouxessem resultados ainda mais positivos.

Mantive meu prato vazio e minha cabeça se embaralhou feito peças de dominó. Por um lado, sabia que os medos que sentíamos nunca deixavam de existir, a gente só aprendia a lidar com eles. Às vezes, nós os colocávamos em seu devido lugar e fazíamos o que tinha que ser feito, independentemente dos tremores e do horror. Outras vezes, éramos vencidos por eles. Todos ali tinham ganhado o último desafio, mas a batalha contra o medo nunca terminava, pois ele sempre voltaria.

Ainda assim, a Morte prometia o exato oposto disso: o apagamento daquilo que mais se temia, junto com a experiência traumática do primeiro jogo.

Imaginei uma vida sem o temor de viver em um eterno ciclo de desesperança, acreditando que minhas únicas memórias felizes seriam aquelas presas em um passado distante. Seria tão, tão, tão mais fácil. Mas seria falso. Eu perderia toda a força que havia conquistado por cada vez que lutei contra aquele medo e quis mais do que a vida estava disposta a oferecer. Apagaria não apenas um obstáculo, mas a jornada inteira. E a jornada era o que me tornava *eu*.

— *Não comam!* — falei, batendo as mãos na mesa. O som reverberou pelo salão e vários rostos se viraram para me encarar. — O medo é importante demais para vocês se esquecerem dele assim! Não entendem? Todas as vezes que vocês enfrentaram o medo ou que aguentaram firme... Tudo isso vai para o ralo, se vocês esquecerem.

O ser no trono ergueu uma sobrancelha para mim; aparentemente, não esperava uma recusa.

— E qual é o problema nisso? — questionou alguém.

— *Sim* — apoiou a Morte, a sobrancelha ainda arqueada, e repetiu a mesma pergunta em tom de desafio: — Qual é o problema nisso?

— O problema é que o medo é um pedaço de você — rebati, os dentes cerrados. — Tirar ele é o mesmo que... mudar quem você é!

— Ué, se for uma versão mais corajosa de mim... — comentou outra pessoa.

— Não seria. Você só é corajoso quando sente medo e luta mesmo assim.

A Morte semicerrou os olhos pretos e intensos na minha direção. Será que estava bravo por eu ousar atrapalhar seus planos? Ou surpreso? Não tinha como dizer.

Meu discurso não surtiu o efeito desejado. Dezenas de jogadores apenas me ignoraram e começaram a atacar a comida nas mesas, como se comer mais fosse limpar não apenas o maior, mas todos os medos que já tinham sentido na vida. Estavam famintos por esquecer o que tinham sofrido atrás das portas. Alguns deles, porém, me encararam com olhos pensativos, as mãos indecisas em levar a comida até a boca.

— Isso é ridículo — disse a Morte com um abanar de mãos. — Apenas comam.

Suas palavras terminaram por convencer os que não tinham cedido ainda. Eu me ergui da cadeira, que rangeu alto ao ser arrastada pelo chão, e o barulho reverberou por todo o espaço.

Não ficaria ali para ver pessoas apagando as próprias identidades.

— Bom, eu recuso seu *prêmio*, então acho que vou indo — avisei, contornando os castiçais de ouro que iluminavam o ambiente até chegar à saída.

Somente quando pus um pé para fora do salão foi que ele me interrompeu:

— E quem te deu permissão para sair?

— Agora eu sou uma prisioneira do castelo também? — rebati com o queixo erguido.

Ele ergueu uma sobrancelha, um leve divertimento no olhar.

— Sou? — insisti, os braços cruzados para não correr o risco de tremer.

— Não — respondeu ele. — Não é.

— Eu acho a saída — respondi e, enquanto me virava e os jogadores comiam, pude jurar que a foice havia cintilado.

Deixei o salão a passos rápidos, sem olhar para trás. No início, tive receio de acabar me deparando com algum ser sobrenatural ou alguma coisa feita de sombras, mas o castelo estava deserto e silencioso. *Tão sem vida quanto o resto da região*, concluí. O pensamento me fez sentir enclausurada e sem oxigênio, algo similar ao que experimentei no primeiro jogo, quando fui rodeada pela escuridão. A cada instante, eu odiava mais o Abismo.

Era frio demais, cinzento demais, *morto* demais.

Continuei andando. Passei por uma sala com estantes recheadas de livros empoeirados; a falta de ar ainda presente. Depois por outra que mais parecia uma galeria de arte, com estátuas de mármore e pinturas que eu jamais vira; minha respiração saía entrecortada. Em seguida, por um salão de baile com lustres de cristal e tapetes que seriam caríssimos no mundo humano; meus pulmões ardiam.

Onde está a saída desse lugar maldito?

Fui atraída para um quarto, o primeiro que encontrei que possuía uma grande janela em formato de arco. Corri até ela e respirei profundamente o ar úmido da noite conforme via todo o reino obscuro abaixo, o que não ajudou muito, mas pelo menos estabilizou minha respiração. Me preparei para sair do cômodo, franzindo a testa ao ver uma grande cama de madeira escura no centro, coberta por um cobertor marrom fofo.

Não consegui deter a curiosidade e comecei a explorar, me perguntando se alguém dormia ali, só que a crosta de poeira na mesa de cabeceira me fez descartar essa ideia. Em cima dela, jaziam velas que pareciam ter queimado há muito tempo, além de um livro de capa preta.

Meu coração palpitou forte e assoprei a poeira antes de abri-lo. Ignorei a coceira no nariz e passei as páginas, todas em branco. Ou foi o que eu pensei, até uma folha sair voando e cair no chão. Eu me abaixei para pegá-la, os olhos arregalados. Era uma pintura linda, com uma paisagem cheia de cores alegres e um lindo céu azul; parecia muito velha, a julgar pelo tom amarelado da página, e não tinha assinatura. Eu me ergui para guardá-la de volta no lugar, mas algo nas paredes de pedra chamou minha atenção, depois me deixou paralisada.

À primeira vista, as paredes pareciam comuns. No entanto, olhando de perto, havia arranhões profundos em toda sua extensão. O sangue envelhecido, já amarronzado, que cobria as marcas indicava que quem fizera aquilo devia estar em um estado de profundo sofrimento. Ou loucura.

Tremi com um arrepio.

— O que você está fazendo?

Dei um salto de surpresa, me virando assustada em direção à porta. A Morte estava parada lá, as costas apoiadas no batente e os braços cruzados. A expressão em seu rosto não era muito feliz.

— Achei que tinha dito que encontraria a saída.

— Eu… me perdi — revelei, sem saber o que dizer, nervosa por estar sozinha com ele e, ao mesmo tempo, com um frio na barriga.

Era a primeira vez que o via tão de perto. O maxilar perfeito, os fios brancos desalinhados, as maçãs do rosto afiadas. Por mais que odiasse admitir, ele era uma das criaturas mais lindas que já havia visto, digno de ser a última imagem que alguém veria antes de morrer.

O manto feito de escuridão se movia com certa agitação, um lembrete da sua natureza sobrenatural e do cuidado que eu deveria ter.

Talvez eu o tenha encarado demais, porque ele devolveu o olhar, estudando-me com cuidado, até seus olhos irem parar nas minhas mãos. De início, pensei que estava desprezando as minhas cicatrizes, mas quando ele semicerrou os olhos com irritação eu entendi que seu foco estava na folha que eu ainda segurava.

Coloquei a pintura dentro do livro e o fechei com rapidez antes de devolvê-lo ao lugar, esperando que ele deixasse tudo isso de lado.

— Você é mesmo uma coisinha enxerida, não?

Ele andou até mim com passos silenciosos e movimentos brandos. Por instinto, dei alguns passos para trás, até dar com as costas na parede de pedra. Porém, ele continuou se aproximando, parando a apenas um passo de distância. Prendi a respiração.

— Mas como é mesmo que dizem no seu mundo? — conjecturou ele com desdém. — A curiosidade matou o gato? — sugeriu, inclinando o rosto para me olhar. — É um bom ditado para se ter em mente.

— Nunca ouvi isso — menti, minha respiração levemente irregular.

A Morte me lançou um olhar descrente em resposta. Mas por que ele estava tão perto?

Como se percebesse meus pensamentos, ele pigarreou discretamente e se afastou. Torci para o cabelo na frente do meu rosto esconder pelo menos parte do rubor que devia ter se espalhado pela minha face.

— Bom, suponho que eu possa te perdoar por *invadir* um quarto do meu castelo — falou ele, passeando os olhos pelo cômodo enquanto andava.

— Eu não inva...

— *Se* você me disser por que tentou convencer os outros a não comer a comida — cortou ele, passando um dedo por uma mesinha empoeirada e fazendo uma cara de irritação. Certamente, os jogadores que tinham sido transformados em empregados seriam repreendidos por aquilo.

Que pedido estranho. Não era óbvio?

— Já falei. Não acho certo apagar o que faz da gente quem a gente é, por pior que seja a coisa.

— Eu entendi. — Ele se virou para mim. — Mas por que tentar convencer os demais?

Porque você é manipulador e usa seu charme para fazê-los ignorar o perigo. Porque não acho que o que você ofereceu foi um prêmio, e sim uma armadilha. Porque, ao contrário de você, eu me importo.

— Se você percebe que um avião está quebrado, o mínimo que pode fazer é avisar aos outros passageiros, não? — perguntei.

— Modo interessante de pensar — respondeu ele com um suspiro entediado.

É o modo decente, quis dizer, mas permaneci calada.

— E você acha que fariam o mesmo por você?

— Isso importa? — rebati.

— Deveria.

Revirei os olhos.

— Seu caráter depende da atitude dos outros, então?

— É claro que não. — Ele sorriu. — Meu caráter depende do meu humor.

— Ah! Aposto que ele estava terrível quando você decidiu transformar pessoas em *escravos* — acusei, cruzando os braços com força.

— Apenas porque tentaram escapar dos jogos.

— O que você quer que eu faça? Que deixe eles à toa no Abismo? — indagou a Morte, erguendo o queixo. — Aqueles idiotas tomaram uma decisão. Não vão ganhar estadia gratuita por causa dela.

— Isso é *cruel*.

— Discordo. Acho até que sou muito benevolente. Deixo que eles dividam o trabalho entre eles da maneira que quiserem.

Desprezível.

Semicerrei os olhos para ele, entretanto, isso não o abalou.

— A partir de agora, sugiro que tenha cuidado por onde anda. Você pode acabar indo parar em algum lugar indesejado — avisou ele, depois indicou a porta com a mão. — Pode ir agora.

Era uma ordem.

Com um suspiro irritado e o coração palpitando, dei passos apressados em direção à porta, ansiosa para deixar aquele castelo claustrofóbico e, principalmente, para me afastar do olhar atento da Morte.

— É só continuar seguindo à direita no próximo corredor. Para achar a *saída* — disse ele antes de eu deixar o quarto.

VIII.
Esperança?

A luz pálida da lua refletia no castelo. Suas torres imponentes projetavam sombras imensas no terreno, tornando o lugar ainda menos acolhedor. Claro, os canteiros luxuosos com flores há muito mortas não ajudavam muito, assim como a estátua gigantesca de um anjo com uma das asas quebradas e expressão sofrida. Precisei reunir alguma coragem para atravessar a rampa levadiça de madeira que conectava a entrada do castelo ao chão.

De perto, o "jardim" na frente do castelo era ainda pior. Como tudo no Abismo, as cores pareciam mortas, acinzentadas, e o solo de pedras estava rachado em diversos pontos. As árvores eram todas esqueléticas e suas raízes à mostra se estendiam feito serpentes de todas as formas e tamanhos. O único som era o de algumas conversas de jogadores que já haviam deixado o salão da Morte e estavam sentados nos bancos desgastados, perto dos arbustos espinhentos.

Estreitei os olhos para observar os rostos serenos de um grupo que conversava com animação, alguns até sorrindo. Sem dúvidas, não era um comportamento que eu esperava ver em pessoas que haviam acabado de lutar contra seus maiores medos, o que só podia significar que eles já colhiam os benefícios do esquecimento. Seus ombros leves e expressões suaves quase me deixaram com inveja.

Os residentes caminhavam pelo espaço ao redor, mas não estavam tranquilos como os jogadores; na verdade, trabalhavam acendendo tochas que eram constantemente apagadas pelo vento, limpando os galhos e folhas secas do caminho principal e recolhendo troncos maiores.

Meu peito se contraiu só de cogitar ser submetida a um destino tão horrí...

Algo me tocou, congelando meu corpo por uns dois segundos. Segurei a respiração.

— Onde você se enfiou? — A voz da Kaira me acalmou, a mão dela ainda em meu ombro. — Te procurei por todo canto.

Soltei o ar.

— Você me assustou! — acusei com um empurrão leve.

— Desculpa, desculpa — replicou ela, também olhando a paisagem devastada diante de nós, as mãos cheias de anéis e inquietas.

— Você... comeu?

Estudei seu rosto em busca de alguma mudança. Recordei o medo de Kaira e a dor que demonstrara ao ver a ponte, mais parecendo que via um monstro do que uma estrutura velha. Não poderia julgá-la se tivesse escolhido esquecer algo tão brutal, independentemente da decisão que eu havia tomado.

Ela cruzou os braços, incomodada.

— Eu quis — respondeu.

— Mas?

— Mas esquecer aquela experiência e aquele medo seria esquecer a... origem dele. — Seus olhos grandes estavam cansados, tristes. — E isso eu não poderia fazer, não é?

Relaxei o rosto ao identificar a culpa em sua voz. Kaira acreditava que o acidente da Júlia era sua responsabilidade, e manter seu medo era uma forma de se punir. De novo, senti o desejo de argumentar com ela e dizer que não devia ser tão cruel consigo mesma, mas fui distraída por alguns lamentos baixinhos, que ecoavam de trás de um dos arbustos espinhentos. De início, pensei se tratar dos sussurros inexplicáveis que, de vez em quando, eram trazidos pelo vento e enviavam calafrios pela minha espinha.

Como se meu pensamento o tivesse convocado, o vento uivou com ferocidade. Apertei os punhos enquanto um nó se formava em minha garganta. A rajada levantou os fios do meu cabelo e fez pedras pequenas voarem, os galhos fracos das árvores caindo. Vozes sussurraram em meus ouvidos, como se os arranhassem, enviando uma angústia penetrante até os meus tímpanos. Mexi-me, inquieta, e busquei a origem daquele novo som.

— Chega, chega! — suplicou alguém com voz fina.

Uma garota, que tampava os ouvidos com força, saiu de trás do arbusto. Ela andava com pernas bambas e olhos fechados, sem saber em qual direção seguir; os cabelos desbotados voavam com o vento, que fez a cartola preta cair de sua cabeça.

Corri atrás dela.

— Lina, espera! — gritou Kaira, indo atrás de mim.

Não sabia por que ela tinha me pedido para esperar, mas descobri o motivo com um arquejo tão logo vi uma sombra esbranquiçada começando a se aproximar. Ela era diferente das outras, mais *nítida*, e caminhava de forma lenta, tão sem vida quanto um fantasma. Pude distinguir um vestido e cabelos longos — embora os traços do seu rosto estivessem apagados. Nada em sua forma tinha cor. Conforme ela passava por mim, os sussurros se transformaram em gritos agudos, que eram como facas afiadas. Precisei me controlar para não gritar, como a garota de cartola, que caiu no meio do pátio igual a uma fruta madura.

Kaira, por outro lado, se sentou no chão e afundou a cabeça entre os joelhos, murmurando uma música baixinho para diminuir a intensidade do som. Não fiz o mesmo; não conseguia tirar os olhos da criatura pálida, porém fui obrigada a fechar os ouvidos com toda a força — se não o fizesse, sentia que minha cabeça acabaria por explodir.

Com alívio se espalhando pelos meus membros tensos, percebi que, à medida que a criatura se distanciava, os gritos estridentes diminuíam. Por fim, pude destampar os ouvidos sem sentir que eles começariam a sangrar. No entanto, a garota de cabelo desbotado ainda chorava.

— Calma, calma — falei, dando tapinhas nas costas dela. — Já acabou.

Ela balançou a cabeça, sujando-se de folhas enquanto arranhava o rosto.

— Não, nunca vai acabar, *nunca*...

Fiz o possível para segurá-la e impedir que se machucasse, tentando buscar uma maneira mais efetiva de acalmá-la. Ainda havia jogadores nos jardins, igualmente pasmos com a figura que passara, mas ninguém parecia inclinado a ajudar.

— Por que ela tá assim? — perguntou Kaira, chegando mais perto.

Passos vieram em nossa direção, amassando as folhas do chão.

— Alguns de nós, como a Liz, sentem mais a presença deles — disse uma menina bochechuda, de rosto redondo, abaixando-se ao meu lado e apontando para a menina que se debatia.

O rosto dela era um pouco familiar, então supus que também fosse uma das pessoas que acompanharam o machão na ideia idiota de achar uma saída.

— O que eles são? — perguntei.

— Quando cheguei, conheci um homem chamado Pierre, que está aqui há bastante tempo — revelou a bochechuda, e colocou em seu colo a cabeça da garota que, aparentemente, se chamava Liz. — Ele tava meio estranho, parecia apático, mas me disse que essas coisas que a gente ouve são os lamentos das almas que ficaram aqui. Sabe, aquelas que perderam os jogos.

Kaira contraiu os músculos.

Mordi o lábio e imaginei se as almas de alguns dos perdedores de fato ficavam vagando pelo reino da Morte, em vez de simplesmente se tornarem parte das sombras. Não sabia dizer o que era pior.

— Mas elas não podem fazer nada contra vocês — completou ela, vendo a maneira como Kaira e eu reagíramos. — Eu disse a mesma coisa para os outros jogadores, que estavam bem incomodados com as vozes.

Nada além de explodir nossos tímpanos.
— Entendo — respondi.

Liz respirou fundo e deu um impulso para erguer o corpo e se sentar. Depois, passou as mãos pelo rosto, limpando a sujeira que havia ficado grudada nele, mas, fora a cara de cansaço e alguns arranhões, ela não apresentava nenhum dano.

— Como você está se sentindo? — perguntei.
— Como você *acha*? — rebateu ela, irritada.

Uma veia saltou na testa de Kaira.

— Calma, Liz, elas vieram ajudar você — advertiu a bochechuda.

Liz apenas deu de ombros, batendo as mãos na calça para tirar as folhas que tinham se grudado ao tecido.

Olhando para elas com atenção, era difícil de acreditar que tinham chegado no Abismo junto comigo, pois a pele opaca das duas, os olhos fatigados e as posturas encurvadas davam a impressão de que uma eternidade transcorrera para ambas. Perguntei a mim mesma que tipo de trabalho as teria deixado daquele jeito, como se suas energias tivessem sido drenadas. Senti um incômodo na boca do estômago.

— Não tem problema — respondi, levantando-me do chão.

A bochechuda fez o mesmo e, por um instante, estreitou os olhos em minha direção com algo que parecia curiosidade.

— A comida... — começou ela — tava boa?
— Nós não comemos — disse Kaira. — Ela ia fazer a gente esquecer uma coisa... importante.
— Hum! Não me surpreende — respondeu a bochechuda, cruzando os braços. — Tudo nesse lugar tem um fundo ruim.

Liz acenou em concordância, já em pé ao nosso lado.

— Vocês vão... ficar aqui para sempre? — indaguei, hesitante, sem saber se ficariam desconfortáveis com a pergunta.
— Vamos. — A resposta de Liz saiu seca, amarga.
— Ouvi falar que ainda teremos outra chance de vencer os desafios — retrucou a bochechuda, estalando os dedos. — Só não sei exatamente quando...
— Então vocês ainda têm uma esperança — afirmei, apesar de achar a informação no mínimo duvidosa.

— Mas se vocês só vão poder jogar de novo daqui a sabe-se lá quanto tempo, deve haver muitos outros como vocês, não? Que tentaram fugir e estão presos até poderem jogar também? — perguntou Kaira, a sobrancelha arqueada.

Era um pensamento lógico. Se o que a bochechuda dizia era verdade, devia haver um número exorbitante de pessoas dentro e fora do castelo, andando pelas estradas, perambulando pelas ruínas destruídas ou vagando na floresta. Porém, até o momento, não tínhamos nos deparado com mais do que uns vinte rostos.

— Bom, sim, mas Pierre disse que a Morte só mantém os residentes mais novos por perto. Os mais antigos são enviados para montanhas ou sei lá — explicou a bochechuda, encarando as próprias mãos.

Liz bufou.

— Pierre é um zumbi estúpido, Ana — retrucou ela, dirigindo-se à colega. — E nós vamos ficar iguais a ele.

— Como assim? — perguntei.

— Ela acha que esse lugar consome a energia dos jogadores que tentaram fugir — explicou Ana, os ombros caídos. — Ideia boba, não é?

Kaira e eu trocamos um olhar cúmplice. Não parecia uma ideia tão boba assim, não quando comparávamos o estado decadente delas com o nosso — que não era incrível, mas certamente não estava tão ruim.

— De todo modo, o Pierre prefere que os mais antigos sejam mandados para longe. Disse que causavam arrepios nele. — Ana inclinou os lábios sem cor para baixo. — Mas eu acho que não vai demorar para isso acontecer com ele também.

— Por que mandar eles para longe? — indaguei. — Eles não conseguem mais trabalhar?

Ana negou com a cabeça.

— Não sei...

O ar ficou mais frio ao nosso redor, gelando meus braços nus, e o terreno do castelo foi se cobrindo de neblina. Os jogadores começaram a se dispersar, provavelmente voltando para os seus abrigos, e notei que alguns olhavam para os lados sem parar. A aparição da criatura fantasmagórica com certeza havia deixado resquícios de terror.

— Anda, Ana, a gente tem que terminar a nossa parte — avisou Liz com um suspiro. — Você me ajuda a recolher os galhos e eu te ajudo a dar um jeito nos arbustos.

— Certo — concordou Ana.

As duas se despediram com um aceno e, conforme se afastavam, ouvi-as falar das dificuldades dos serviços e das pessoas que tentavam escapar das suas tarefas. Em nenhum momento, porém, escutei críticas à Morte. Nem delas, nem dos outros residentes, que só trabalhavam pelo terreno sem reclamar.

Existia uma aura de medo e tensão no espaço, talvez por estarem tão perto do castelo, talvez por acreditarem que o ser que comandava aquele lugar podia acabar ouvindo e castigá-los de maneiras ainda piores. Como se o pior já não estivesse acontecendo...

Pouco a pouco, a energia, a vida, era tirada deles. Algum dia, provavelmente, não seriam mais do que fantasmas ambulantes. E se fosse mesmo verdade que teriam a chance de enfrentar os desafios de novo em outro momento, não teriam mais a força necessária para vencer. Não teriam nada.

Vencer é a única saída, pensei, e era essa convicção que dominava minha mente à medida que Kaira e eu abandonávamos a área do castelo e adentrávamos a floresta seca. A ideia ecoava de modo incessante em meus pensamentos, mas não me importei; era uma distração bem-vinda das sombras pálidas que eu notava com minha visão periférica, seguindo-nos de perto.

IX.
A graça do final

Não sabia dizer quando chegamos em casa, nem quando peguei no sono. Meu corpo era puro esgotamento. Esperava que aquele reino trouxesse à tona os meus piores pesadelos e tornasse impossível a tarefa de dormir, já que no mundo dos vivos eu precisava de remédios para sequer fechar os olhos, porém, contra todas as minhas expectativas, não tivera problemas com isso desde que chegara. Claro, o sofá causava algumas dores aqui e ali. Além disso, despertei com o coração frenético, preparada para acordar no chão de pedra da arena, e só me acalmei quando entendi que estava debaixo do mesmo teto da noite anterior. Mas podia ser muito pior.

Kaira dormia sem problemas, com a respiração lenta e uma expressão suave no rosto. Movi a cabeça para tentar aliviar o desconforto no pescoço, mas o que me incomodava mesmo era meu próprio cheiro. Uma mistura de suor com alguma outra coisa. Preferia que o prêmio oferecido por aquele ser arrogante tivesse sido um banho.

O vento se debatia do lado de fora e o ar gélido atravessou o vidro quebrado da janela, arrepiando minha pele. Kaira e eu nos esforçamos para acender a lareira na noite passada, mas foi impossível colocar fogo na madeira úmida.

Cocei a nuca, desconfortável. Tinha a sensação estranha de estar sendo observada e, por instinto, olhei para fora, só que não havia ninguém lá. Franzi o cenho e me virei para a frente, avaliando a lâmpada a óleo que eu abandonara ao ser levada subitamente para o primeiro desafio e que, sem que eu a tivesse resgatado, havia retornado para a mesa de centro. O mesmo aconteceu com a caixa de materiais de pintura, que descansava em seu lugar na estante. A visão dela trouxe a memória do combinado que eu fizera com a criatura obscura.

Peguei a caixa e a pus no chão com cuidado, para não acordar a Kaira. Ergui a tampa lisa e arranquei algumas folhas do caderno. Em seguida, mergulhei o pincel em uma cor qualquer e fiz um ou dois riscos aleatórios em cada uma das folhas.

Só então saí de casa, as folhas em uma mão e a lamparina na outra.

E lá estava o monstrinho, a alguns metros de distância, como se me esperasse. Ainda não tinha me acostumado com seu corpo de fumaça espessa, mas me acalmava imaginar que se tratava de uma espécie de criança. Por mais ridícula que fosse a ideia.

Andei até ele, resistindo ao impulso de olhar para a escuridão mais além, onde a luz dourada não conseguia penetrar.

— Toma.

Mostrei os papéis com linhas tortas desenhadas. A "boca" do monstrinho se inclinou em um sorriso. Ao menos, ele não era exigente.

Uma fumaça densa e escura veio até as folhas, como um braço de névoa, e as capturou. As páginas flutuaram no ar até chegarem ao buraco enorme que era sua boca e serem engolidas, desaparecendo na escuridão. Perguntei-me se era isso que aquele lugar faria comigo, caso eu não vencesse os desafios. Se eu seria engolida pelas sombras até não restar nada.

Girei em direção ao abrigo, pronta para deixar a criaturinha, mas percebi algo de diferente no tronco que eu usara para me apoiar e tentar pintar quando nos vimos pela primeira vez, antes de eu perceber que jamais conseguiria fazer isso em um lugar tão horrível. As folhas e galhos secos tinham sido afastadas de perto do tronco, deixando o chão mais limpo ao seu redor, e havia uma espécie de cobertor escuro por cima das raízes.

— Você fez isso?

Ele fez que sim com a cabeça em um movimento fantasmagórico.

— Hum... obrigada, eu acho — disse, mesmo sabendo que nunca mais me sentaria ali.

Em outra realidade, seria para a pintura que eu me voltaria em busca de refúgio ou conforto, mas não sentia vontade nenhuma de criar no Abismo. Eram as paisagens alegres que faziam com que eu me sentisse viva e quisesse passar para a tela tudo o que eu via, tudo o que as cores me faziam vivenciar. Adorava brincar com as tonalidades vibrantes, criar efeitos únicos e ficar com as mãos sujas pela confusão de pigmentos.

Mas no reino da Morte minhas mãos não pulsavam pelo desejo de pintar. Talvez por causa dos ambientes sem vida, com tons que, se postos em uma tela, gerariam uma arte mórbida que faria eu me sentir do mesmo jeito.

Outro "sorriso" se formou na bruma escura que era o rosto do monstrinho.

— Lina?! — Um berro ecoou pela floresta seca.

Virei-me para trás a tempo de ver Kaira sair pela porta com passos pesados, que pararam tão logo seus olhos me encontraram, guiados pela lamparina em minha mão. Esperei ver algum terror neles, por conta da criaturinha atrás de mim, mas ela já tinha sumido.

Com o cenho franzido, fui até Kaira com passos rápidos, ansiosa para abandonar o vento frio e as sombras da floresta.

— O que você tava fazendo aí fora?

— Nada, só... olhando — respondi, atravessando a porta e depositando a lamparina na mesa.

Os olhos dela se estreitaram, desconfiados. Pensei em contar a verdade, mas sabia que Kaira não gostaria de saber que um monstrinho como aquele morava por perto e, pior, que eu estava trocando nossa estadia por desenhos ridículos. Isso só a deixaria assustada, talvez até a fizesse querer procurar outro abrigo, e não seria inteligente desperdiçar nossas forças com isso. Não com mais um jogo a caminho.

Além do mais, a criatura não tinha demonstrado desejo algum de nos machucar.

— O que tem para olhar? — Ela cruzou os braços.

— Não sei... Coisas?

Kaira bufou.

— Não me conta, então — falou ela, impaciente. — Só espero que não arranje mais problemas para *si mesma*.

Revirei os olhos, cansada de mais uma de suas indiretas. Eu havia contado para Kaira da interação que tivera com a Morte em um dos aposentos do castelo, antes de ela ter me encontrado nos jardins. Ela desaprovara, claro. Isso ficou claro pelos sermões infinitos que se seguiram à minha confissão.

— Tenha amor-próprio e fique *longe* da Morte — complementou ela.

— Dá para trocar a fita? Eu já entendi.

— É sério, Lina! E se ele usar o segundo desafio para te transformar em uma daquelas coisas bizarras?

— Você acha isso possível?

Eu me remexi no sofá, incomodada, como se o tecido fosse feito de farpas.

— Quem sabe? — rebateu ela, pegando um livro com a capa roxa e se sentando no sofá. — Só fica longe dele.

— Tá bom, eu prometo — falei, as mãos formigando de tensão.

— Promete *mesmo*?

— Prometo.

Ela semicerrou os olhos em minha direção e, com um último suspiro, abriu o livro e começou a lê-lo, embora a testa franzida denunciasse que ainda não tinha esquecido o assunto. Conforme ela virava as páginas, o cheiro de papel velho flutuava até mim e fazia meu nariz coçar.

— Sobre o que é esse aí? — Fiz um gesto com a cabeça para o livro, desejando ocupar meus pensamentos com alguma outra coisa.

— É a história de uma garota melancólica que odeia todo mundo. — Ela fechou o livro, os olhos brilhando de empolgação, como se eu tivesse feito a pergunta mais incrível do mundo. — Mas não foi sempre assim. Piorou depois que os pais dela morreram em um acidente.

— Odeia todo mundo? — desdenhei. — Meio dramático, não?

— É que as pessoas começaram a tratar ela estranho, sabe? Depois de tudo que aconteceu. — Kaira balançou a cabeça, mas parou de repente, como se lembrasse uma informação. — Na real, tem um garoto que ainda trata ela igual. Um garoto que costumava ser amigo dela.

— Hum... — Encarei as minhas unhas.

— O único problema é que ele tá morto. Morreu no mesmo acidente, entendeu? Só ela consegue ver ele, mas ela ainda não sabe disso.

— Quê? — Virei o rosto para Kaira. — E aí, o que acontece?

— Ainda não sei, você pode descobrir se... ler.

Eu ri e afastei a ideia sem nem considerá-la. Minha cabeça era caótica demais para conseguir tirar algum sentido de diversas palavras jogadas em um papel. Preferia uma tela em branco, onde poderia despejar meu próprio caos, em vez de lidar com o de outra pessoa.

— Quem sabe um dia.

— Você não imagina o que tá perdendo. — Ela jogou os cachos para o lado em um movimento engraçado de birra.

— Leitura não é para mim. — Tentei evitar uma careta. — Mas vou querer saber o final.

Kaira estalou a língua, erguendo uma sobrancelha de impaciência, o que me fez pensar que ela era capaz de jogar o livro em mim a qualquer momento só para ver se isso me despertava algum interesse.

— Qual a graça de saber o final sem acompanhar a jornada?

— Matar minha curiosidade?

Ela revirou os olhos, mas seus lábios cheios se alargaram em um sorriso contido, de alguém que não queria ceder.

— Você não tem jeito.

Foram suas últimas palavras antes de um vento frio nos rodear, enviando calafrios por todo o meu corpo. Meus membros amoleceram igual geleia e minha visão se turvou. Não tive nenhuma escolha a não ser me deixar ser levada.

X.
Que a caçada comece

— Sejam bem-vindos ao segundo jogo, meus caros! — exclamou a Morte, com um sorriso largo demais para o meu gosto, e sua lâmina imponente reluziu em resposta.

Estávamos, de novo, na arena do primeiro desafio. Só tinha uma diferença: os muros que circundavam o espaço haviam sumido. Agora, ao redor, era possível ver o centro de uma cidade abandonada, envolta por uma fina névoa. Meu estômago embrulhou com a visão dos prédios rachados, da roda-gigante destruída e de outras construções tomadas por vinhas mortas; era tudo tão parecido e ao mesmo tempo tão diferente do que eu conhecia. Uma versão pós-apocalíptica, praticamente.

Mas não tive muito tempo para pensar nisso. O chão tremeu quando as pedras começaram a se mover no solo abaixo, mas me mantive de pé sem grandes problemas. O som ensurdecedor de pedregulhos se chocando se propagou pelo espaço enquanto eles se reorganizavam até formar uma espécie de mesa comprida no meio da arena.

A superfície era formada por várias pedras cinzentas de texturas e tamanhos diferentes, algumas com fissuras e rachaduras. A luz da esfera no céu, ao bater nelas, criava um efeito refletor bonito, graças ao brilho dourado. Meus olhos se iluminaram; eu me sentia como uma planta sedenta por luz e cor, finalmente sendo saciada. Ao menos, até uma fileira com dezenas de *armas letais* ganhar forma sobre a mesa.

— Peço que escolham um dos artigos à sua frente — disse ele.

Analisei os objetos diante de mim, trocando o peso do meu corpo de uma perna para a outra. Ao meu lado, Kaira fez o mesmo. O pedaço de madeira com pregos afiados seria difícil de erguer. O arco e flecha não significariam nada em minhas mãos inexperientes, e a besta parecia complicada de usar. Os outros chamaram mais a minha atenção: uma lança, uma foice, uma...

Adaga.

Ergui a mão para pegá-la, mas Ian me empurrou, dando uma piscadela de deboche logo em seguida e pegando uma outra arma. *Babaca.* Como no primeiro desafio, seu movimento atiçou todos os outros jogadores, de modo que pessoas se jogaram sobre mim, pularam sobre a mesa e derrubaram umas às outras. Em algum momento, Kaira e eu fomos separadas. Um homem chegou a dar um gancho de direita em outro, brigando por uma espada. Uma a uma, as armas começaram a desaparecer, tão rápido quanto num passe de mágica. Merda!

Com a respiração arquejante, me joguei sobre os que ocupavam a mesa e só peguei a primeira arma que estava ao meu alcance, agarrando seu cabo com força. Estava ansiosa para deixar aquele amontoado de gente e voltar a *respirar*. Foi o que fiz, tendo o cuidado de olhar em volta e firmar a mão para que ninguém roubasse o que eu havia pegado.

Ergui o queixo e vi quando o ser sinistro no trono me olhou com ceticismo. Eu havia pegado uma foice. Não era reta e longa como a dele, e com certeza nem tão sobrenatural ou ameaçadora, no entanto, sua curvatura parecia afiada o bastante, e eu conseguiria manejá-la sem fazer tanta força.

— Esses jogadores são uns *animais* — Kaira disse, de volta ao meu lado, os cachos bagunçados e o rosto tenso.

Não tinha como discordar dela.

Quando a mesa de pedra tornou a ficar vazia e todos os jogadores se dispersaram, diversos pergaminhos apareceram em sua superfície, dispostos um do lado do outro em uma longa fileira. Aparentavam ser iguais, então não aconteceu nenhuma briga por eles. Foi fácil ir até a mesa e pegar um, a curiosidade pulsando no peito. Eu o abri com rapidez e franzi as sobrancelhas diante do conteúdo. Havia uma ilustração representando o castelo da Morte, a arena na qual estávamos, a cidade, outros lugares que eu ainda não tinha visitado, e a floresta, que rodeava tudo isso.

Um mapa.

Um grande X pairava acima de cinquenta lugares. Alguns perto e outros mais longe da nossa localização atual. Havia alguns Xs aglomerados, bem como alguns mais isolados. Com o canto do olho, observei vários grupos apontando para locais no mapa e fiz uma anotação mental de evitar lugares que tinham uma concentração maior de Xs. Eles atrairiam mais atenção.

— O que é isso? — perguntou alguém.

— Uma caça ao tesouro, é claro — respondeu a Morte, recostando-se mais no trono e cruzando as pernas de forma afetada. — Cada lugar destacado no mapa guarda um objeto de valor que será sua chave para o último jogo.

— Mas tem pelo menos o dobro de gente do que tem de marcações no mapa! — reclamei após trocar um olhar perturbado com Kaira.

— Que conclusão mais *inteligente*, minha cara Celina — desdenhou ele. — Devo te parabenizar?

Cerrei os punhos sem retrucar o deboche, pois Kaira me cutucou em aviso para que eu me mantivesse calada. Ela descansou no chão uma corda comprida e maleável de aço cortante, que tinha uma argola em cada ponta para que fosse possível manipulá-la. Em seguida, virou seu mapa para mim, apontando para um cemitério com o dedo indicador; tinha dois Xs ali, ambos acima de uma capela. Contemplei o mapa, pensativa, porque era um pouco longe; ficava nos limites da cidade, perto da floresta.

Podia ser uma boa ideia, no entanto. O caminho até o cemitério parecia simples, sem muitas ramificações onde pudéssemos nos perder; bastava seguir reto e virar duas curvas. Além disso, os lugares mais próximos, com certeza, atrairiam a maior parte dos nossos adversários, e com aquelas armas...

Fiz um sinal positivo para Kaira; seguiríamos a sugestão dela.

Minha amiga fechou o pergaminho e segurou as argolas da sua arma com firmeza.

— Você parece saber o que tá fazendo com isso aí — murmurei para ela.

— Meu pai me ensinou a usar quando a gente acampava — explicou ela. — É tipo uma serra maleável.

A Morte bateu a foice. O som ecoou, chamando a atenção.

— Não me incomodo com os métodos que vocês vão utilizar. Basta que voltem com um tesouro em mãos até a terceira badalada do sino que tocará no castelo. Senão... Bom, vocês já sabem. — Ele deu um sorriso sugestivo.

Uma rajada de vento gelado passou por mim e a imagem das criaturas feitas de sombras vivas assombrou minha cabeça. Não podia virar uma delas e, com certeza, preferia morrer a vagar pelo Abismo como uma alma perdida. Mordi o lábio para impedir que tremesse.

Um homem com uma cicatriz na bochecha sorriu cruelmente para mim, mas virei o rosto, ignorando-o. Kaira e eu tínhamos que nos afastar o *máximo* possível.

— Alguma pergunta?

Um silêncio sepulcral se estendeu por todo o lugar.

Eu me projetei para a frente, pronta para correr. Kaira seguiu meu exemplo.

— Então, que a caçada comece!

Com um impulso, saí em disparada na direção do cemitério. A foice, firme em minha mão direita, cortava o vento junto comigo, e Kaira seguia ao meu lado, nossos pés fazendo barulho ao baterem no asfalto esburacado. A pouca iluminação me obrigava a ter um cuidado extra com o chão, afinal, cair de cara naquela superfície fétida era a única coisa que *não* podia acontecer naquele momento.

Felizmente, Kaira e eu mantínhamos um ritmo excelente. Estável, até. Eu evitava olhar para trás e me preocupava em controlar a respiração, sem me dar ao luxo de diminuir a velocidade e acabar a atrapalhando. Ela parecia ter a mesma preocupação.

Chegamos a uma espécie de bairro em ruínas, com prédios pequenos, casas e escolas abandonadas — todos invadidos por vinhas podres e folhas quebradiças. Algumas construções pareciam familiares, como uma igrejinha com as janelas destroçadas e a pintura antiga descascando. Porém, apesar de a estátua do anjo pequenino na entrada ser parecida com a da capela onde minha mãe me levava quando criança, os dois templos não tinham mais nada em comum.

— Já, já vamos virar a primeira curva! — anunciou Kaira com a voz ofegante.

— Certo!

Só que não estava tão certo assim.

Sentia que meu ritmo já não era o mesmo do início e o suor escorria como um rio por minha testa. Kaira, por outro lado, perdia mais o controle da respiração a cada segundo. Nossos movimentos também estavam mais descoordenados, de modo que avançávamos meio aos tropeços.

Por isso, não me surpreendi quando meu pé acabou entrando em um buraco no meio da pista e fui *direto* ao chão. Meu corpo todo foi para a frente em alta velocidade, mas meu tornozelo ficou. Tudo doeu quando atingi o asfalto e tive certeza de que meus braços haviam se ralado, pois a pele sensível das cicatrizes ardia, embora eu tenha conseguido amortecer parte da queda com as mãos.

— Merda, Lina! — Kaira parou de modo abrupto, retornando para me ajudar.

Precisei fechar os olhos e respirar fundo antes de tentar me mover.

Kaira me estendeu a mão, que eu aceitei com um menear de cabeça em agradecimento, tirando o pé do maldito buraco. Havia uma sensação quente nele, que escorria pela minha canela. Talvez o tombo tivesse feito um corte, mas nada tão doloroso que me impedisse de continuar.

— Precisamos de uma pausa — falou ela, olhando os arredores, a voz entrecortada conforme o peito subia e descia.

— Já estamos fazendo uma pausa. — Esfreguei as mãos sujas na roupa para limpá-las.

— Anda logo! — Ela me arrastou para uma viela com cheiro podre.

Tive que me abaixar atrás de uma caçamba de lixo, Kaira bem ao meu lado, com a expressão séria, observando a rua adiante. Aguardei sem fazer barulho, esperando ver alguma coisa, e logo um grupo de mulheres passou. Duas estavam de mãos dadas e riam de orelha a orelha, já as outras três olhavam para os lados, preocupadas e atentas.

Só que o objeto dourado e cintilante nas mãos delas demonstrava que todas já tinham encontrado seus tesouros. Estreitei os olhos para tentar ver o que era, mas não consegui. As garotas optaram por se esconder em uma casa rosa decrépita e sem teto, porém com paredes firmes. Uma delas ficou vigiando a porta enquanto as outras entravam.

Se pudesse apostar, diria que aguardariam escondidas até que os jogadores se dispersassem e a barra estivesse limpa para elas retornarem com os tesouros até a arena. Pensei, apenas por um instante, na possibilidade de lutar com alguma delas pelo tesouro, perguntando-me se não seria mais fácil.

Balancei a cabeça para deixar a ideia de lado. Ainda tinha muitos tesouros, não havia por que entrar em desespero. Nós só tínhamos que nos apressar também.

— Vamos correr pelo escuro a partir de agora — falei.

Não sabia se estava sendo paranoica ou não, mas era melhor evitarmos qualquer risco de conflito. Com armas nas mãos, a sensação de poder aumentava e as pessoas eram capazes de fazer loucuras quando se sentiam poderosas.

— Não é mais seguro sairmos das ruas? — Kaira girava um dos anéis no dedo, ansiosa.

— Isso vai nos atrasar, e alguém pode acabar chegando antes no cemitério — respondi, pensando nas dificuldades de andar fora das estradas, que já não eram tão boas.

Kaira concordou.

Saímos pelo outro lado da viela e retornamos para a rua, correndo pelas sombras projetadas pela opaca luz da lua. Apesar do meu pé dolorido, conseguia manter um bom ritmo, e mesmo que correr no escuro exigisse mais de nós, não seríamos alvos tão fáceis.

Relaxei um pouco quando, enfim, viramos a primeira curva. Era só seguir reto e virar de novo.

Quase lá, pensei, controlando um sorriso esperançoso, que vacilou com o ressoar da primeira badalada do sino.

⋀

Kaira e eu conseguiríamos. A escuridão nos escondia e já podíamos ver a outra curva no final da pista escura. Uma placa com letras desbotadas e uma seta indicava o caminho para o cemitério; nunca fiquei tão feliz ao ler aquela palavra.

No entanto, essa felicidade foi passageira, esvaindo-se à medida que o som de passos batendo no chão aumentava.

Não.

Grunhi de frustração e arrisquei uma olhada rápida para trás; o que vi, porém, só me deixou mais nervosa. Não sabia se meu coração ameaçava sair do peito pela corrida ou porque Ian, junto com outras quatro pessoas, vinha no nosso encalço. Tentei evocar uma lembrança feliz ou divertida, qualquer coisa capaz de me distrair das pontadas de dor e do latejar dos meus pulmões, para que pudéssemos continuar correndo e nos distanciássemos mais deles. Não consegui.

Será que tinham nos visto?

— Ei, galera! — berrou um homem a metros de distância. — Tem alguma coisa nas sombras, olha!

Merda!

Calma, ordenei a mim mesma. *Não tem por que eles nos machucarem, não temos nada.*

Mesmo assim, Kaira e eu continuamos a avançar, esforçando-nos para aumentar a velocidade. Éramos movidas por um instinto difícil de ignorar, que apitava em nossos membros e nos alertava do perigo. Afinal, ainda que eles não quisessem nos machucar, podiam pegar o tesouro que buscávamos.

— Quantos são?! — perguntou Kaira.

— Cinco, mas não acho que teremos proble...

Não pude terminar a frase, pois um objeto passou girando ao meu lado, me fazendo arquejar, e se fincou no chão à minha frente; era uma estrela de metal com bordas cortantes. Um daqueles malditos tentara me acertar com aquilo?!

Agradeci mentalmente por estar nas sombras.

— O que você ia dizer?! — zombou Kaira.

— Só corre!

Dei mais uma olhada para trás apenas para constatar que eles estavam se aproximando de forma perigosa. Uma garota corpulenta segurava mais uma daquelas estrelas mortais.

— Ian, nós não temos nada! — berrei para eles, a voz entrecortada, voltando a olhar para a frente.

— E quem disse que precisamos de alguma coisa de vocês, hein?! — gritou uma garota de voz fina em resposta.

Franzi a testa.

— Só estamos pensando à frente! — berrou Ian.

Droga.

— Você acha que eles... — começou Kaira, mas deixou a frase morrer, poupando sua energia.

— Eles já têm o que precisam — cuspi. — Só querem eliminar a concorrência.

Não era um plano completamente ilógico. Se eles já estavam garantidos com seus tesouros e sabiam que existia a possibilidade, mesmo que pequena, de o último desafio gerar lutas internas, como aquele ali estava gerando, por que não ocupar seu tempo roubando mais tesouros e acabar com a chance de outros jogadores, que poderiam se tornar inimigos no futuro?

— Vamos tentar outro lugar?! — perguntou Kaira. — Ou... usar isso? — Ela balançou as argolas que seguravam a corda afiada.

A desvantagem era óbvia. Nossos adversários também estavam indo para o cemitério, então o melhor seria sair do caminho deles. O único problema era que a chance de os outros tesouros já terem sido pegos era grande. E, se não tivessem, era muito provável que os jogadores estivessem brigando por eles, como nós.

O que fazer, então?

Imaginei o mapa e tentei lembrar o que havia ao redor do cemitério. Na parte de trás, tinha a floresta; do lado direito, um prédio; na entrada de acesso...

Uma ideia iluminou minha mente.

— Vamos deixar eles irem na frente! — disse para Kaira, que me encarou, confusa.

Eu segurei a mão dela e a conduzi por uma avenida à direita, um desvio do cemitério. Corremos alguns metros por aquele trajeto mal iluminado, então entramos em uma das grandes construções sem porta à beira da rua. Tive que rejeitar o ímpeto de prender a respiração por causa do cheiro de bolor.

— O que você tá...

— Shhh! — cortei, encarando o espaço ao redor.

Parecia um teatro, a julgar pelos adornos nas paredes, pelos lustres de cristal e pelas pinturas antigas — mas nada era novo, claro. Tudo ali era quebrado, feio e antigo, *muito antigo*. Ainda assim, lembrei-me imediatamente da única vez que visitei uma construção do tipo — foi um dos poucos dias bons antes de a minha mãe começar a usar...

Bom, não importava. Não era hora de relembrar um passado que não serviria para nada além de me fazer desperdiçar tempo. Ignorei as memórias e me mantive em silêncio, atenta.

Demorou apenas alguns segundos para captarmos as vozes dos nossos adversários.

— Elas fugiram! — comemorou uma garota.

— Vamos lá tirar mais penas desses otários — ordenou Ian, convencido.

Penas? Então é isso que devemos procurar?

Esperei eles se afastarem e o som dos seus passos diminuírem antes de me virar para Kaira e revelar o meu plano, um sorriso brotando em meu rosto.

XI.
O verdadeiro inimigo

O cemitério estava logo adiante; a tênue luz da lua lançava sombras sobre o terreno e a floresta atrás lhe conferia uma aparência um tanto assustadora, deixando as grades de ferro envelhecidas do portão ainda mais sinistras. O ar gélido arrepiou meus pelos e sussurros inquietantes dançavam no ar, mas a adrenalina me impedia de sentir frio ou de me importar com os movimentos que as sombras esbranquiçadas faziam.

Troquei o peso do corpo de uma perna para a outra, lembrando-me das palavras da bochechuda, na noite anterior. *Eles não podem fazer nada contra vocês.*

Belisquei meu próprio braço. Eu precisava focar.

Um pouco à frente dos portões, duas estátuas de mármore jaziam imponentes, posicionadas uma de cada lado, como se fossem guardas. Uma delas era uma criança em posição de corrida, com o rosto quebrado. O pé esquerdo estava preso ao chão, mas o direito flutuava um pouco acima do solo. A segunda estátua, por outro lado, era muito maior e representava uma mulher com um véu sentada em um banco e com a cabeça inclinada para baixo em oração.

Só tinha uma coisa de diferente naquela paisagem: a argola, presa ao tornozelo da criança, e a corda de aço, que repousava no chão. Embora estivesse disfarçada por um amontoado de folhas secas e galhos, se alguém olhasse muito atentamente poderia perceber algo estranho.

A argola no pequeno tornozelo, no entanto, era visível.

Seria muito mais eficiente se houvesse duas estátuas grandes, atrás das quais a gente pudesse se esconder. Nós poderíamos surpreendê-los juntas, erguendo a corda ao mesmo tempo, e talvez até prendendo-os com ela. Só que não era o caso, então...

Um barulho de vozes animadas preencheu a noite, vindas de uma capela branca com arquitetura antiga. Kaira e eu trocamos um olhar rápido. Aquilo só podia significar uma coisa: eles tinham achado os tesouros.

Estava na hora.

— Pronta? — perguntei.

— Pronta — respondeu Kaira.

Apertei o cabo da foice e ela assumiu seu lugar, escondendo-se atrás da estátua da mulher de véu; as sombras e o tamanho da estátua a tapavam por completo. Já eu, bem, alguém tinha que distrair aquele grupo de cinco pessoas e fazer com que passassem correndo pela corda de aço afiado, sem que tivessem tempo de reparar no tornozelo da estátua e nas folhas amontoadas.

Entrei no cemitério com passos rápidos, até estar a apenas alguns metros da capela, abaixando-me atrás de um dos poucos túmulos de concreto ao ar livre.

E esperei.

Tendo o cuidado de me manter escondida, vi quando Ian foi o primeiro a sair, seguido pela garota corpulenta, uma jovem de cabelos crespos, e dois homens.

— O que vamos fazer com as penas que sobraram? — perguntou um homem.

— Tanto faz — replicou Ian, ajeitando uma mochila velha nas costas. — Vamos só jogar naquele rio imundo perto da floresta.

— Não sei se gosto disso — comentou a jovem de cabelos crespos. — A gente tá tirando a...

— Se você não gosta, eu posso dar a sua para outra pessoa — cortou Ian, ameaçador, balançando uma espécie de facão, que segurava com a mão direita. — Que tal?

Ela se calou.

As pisadas nas folhas secas se tornaram cada vez mais altas, e meu coração palpitava tão forte que tive medo de que eles ouvissem. Apoiei as costas no concreto frio e mantive as pernas dobradas, coladas ao peito.

Quase.

Aguardei mais um pouco e preparei a foice. Firmei a mão para evitar tremedeiras.

Ian foi o primeiro a aparecer em meu campo de visão, passando ao lado do túmulo que me escondia.

Agora!

Deixei meu esconderijo com um grito enraivecido e ataquei o braço de Ian com um golpe descuidado, mas rápido. Tão rápido que ele demorou a entender o que estava acontecendo. Ele olhou para baixo, onde o sangue já escorria, confuso. E depois furioso.

Avancei em direção à saída do cemitério com toda minha energia, reunindo o fôlego e a força que ainda me restavam. Tinha que ser o suficiente. Não ousei olhar para trás, mas os passos velozes em meu encalço diziam que eu havia conseguido o que desejara: atrair a atenção. Agora, só precisava que minhas pernas colaborassem, que corressem mais *rápido*.

Atravessei os portões, quase escorregando, e gelei ao sentir um corte nas minhas costas, que espalhou uma sensação morna. Não!

Continuei correndo enquanto meus pulmões reclamavam; a adrenalina era como sangue nas minhas veias, e preenchia tudo. Passei pelas duas estátuas, tão veloz que as folhas no chão voaram.

Gritos de sofrimento ecoaram, cortando o ar.

Um peso me atingiu nas costas e tombei no chão com um baque. Folhas secas e terra entraram na minha boca. Precisei cuspir para não me engasgar, mas era difícil fazer isso com a mão grossa de Ian fechada em torno da minha garganta, seu corpo pesado em cima do meu.

Mal conseguia respirar. Ele me girou, obrigando-me a olhar para ele. A ferida nas minhas costas ardeu e um leve odor metálico permeou o ar, porém eu tinha problemas maiores.

Um grande facão com bordas que pareciam dentes afiados. Na mão livre de Ian.

— *Desgraçada*. — Ian cuspiu no meu rosto. — Solta!

Um dos joelhos dele apertou meu pulso de forma esmagadora.

Grunhi de dor e raiva conforme lágrimas escapavam dos meus olhos, só que não tive escolha a não ser soltar a droga do cabo.

Virei a cabeça para o lado, observando o resto dos nossos adversários. Estavam caídos no chão. Pelo menos, nossa derrota não fora completa. A corpulenta chorava de dor, engasgando-se na própria baba, segurando as pernas ensanguentadas. Se continuasse perdendo tanto sangue, logo desmaiaria. Já a garota de cabelos crespos se levantou e fugiu, mancando. Mas não tivemos a mesma sorte com os dois homens. Apesar dos machucados, eles estavam tentando se erguer... e conseguiram. Em vez de fugir, os dois planejavam vir em minha direção.

Kaira os ignorou e pegou algo do chão, correndo até mim.

— Sabe, você devia me agradecer, do jeito que você é... — falou Ian. — Virar uma sombra seria melhor, não acha?

A provocação trouxe uma dor tão grande e uma náusea tão intensa que suas palavras pareceram abrir uma nova ferida em mim. Para uma artista que adorava recriar coisas belas, não havia nada mais doloroso do que perceber que não era uma delas.

Ele ergueu o facão, se preparando para o golpe. Vacilei. No entanto, uma estrela afiada cortou o ar, quase o acertando.

— Deixa ela em paz! — ordenou Kaira.

Ian virou o rosto na direção dela. A pressão da mão no meu pescoço se intensificou, mas ele diminuiu o aperto no meu pulso. Com um puxão rápido, removi o pulso de debaixo do seu joelho e peguei o cabo da foice.

Berrei enquanto tentava acertá-lo com um golpe horizontal.

Ian se desviou, só que precisou sair de cima de mim para isso.

Levantei-me aos tropeços e Kaira nos alcançou, as mãos vazias indicando que suas armas tinham acabado. E dois homens vinham logo atrás dela. Gritei um aviso ao ver a lâmina de um punhal curvado na mão de um deles, tendo o cuidado de manter a foice erguida para afastar Ian, mas ela não foi rápida o suficiente. O homem que tinha as mãos vazias agarrou os braços de Kaira por trás com um sorriso, e ela se moveu ferozmente, tentando se soltar.

— Olha aí, a gatinha mostrando as garras — disse o outro homem, balançando o punhal. — Tá na hora de adestrar ela, não acha, Dax?

Ele cortou a bochecha de Kaira com a lâmina. Ela gritou enquanto sangue escorria por seu rosto. Ou será que fui eu?

— Soltem ela! — implorei.

Tentei chegar até Kaira. Não consegui. Ian me rodeava com seu facão, os olhos brilhando como se imaginasse todas as maneiras como me cortaria.

— Corre, Lina! — berrou Kaira.

Ian avançou contra mim feito um furacão raivoso, cortando minha coxa perto do joelho e se afastando antes que eu pudesse sequer pensar em revidar. Gritei, caindo no chão enquanto a dor latejante escalava pela minha perna. Segurei a ferida na tentativa de aplacar um pouco da dor.

Mas não foi uma boa ideia, porque Ian fez um sinal com os olhos e o homem com o punhal veio até mim e me agarrou pelos braços, do mesmo jeito que o outro fazia com Kaira. Tentei me libertar, debatendo-me contra as mãos que me apertavam até meus braços arderem, mas não foi o suficiente para fazê-lo me soltar. Olhei para minha amiga em busca de algum conforto.

Nós perdemos, pensei com horror. E a segunda badalada do sino, ecoando como uma música fúnebre, só comprovou meu pensamento.

Desculpa, quis dizer para Kaira. *Foi tudo ideia minha.*

— Com qual eu começo... — Ian andou de um lado a outro, fingindo pensar. — Já sei. Com você.

Ele parou na minha frente e ergueu o facão de forma ameaçadora, o gume brilhando afiado.

Fechei os olhos.

— Adeus — falou ele.

Aguardei.

E aguardei.

Só que... nada aconteceu.

— O-o que é i-isso? — perguntou Kaira, assustada.

Abri os olhos. Demorei alguns segundos até compreender o que via.

Entre mim e Ian estava uma criatura *familiar*. Seus membros, meios disformes, ondulavam como fumaça preta em movimento. Eu o havia conhecido na mesma floresta que se estendia atrás do cemitério e rodeava boa parte daquele reino. O monstrinho.

Um membro cresceu a partir dele, algo similar a um braço, e fez um movimento que eu já conhecia bem. O monstrinho apontou para o rosto de Ian. Semicerrei os olhos, sem entender o que ele queria, até que um brinco no formato de cruz brilhou na orelha do meu oponente.

— Sai pra lá, *coisa* — ordenou Ian, irritado.

O monstrinho não se moveu.

— Por que ele tá apontando para o seu rosto? — perguntou o homem que me aprisionava com uma risada despreocupada. — Que fantasma doido.

Mordi o lábio. Como eles podiam achar que o monstrinho era como os fantasmas com corpos esbranquiçados que só podiam sussurrar?

— Ele não é um...

— Cala a boca — mandou Ian, cortando minha objeção.

— Só ignora ele — sugeriu o homem que segurava Kaira.

Ian concordou com um aceno.

O monstrinho inclinou a cabeça, como se estivesse confuso por não receber o que pedira. Ian, por outro lado, tornou a erguer o facão. Seus dedos se fecharam em torno do cabo robusto com força e a lâmina se deslocou para cima e, em seguida, para baixo. Para *mim*.

Mas ele não conseguiu concluir o movimento. De repente, seu rosto empalideceu e sangue jorrou da sua boca em um jato, respingando em minha pele. Franzi o cenho, confusa e nauseada pelo odor metálico enjoativo.

Só entendi o que tinha acontecido quando olhei para baixo, boquiaberta. O monstrinho atravessara a barriga de Ian com o braço de fumaça, invadindo as entranhas dele com a facilidade de uma faca cortando manteiga. Tudo o que um dia estivera dentro de Ian agora estava... fora.

Kaira berrou.

O monstrinho tornou a apontar. Seu braço foi até o homem que me segurava. Mais especificamente, para a pulseira dourada em seu pulso.

— Me solta! — ordenei, e minha garganta doeu. — Me solta e eu te digo como parar ele!

— Eu... Eu...

O homem me soltou, mas fez algo que não devia: começou a correr. Seu parceiro o acompanhou.

— Espera! — gritei, só que não adiantou.

Dois braços gigantescos se alargaram a partir do monstrinho, indo até os homens como um dilúvio de fumaça furiosa. Os galhos e folhas do chão foram varridos e os corpos dos homens, *perfurados*. Assim como Ian, tudo o que havia dentro de seus torsos foi arremessado para fora com o barulho molhado e angustiante de coisas caindo. Tampei o nariz e desviei o rosto.

Kaira vomitou no chão.

O monstrinho me encarou, me causando calafrios, e a linha reta em seu "rosto" se inclinou em um sorriso. Ele acabara nos ajudando, por conta da sua natureza, e eu gostava de estar inteira, mas ainda assim... Não conseguia ficar tranquila ao ver os corpos destroçados.

E se eu tivesse dito para eles de uma vez o que o monstrinho queria?

Também é minha culpa, considerei, minha garganta se fechando. *Eu quis negociar.*

Ele apontou o braço para a mão de Kaira, que começou a tremer em desespero.

— Um anel! — exclamei. — Ele quer um anel!

Kaira tirou todos e jogou para ele.

O monstrinho se inclinou até o chão, pegando apenas um, e depois desapareceu como se tivesse sido varrido pelo vento. O nó na minha garganta afrouxou, mas eu não podia vacilar agora. Rasguei parte da camisa que usava e usei como faixa para estancar o sangramento na minha coxa. O ferimento nas costas estava dolorido e minha garganta também se machucara pela maneira como eu fora enforcada, entretanto, não tinha tempo para me preocupar com nada disso.

A terceira badalada do sino podia soar a qualquer instante.

— Precisamos ir, Kaira — falei, tentando tirá-la do seu transe.

— Ce-certo.

Ela respirou fundo e me seguiu até o corpo de Ian. Abri a mochila velha caída no chão e relaxei quando uma luz dourada atingiu meu rosto. Havia oito penas cintilantes ali; o tesouro que nos levaria ao último desafio. Peguei uma delas com a mão trêmula. Seu bico, longo e fino, era elegante e perfeito para marcar o papel.

E pensar que fora por elas que havíamos tentado destruir uns aos outros.

Os olhos arregalados de Ian, saltados para fora, fizeram minha cabeça girar. Eu só desejava fugir. Ir para um lugar onde o cheiro do sangue e os corpos destruídos não existissem. Lágrimas brotaram nos meus olhos. Contudo, embora um dia tenha ouvido que chorar era um alívio para a alma, senti o aperto no meu peito apenas se intensificar.

Aquilo tudo era... horrível, mas não podia me parar. Pelo menos, não ainda.

Kaira e eu saímos do cemitério, a mochila nas costas dela e a foice de volta em minha mão trêmula. Dei uma última olhada para trás e não vi mais nenhum dos corpos no chão. Meu estômago embrulhou. Era o segundo desafio, e a Morte já estava nos manipulando, fazendo-nos *machucar* uns aos outros, quando o verdadeiro inimigo era só um.

Ele.

XII.
Um novo plano

Eu já podia ver a arena. Mesmo de longe, os espinhos do trono da Morte chamavam a atenção pela maneira como cresciam a partir do encosto — grandes e pontiagudos. Rezei com todas as minhas forças para o sino se manter parado enquanto Kaira me ajudava a andar; o sangue da ferida nas costas molhava minha camisa e meu pé doía. Ainda assim, seguíamos em um ritmo estável pela escuridão que as construções abandonadas projetavam, ignorando os rostos sofridos que andavam pelas ruas e lamentavam por não terem encontrado uma pena.

Kaira e eu trocamos um olhar confidente. Momentos antes, ela decidira enrolar duas penas ao redor da cintura para não chamar atenção, mas não parecia certo só jogar as outras seis no rio, como Ian desejava.

Com a decisão tomada, minha amiga abriu a mochila e a jogou longe com um arremesso. As penas douradas, que flutuaram no ar apenas para despencarem de novo, fizeram uma multidão correr para pegá-las. Continuamos adiante sem olhar para trás conforme a brisa serena das sombras me acalmava e aos poucos minha visão embaçava.

O barulho da última badalada ecoou. Um ser sombrio com um olhar fulminante nos encarava do trono... ou era o que parecia. Não tinha como eu ter certeza, pois o espaço ao redor girava e as coisas se confundiam. As pessoas, o céu escuro, as vozes... Sentia-me em um precipício, prestes a cair. Talvez estivesse mesmo caindo.

— Lina?!

Alguém me abraçou... Kaira?

De algum modo havíamos nos tornado o apoio uma da outra.

Sorri em meio à confusão, e, logo depois, tudo escureceu.

∧

Meu corpo inteiro doía, dos pés à cabeça, e a arena girou um pouco, porém o apoio de Kaira me ajudou a manter o equilíbrio. Uma atadura improvisada fora amarrada ao redor das minhas costas, e agradeci à minha amiga. Se não fosse por ela, provavelmente já estaria perdida, servindo uma entidade arrogante pela eternidade.

À nossa volta, todos portavam penas douradas, e poucos esboçavam sorrisos ou sinais de vitória. Na verdade, suas posturas estavam caídas e seus olhos estavam perdidos, vazios e angustiados.

Ergui o queixo para encarar a figura no trono, distante e indiferente, olhando para algum ponto que só ele conseguia ver. Parecia quase entediado. Meu sangue ferveu de ódio e o encarei da maneira mais afiada que pude, desejando cortá-lo ao meio com os meus olhos. Como ele podia brincar conosco daquela maneira?

Uma ventania intensa nos atravessou e o olhar da Morte recaiu sobre nós, de modo que meus pelos se eriçaram. Um sorriso sagaz e sedutor contornou seus lábios. Não dava para negar que o infeliz era bonito. Não o tipo de beleza comum, mas refinada, brutal, com traços afiados.

Os cabelos brancos, que caíam até os ombros, e as pupilas tomadas pela escuridão criavam um contraste. O perigo pairava como um aviso em cada parte dele, desde os olhos escuros e as veias pretas que subiam pelos seus braços pálidos até a dureza de sua personalidade, que não demonstrava receio ou pena. Se existia algum sentimento ali, estava *muito bem* escondido atrás de uma camada grossa de deboche.

Mas eu o faria sentir. Ou perderia minha alma tentando.

Estava exausta de ser manipulada, seguindo os passos da dança de acordo com a música que ele escolhia, jogando como ele queria que eu jogasse. *Chega.* Eu quebraria a promessa que fizera a Kaira, pois precisava conhecer a Morte e aquele mundo se quisesse entrar na mente dele e, de algum modo, devolver um pouco do sofrimento que ele nos causava. Nós já havíamos nos falado antes, não poderia ser tão difícil.

Todos os seres possuíam uma fraqueza, eu só tinha que desvendar qual era a da Morte.

Ele bateu palmas. Uma, duas, três vezes.

— Meus campeões! — Ele se inclinou para a frente, os fios brancos voando. — É uma alegria ver que estão bem e que ganharam o segundo jogo.

Um silêncio sepulcral se estendeu pela arena. Agora, éramos uns cinquenta jogadores, e nenhum de nós dava um pio.

— É verdade! — disse ele, fingindo uma cara triste. — Estou chateado por não acreditarem em mim.

Seu olhar se fixou em mim por um segundo, parecendo examinar o meu estado.

Você se diverte em ver a gente assim?!, quis berrar, mas apenas fechei as mãos em uma tentativa de conter minha fúria.

— Bom, não importa — prosseguiu ele. — A partir de agora, saibam que suas penas estão conectadas a vocês. Se as perderem ou se alguém tentar roubá-las... não faz diferença. Elas voltam.

Suas palavras saíram com certo ressentimento. Tive a certeza de que ele gostaria de nos ver tentando acabar uns com os outros antes da hora, motivados por um pânico que nos faria roubar penas só pela esperança tola de diminuirmos supostos adversários no jogo final. Uma ideia absurda, claro. Ninguém podia prever se o terceiro desafio envolveria uma competição entre jogadores, mas as pessoas podiam ser bem estúpidas quando estavam com medo. Então, foi um alívio saber da conexão.

Kaira me entregou a minha pena, e eu a apertei com força, sentindo o laço entre mim e o objeto dourado se estreitar. Isso me acalmou.

Aproveitei a oportunidade para observar os outros vencedores. Eram pessoas normais, com todos os tipos de rostos e personalidades, a maioria inserida em grupos. Exceto uma garota ao longe, que se mantinha afastada e com uma expressão rabugenta. De início, acreditei que podia se tratar de uma excluída, mas sua postura era confiante demais para isso. Ela parecia permanecer distante de propósito, como uma espécie de fantasma que só observava o mundo em vez de participar dele. A julgar por sua falta de ferimentos e pelos cabelos loiros sem um fio sequer fora do lugar, a estratégia devia funcionar.

A Morte abriu a boca para dizer alguma coisa, só que um rapaz de rosto gentil, cujos óculos redondos estavam rachados, ergueu a mão ao meu lado de um jeito temeroso. Seu braço tinha um corte tão profundo que era possível ver o sangue cobrindo a pele negra. Ao lado dele, um homem com o queixo erguido e um bronzeado laranja tinha perdido um *olho*, mas mantinha a postura destemida. Ainda assim, o buraco sangrento me fez tremer.

— Sim? — perguntou a Morte, uma sobrancelha erguida.

— O nosso amigo... — disse o rapaz de óculos, procurando por apoio no homem sem um dos olhos, que o ignorou. — Ele sumiu.

— Todos os que não retornaram já estão executando seus papéis como meus servos.

— Mas...

— Mas *o quê?* — Ele desafiou. — Eu preciso de ajudantes. Acha que vou lidar com todas as almas do mundo sozinho?

O rapaz apenas curvou os ombros e os óculos saíram do lugar.

— Deixa pra lá.

— Perfeito! — A Morte abriu um sorriso satisfeito, e a curva dos seus lábios sugeria travessuras ocultas. — Bom, para comemorar o desempenho de vocês, um baile será dado no castelo. Vocês receberão o devido tratamento e à noite teremos nossa comemoração. Não é ótimo?

Todos permaneceram calados.

— Claro, *ninguém* é obrigado a participar... — Os olhos dele pararam em mim com condescendência. — Então dê um passo à frente apenas quem deseja me acompanhar.

Todos se entreolharam com desconfiança, a não ser a rabugenta que se mantinha afastada, como a boa garota fantasma que era.

— Melhor a gente não ir — disse Kaira baixinho.

— Temos que tratar nossos ferimentos — discordei, recebendo um olhar de dúvida em resposta.

Ignorei a dor e dei um passo determinado para a frente. Afinal, qual o lugar mais propício para descobrir informações sobre a Morte senão em seu próprio lar?

A última coisa que vi foi o brilho da foice, mas isso não me assustou, afinal, um novo plano começava a se formar em minha mente.

XIII.
O nome perfeito

Pisquei repetidas vezes, aguardando que minha visão se ajustasse, na tentativa de entender o que estava diante de mim. Não era um salão exuberante com uma mesa abarrotada de comida, como da vez anterior, mas sim dezenas de homens e mulheres com rostos desprovidos de emoção. Não demorei a reconhecer a Liz entre eles, com o cabelo ainda mais desbotado e sem a cartola preta, o que significava que todos ali cumpriam sua pena por tentarem escapar dos jogos.

Era tão injusto. Nenhum deles chegara a ter uma chance *real* de escapar, mas eram castigados mesmo assim. Só de olhá-los eu podia dizer quais estavam ali há mais tempo, de jogos anteriores. Bastava observar aqueles que mal se expressavam, que tinham os olhos mais vazios ou os corpos mais esbranquiçados, como se houvesse uma fina camada de poeira cobrindo-os.

Por um instante, quis fugir. Tive medo de que, se passasse tempo demais perto deles, o mesmo destino se enrolasse em torno do meu pescoço e eu começasse a perder a minha alma. Respirei fundo três vezes, tentando me acalmar.

Eu não sou como eles, pensei, e repeti as palavras na minha mente como um mantra. *Ainda não.*

Após recobrar a calma, procurei por sinais de lesões — superficiais ou profundas — em cada um daqueles rostos. Algo que demonstrasse não apenas o poder destrutivo do Abismo, mas o sofrimento ao qual deviam estar sendo submetidos pelo ser odioso que os governava. Porém, não encontrei nenhum machucado.

— Estes residentes se voluntariaram para ajudar vocês com os preparativos para o baile — anunciou nosso anfitrião. — Eles vão cuidar bem de vocês.

Ele encarou os "residentes" com o que pareceu ameaça, mas qual seria o interesse da Morte em cuidar de nós, em primeiro lugar? Para apenas nos fazer sofrer ainda mais no próximo jogo? Estreitei os olhos em sua direção, cada vez mais interessada em destrinchar o labirinto de mistérios que ele devia esconder por trás daquela postura dura e maliciosa.

A Morte fechou os dedos compridos ao redor da foice e desapareceu. Foi a deixa perfeita para duas mulheres virem em minha direção. Uma era uma senhora com face monótona e gestos robóticos, que andava devagar enquanto os olhos mal piscavam. A outra era jovem e tinha um rosto familiar, o cabelo loiro ressecado descendo até os ombros. Devia ser mais uma das que acompanharam o machão em sua empreitada. Ainda existia alguma vida dentro dela, pois seus olhos preservavam um pouco de brilho e seus movimentos ainda eram naturais, embora a pele estivesse opaca.

— Eu vou te ajudar de agora em diante. — A mais jovem logo ocupou o lugar de Kaira, segurando minha cintura para me dar apoio. — Eu sou a Maia, aliás. E você é a...

— Celina, mas só "Lina" tá bom — respondi, meio desconfiada.

Ainda não sabia se podia confiar nelas. Mesmo que parecessem estar no mesmo barco que nós, a Morte poderia estar usando-as para algum propósito obscuro. Por que mais ele se importaria em nos oferecer alguma ajuda? Encarei as duas com atenção, buscando algo que pudessem usar contra mim; não podia baixar a guarda. Olhei para o lado em busca de Kaira, mas ela parecia já ter relaxado com suas ajudantes. Ou era boa em fingir.

— Certo, Lina — disse Maia com um meio sorriso e depois apontou para a velha. — Essa é a Francisca. Ela não é de falar muito, mas é experiente.

Acenei uma afirmação com a cabeça.

— Agora, já podemos ir? — perguntou Maia, parecendo até um pouco empolgada. Seus dias no Abismo deviam ser entediantes. — Temos *muito* o que fazer.

— Muito? — perguntei, atordoada.

— *Muito* — repetiu ela, pouco antes de começar a me guiar pelo castelo.

∧

Entrei em um cômodo simples, com apenas uma cama confortável, uma velha penteadeira de madeira acompanhada de um espelho antigo e uma cadeira estofada. A melhor coisa, porém, estava no fundo do quarto, junto à janela: uma banheira branca. As duas me acompanharam até ela e me ajudaram a tirar as roupas; a calça foi o mais difícil, pois havia colado na ferida. Maia preferiu removê-la como um curativo, de uma só vez, e eu segurei um grito de dor quando ela puxou o tecido.

Tremi com o ar gelado acariciando minha pele nua. Foi bom me livrar daquelas roupas, que após dois dias de uso cheiravam a uma mistura horrível de suor, terra e sangue. Pelo menos, consegui relaxar um pouco quando entrei na banheira larga e a água morna me envolveu com um calor agradável.

Dei um suspiro de alívio.

O sangue e a sujeira em mim se misturaram com a água transparente até deixá-la mais suja que um rio poluído. Desci a mão trêmula até a coxa e mais uma mancha de sangue se espalhou pela água enquanto pontadas cresciam a partir da ferida. Depois, levei a mão até as costas, buscando mensurar a profundidade do corte. Não era tão profundo, porém ardia um pouco.

Baixei as mãos e fechei os olhos, decidida a ignorar o desconforto apenas por um momento. Deitei a cabeça na borda da banheira e, conforme a sujeira ia embora, me permiti descansar pela primeira vez desde que tinha chegado àquele lugar sem vida. Poderia facilmente ficar ali por dias, mas isso não me ajudaria a ganhar o jogo nem a seguir meu destino.

Essa foi a única razão que me impediu de reclamar quando as duas mulheres me pediram para sair da banheira. Quer dizer, apenas a Maia pediu. Francisca só encarava tudo com os olhos vagos enquanto misturava alguma coisa dentro de uma tigela em suas mãos.

— Toma. — Maia me ofereceu uma toalha felpuda.

Eu abandonei a água calmante e peguei a tolha, agradecida por ter algo fofinho com o que me enrolar. Fui até a cama, pegando a pena dourada que repousava em cima dela, e a guardei dentro de uma gaveta da penteadeira. Sabia que estava mesmo ligada a mim, pois sentia uma energia incomum pulsar entre nós, mas não seria bom deixá-la jogada por aí.

— Pode se sentar aí. — Maia apontou para a cadeira diante da penteadeira. — Vamos dar um jeito nessas feridas.

Eu deixei a toalha cair e me sentei no estofado macio. As duas trabalharam para limpar as minhas feridas com cuidado e eficiência, aplicando uma pomada que espalhou uma sensação refrescante por elas. Por fim, cobriram-nas com curativos, e Maia sorriu para mim com gentileza.

— Isso vai aliviar a dor e tratar os ferimentos — informou Francisca mecanicamente, como se as palavras saíssem ensaiadas de tanto que já as repetira.

Cocei a testa, pensativa. Francisca devia estar há muito tempo no Abismo. E se soubesse de coisas que os outros não sabiam?

— Nós também vamos deixar roupas novas para você usar depois do baile. As suas já eram — falou Maia.

Agradeci com um aceno e um sorriso breve.

— Bom, agora começa a *melhor* parte. — Maia tocou os meus cabelos, estudando-os com afinco. — Podemos fazer um penteado especial. Quem sabe uma coroa de…?

— *Não* — interrompi com veemência, apavorada com a ideia de mostrar todo o meu rosto. — Gosto de como está.

Maia franziu as sobrancelhas, um pouco confusa, mas deu de ombros sem se abalar.

— Que tal os vestidos? — perguntou, chamando minha atenção para as vestimentas deslumbrantes que agora estavam dispostas na cama. — Gostou de algum?

Ela agia com uma normalidade irritante, nem parecia ser alguém sob o controle de uma entidade maléfica. Balancei a cabeça, frustrada, e definitivamente nem um pouco feliz em me vestir para uma comemoração preparada por *ele*. Por mais bonitos e delicados que fossem os vestidos, odiava participar daquele circo.

— Por que você tá agindo assim? Como se *quisesse* isso?

— Eu acho que só quero me... distrair um pouco, Lina — respondeu Maia, tocando nos cabelos loiros com dedos nervosos. — Os dias são sempre os mesmos por aqui. Então, já que ele permitiu que todos se juntassem ao baile, eu pensei...

Meu coração doeu um pouco. Maia era jovem, só queria esquecer um pouco toda a situação horrível na qual se encontrava e se divertir antes de ficar igual a Francisca.

— Os dias já foram piores — replicou Francisca, a voz sem emoção.

— Piores? Quando? — perguntei, interessada.

A velha abriu a boca para me responder, mas Maia a calou com um leve cutucão.

— Vamos fazer assim. — Ela voltou seus olhos para mim com uma expressão vitoriosa. — Deixa eu te arrumar do meu jeito e, no final, a Francisca responde suas perguntas.

— Feito.

Ela sorriu.

Não protestei quando Maia começou a pegar as mechas dos meus cabelos e fazer algo com os fios em movimentos ágeis. E, apesar de meu estômago ter se revirado, também não reclamei quando diversos grampos foram sumindo da penteadeira conforme meu cabelo era preso no topo da cabeça.

Permaneci imóvel enquanto a garota pintava minha boca com um vermelho-escuro e depois alongava meus cílios. Sequer me envolvi na escolha do vestido, o que foi difícil, pois a peça verde que Maia separou mostrava bem mais do que a camisa que eu vinha usando, além de o corpete ser muito chamativo, com detalhes dourados e brilhantes.

Felizmente, Maia me permitiu calçar algo confortável devido ao ferimento no pé e na coxa. Por fim, as duas me olharam com admiração, e eu soltei um suspiro de alívio por poder voltar a me mexer.

— Pronto. Agora, cumpre a sua parte.

— Trato é trato. — Maia ergueu as mãos em sinal de rendição. — O que você quer saber? Francisca vai te contar.

Ela encarou a velha e fez um sinal de estímulo.

— Como assim os dias já foram piores?

— Guerras por todo lado. Ninguém se entendia. Um residente queria controlar o outro — falou Francisca de um jeito robótico.

Absorvi as palavras. Ela continuou:

— Sem comida. Sem descanso. Castigos. Prisões.

— E não é assim que vocês vivem agora? — perguntei.

— Hum, não — respondeu Maia, a mão no queixo. — Quer dizer, o trabalho é *cansativo*, mas ganhamos comida em troca. Também não vi ninguém falar sobre castigos e prisões... Acho que ela pode estar alucinando.

Não parecia.

— Por que ele fez essas mudanças, Francisca? — questionei, a ansiedade me corroendo por dentro.

— Foi... de repente.

Franzi a testa, confusa.

— Se isso for verdade, vai ver ele percebeu que estava errado — sugeriu Maia.

Semicerrei os olhos. Era difícil de acreditar, pois não achava que o ser sarcástico e impiedoso que nos atormentava com jogos terríveis teria algo como uma consciência. Ou admitiria qualquer tipo de erro.

Nesse caso, o que ele estava tramando?

— Os residentes mais antigos... — comecei. — A Morte realmente só manda eles para longe?

Virei-me para Francisca, torcendo para que ela me desse uma resposta mais conclusiva. Apesar do jeito mecânico dela, a velha trabalhava bem. Por isso, não entendia por que a Morte se livraria de pessoas como ela, sem qualquer motivo aparente.

— Os antigos vão para longe — confirmou a mulher, sem entonação. — Odilon afasta eles.

— Odilon?

Francisca não respondeu.

— Ela diz que é o nome dele — explicou Maia.

Meu coração errou uma batida, porque me lembrei de *Odilon Redon*, um artista que sempre admirei por suas pinturas sombrias, oníricas e misteriosas, que mais pareciam sonhos mesclados com pesadelos. Tão horripilantes que eu nunca conseguiria — ou iria querer — pintar algo parecido.

Minhas obras favoritas de Redon sempre foram as que representavam a figura espectral da morte. Eu as observava com fascínio e horror, me perdia nos tons de preto e cinza, que conseguiam me fazer encarar o ato de morrer por diversos ângulos. Solidão, melancolia, resignação, tensão.

O nome era perfeito, uma grande coincidência.

— O que foi? — perguntou Maia, me encarando com atenção.

— Ah, não é nada.

— Então vem ver como você ficou. Acho que a Francisca não vai te contar mais nada. Às vezes, ela só... desliga.

Maia me agarrou e me puxou em direção ao espelho. Primeiro, encarei a garota à frente com curiosidade, meio sem saber quem era. Depois, meus olhos lacrimejaram com um sentimento que eu não entendia. Parecia ser a primeira vez que me sentia verdadeiramente bonita em anos, o que não fazia sentido, considerando que morri no incêndio e só precisei lidar com as cicatrizes no Abismo, onde eu não estava há tanto tempo assim.

Porém, mesmo com a pele repuxada à mostra, consegui sorrir. Consegui *quase* ver a beleza que existia em algumas obras de arte não óbvias. Imperfeita, real e linda de alguma maneira.

— Sei que você não gosta muito delas — sussurrou Maia no meu ouvido e moveu o pulso para me mostrar alguns cortes que havia ali. — Mas fica mais fácil se você entender que, se já cicatrizaram, significa que você superou.

Meu coração amoleceu um pouco.

— Obrigada.

Eu apertei a mão dela enquanto um sentimento de acolhimento me envolvia. Estava pronta para enfrentar — e *descobrir* — qualquer coisa que a Morte estivesse maquinando.

XIV.
Me concede uma dança?

Meus olhos brilharam ao ver o grande salão de baile iluminado por tochas e castiçais com chamas douradas que refletiam nos lustres de cristal, provocando luzes no teto abaulado. Uma melodia leve e fluida incentivava danças cheias de pulos e risadas, sons que não combinavam nada com o Abismo. As mulheres trajavam vestidos com mangas bufantes e corpetes justos, como em um filme de época. Já os rapazes usavam peças elegantes com um excelente caimento. E todo mundo parecia se divertir.

Até mesmo alguns dos rostos que haviam tentado escapar dos jogos, como a bochechuda Ana, que eu conhecera do lado de fora do castelo quando tentei ajudar a Liz. Ela rodopiava pelo salão com um sorriso enorme enquanto outra garota a mantinha em movimento, girando-a e guiando-a pelo espaço amplo.

Se eu não tivesse ido ao castelo com um objetivo em mente, que tinha a ver com maquinações e mistérios escondidos, poderia até me deixar envolver pela energia da ocasião.

Só que eu tinha um objetivo.

E era encontrar a fraqueza daquele ser sombrio e dissimulado que mais parecia uma aranha venenosa, sentado em seu trono de ouro incrustado com pedras preciosas, um ar de superioridade no rosto. Ele estava radiante com um colete preto de seda adornado por costuras em arabescos tão vermelhos quanto os meus cabelos. O cotovelo, apoiado no braço largo do trono, o ajudava a manter o rosto anguloso apoiado na mão em uma postura entediada enquanto os fios brancos brilhavam de forma sedutora sob o fogo dos castiçais.

Ele poderia muito bem ser uma espécie de obra de arte. Não era aleatório que as pessoas que tentaram fugir dos jogos, as que tinham vencido até o momento... Todas, de uma maneira sutil, se inclinassem em sua direção. Eram atraídas por sua aura sombria e enigmática. Mas isso só o tornava mais ameaçador e, uma vez que estivéssemos presos em sua teia de manipulação, era só uma questão de tempo até ele saltar para nos devorar.

Não por acaso, tudo no salão — as danças, a comida de dar água na boca e as roupas exuberantes — parecia uma armadilha. Um abismo de distrações, que só cessaram quando a música foi interrompida e nosso ceifador se levantou de seu trono.

— Saudações, meus caros! — Ele ergueu o cálice. — Espero que aproveitem nossa celebração, especialmente os meus vencedores. E, para que todos fiquem tranquilos, meu presente para vocês são três noites calmas de sono. Portanto, não devem se preocupar com o jogo, *por enquanto*.

Semicerrei os olhos, refletindo sobre qual seria o plano dele, a intenção maligna por trás de sua suposta boa vontade. Afinal, ele não nos daria um presente, daria? Não sem pedir algo em troca, pois tudo o que vinha dele era uma artimanha, um jogo. Bom, que fosse. Eu já havia ganhado dois jogos até aquele instante e poderia ganhar mais um.

— Você tá perfeita! — elogiou Kaira, me despertando do meu transe, como se ela própria não estivesse a imagem da perfeição com seu vestido cor-de-rosa. Até o corte em sua bochecha estava charmoso.

— Vem comigo.

Ela me puxou em direção a alguns rostos sorridentes no canto do salão. Minha coxa reclamou.

— Gente, a amiga de quem eu falei. Lina! — disse ela, dando pulinhos de empolgação. Provavelmente já havia experimentado algumas das muitas bebidas que estavam sendo servidas.

— Eu sou o Gael — disse o homem sem um dos olhos que eu havia visto antes, e que agora usava um tapa-olho, segurando minha mão para beijá-la.

Sua expressão estava um pouco mais simpática do que na arena, apesar de ainda haver certa aura de ousadia em sua postura, que, pelo visto, não tinha sido afetada por perder parte da visão.

Sorri sem jeito e sem saber se era boa ideia fazer amizade com alguém que também era um jogador. Não tinha regra alguma sobre haver apenas um vencedor no final, mas havíamos nos enfrentado no desafio anterior e, se isso fosse acontecer de novo, talvez fosse melhor não cultivar relações profundas com mais ninguém.

— Davi — apresentou-se o outro rapaz com um aceno tímido que fez os óculos redondos já consertados descerem um pouco pelo nariz.

Ao contrário do Gael, sua postura era mais encolhida, mas o canto de sua boca volumosa se levantou ao olhar para minha amiga.

Depois disso, não prestei mais atenção em nada. A não ser na Morte, ou melhor, em *Odilon*. Decidi ficar atenta a cada um de seus movimentos, para o caso de ele decidir dar o bote e revelar a cobra venenosa que era. Observei como se reclinava sobre o trono de forma desinteressada, como bebia do cálice em suas mãos, como as sombras em seu manto se moviam de maneira suave.

— Ei, me dá a honra? — Um homem baixo com rosto alegre estendeu a mão para uma jovem a alguns metros de distância de mim, pedindo uma dança.

Ela sorriu, acanhada; ele se sentiu ainda mais incentivado.

— Você é a garota mais linda desse salão — elogiou ele, encarando o longo e brilhante cabelo escuro da menina.

Uma risada desdenhosa me atraiu, vinda do trono. Por um instante, meus olhos encontraram os da Morte. Será que ele estava vendo a mesma cena que eu? Seu rosto se desviou para outra direção em resposta. Não, devia ter sido só impressão minha.

— Obrigada — respondeu a jovem, pegando a mão do homem com um rubor. — Eu danço com você.

Movimentei os pés com desconforto, observando como aquele homem fixava o olhar na jovem que o acompanhava até o centro do salão, ou como Davi se inclinava na direção de Kaira, como se desejasse estar perto dela. Porque as duas, entre tantas outras coisas, eram lindas. Desejadas. Já eu, bem, alguém precisaria fazer um grande esforço para encontrar beleza por debaixo das camadas de pele desconexas.

Balancei a cabeça para afastar o pensamento quando mais pessoas se uniram à dança. Eu precisava focar. Não entendia como todos conseguiam rir e brincar, como se aquela comemoração bizarra fosse tão normal quanto o raiar do dia no mundo dos vivos — e não um baile oferecido pela própria Morte. Até os jogadores, que haviam encarado o inferno naquele mesmo dia, estavam conseguindo se distrair.

Todos a não ser a jogadora que parecia um fantasma. Assim como eu, ela se mantinha atenta aos movimentos ao redor, mas permanecia afastada em um cantinho. Seus olhos afiados vieram em minha direção, e eu desviei o rosto. Sem querer perder o foco, voltei a vigiar a Morte.

Fiz isso até receber um cutucão de Kaira.

— O que acha? — Gael me ofereceu a mão.

— Do quê? — perguntei, desnorteada.

— De dançar comigo.

— Dançar... — Demorei uns segundos até entender que ele de fato desejava dançar comigo. — É... Eu até iria, mas acabei me machucando no último jogo — expliquei, sem muita vontade de me envolver naquilo e sem querer deixar a criatura no trono sem vigia.

— Sei como é — respondeu ele, galanteador, apontando para o olho. — Eu só não vou deixar isso me parar. E você?

Eu lancei um olhar a Kaira, um pedido de socorro. Ainda assim, a maneira como ele me olhou me lembrou — só um pouco — de como era ter alguém prestando atenção em mim.

— Vai, Lina! — incentivou ela, não sei se para jogar lenha na fogueira ou para ficar a sós com Davi, que a olhava interessado através da armação dos óculos. De todo modo, eu quis matá-la.

— O que me diz? — insistiu Gael.

— Hum, só uma música — respondi, enfim pegando a mão dele.

Gael me guiou até o meio do salão, uma mão na minha cintura e a outra unida com a minha. Reparei que ele teve o cuidado de não tocar minhas cicatrizes, e o suor dos seus dedos me angustiava. Nossos corpos começaram a se mover em círculos com uma música animada, mas pontadas de dor percorriam meu corpo por causa de alguns movimentos abruptos; minha coxa agora latejava um pouco. Assim como o meu pé. Torci os lábios, tentando mascarar o desconforto.

Só uma música. Você aguenta.

Continuei me movendo ao som da melodia, com passos meio desajeitados pelo incômodo, mas Gael não parecia notar ou não se importava. Apenas me conduzia em uma dinâmica cada vez mais agitada.

Uma gota de suor escorreu pela minha testa enquanto a dor na coxa aumentava, fazendo a ferida arder. Suspirei de alívio quando a música, de repente, foi substituída por outra mais calma e serena.

Tentei me desvencilhar com um sorriso, já que havia cumprido minha parte do acordo, no entanto, Gael me segurou.

— A música ainda não acabou.

— Acabou, sim. Além do mais, estou com dor.

— Só mais uma, vai! — Gael me apertou com mais força pela cintura. — Ninguém mais vai querer dançar com você mesmo.

— Quer dizer, então, que eu deveria estar agradecida pela sua *caridade?* É isso?

Eu me preparei para lhe dar um belo empurrão, ou quem sabe acertar um soco no buraco vazio que ele tinha no lugar do olho, mas uma corrente gélida perpassou todo o meu corpo e calafrios me fizeram tremer dos pés à cabeça. Precisei me segurar para não vacilar com a figura obscura e imponente que, do nada, surgiu ao meu lado.

Os olhos dele estavam mais pretos do que nunca e olharam Gael com algo próximo do nojo que eu sentia ao ver uma barata. No entanto, aqueles mesmos olhos logo se voltaram para *mim*, encarando-me de uma maneira diferente, embora não menos intimidadora.

— Me concede uma dança, minha cara Celina? — perguntou ele, estendendo a mão, e seus dedos longos e finos me fizeram ter uma sensação de *déjà-vu*.

Gael me soltou com a rapidez de um pincel deslizando sobre a tela, e eu precisei me controlar para não xingá-lo. Por sua estupidez, por ter me desrespeitado e por sumir sem nem questionar quando a Morte apareceu.

— Você me encarou tanto durante esta noite que achei que seria crueldade da minha parte não perguntar.

Estreitei os olhos, já que a única razão para eu tê-lo encarado era a mesma que fazia alguém encarar um escorpião solto no seu quarto: o desejo de evitar uma picada surpresa. Ainda assim, considerei os benefícios de estender nossa interação. Quem sabe não era o momento perfeito para colocar meu plano em prática? Para começar a descobrir tudo o que podia sobre ele e aquele mundo?

— Eu não vou virar uma de suas sombras, vou? — perguntei, afiada, apontando para a mão dele.

Ele sorriu com condescendência.

— Você fica *ainda mais* deslumbrante quando está desconfiada.

Revirei os olhos, mas senti meu coração errar uma batida enquanto aceitava a mão de Odilon, arfando quando seus braços firmes contornaram a minha cintura e me levantaram, de modo que meus pés não tocassem o chão. De início, sua proximidade trouxe uma rajada fria, que passou por mim soltando alguns grampos do meu cabelo. Depois, foi como estar flutuando no ar frio suave, ainda que meu rosto fervesse.

— O que é isso?! Me coloca já no chão! — ordenei, controlando a respiração para manter a calma. — Tá todo mundo olhando.

Ruídos de conversas se fundiram à música, e eu não precisava virar o rosto para os lados para saber que as pessoas nos encaravam sem qualquer discrição. Sentia dezenas de olhares fixos em mim, acompanhando atentamente nossa interação peculiar.

Ele estava mais perto do que seria considerado decente. Eu podia sentir seus músculos contraídos por debaixo do colete, mesmo me esforçando para *não* pensar nisso. E, enquanto seus braços me mantinham erguida, seu rosto afiado encontrava-se a apenas um palmo de distância do meu.

— E daí?

— E daí que, se você não me botar no chão, eu vou ter que te dar uma cabeçada — ameacei.

— Hum... Eu não faria isso, se fosse você — aconselhou ele com tranquilidade, uma risada contida nos lábios. — As sombras vão me defender. — A escuridão do seu manto se moveu em aviso. — Você só vai machucar a própria cabeça.

— A outra opção é você me colocar no chão e nós dançarmos como duas pessoas *normais*.

— Nós não somos pessoas normais — afirmou ele, me guiando com cuidado pelo salão, seu manto de sombras roçando meu corpo. — Além do mais, você prefere sentir dor?

— *Sim.*

— Está mentindo. — Ele desviava de alguns casais na pista de dança com graça e fluidez, sem sequer tirar os olhos de mim. Era como se soubesse onde cada um deles estava. — Uma curiosidade sobre mim é que séculos incontáveis de conversas com sua espécie me ensinaram muito.

— Uma curiosidade sobre você é que você é um *monstro*. — Bufei, frustrada. — Você nos faz matar uns aos outros e transforma os perdedores em sombras!

E lá se vai o meu plano de guiar uma conversa de forma estratégica.

— Matar? — Ele deixou uma risada escapar, nos girando com movimentos fluidos em uma sintonia perfeita com a música. — Vejo que se considera uma pessoa com bastante amor à vida, não é?

— É óbvio, mas não espero que *você* entenda isso.

— Está determinada a me colocar no papel de vilão. — Agora nos movíamos lentamente, e eu já havia quase me acostumado com o frio suave de seu toque. — Mas a realidade é mais simples: eu tenho meu papel, e aqueles que perdem o jogo também.

— É o que você diz para si mesmo, Odilon? — rebati, ácida.

Seus olhos pretos se arregalaram levemente, mas voltaram ao normal no instante seguinte.

— Ninguém valoriza mais a vida do que eu.

Eu ri com sarcasmo.

— Ainda assim, me deixou morrer.

— Deixei?

Ele arqueou a sobrancelha, enviando dúvidas para minha mente, dúvidas que eu não deveria ter e que fizeram meu coração errar algumas batidas conforme o espaço ao meu redor girava.

Odilon me segurou um pouco mais firme.

— Eu não... não entendi.

Olhei para as nossas mãos entrelaçadas, encarei com cautela aqueles dedos longos, e as memórias do incêndio retornaram. Primeiro, os mesmos flashes de antes, mas depois um filme foi se construindo em minha mente, com uma nitidez que não havia da outra vez.

Eu encontrando minha casa em chamas. Minha mãe do lado de fora, tremendo, com as pupilas dilatadas. O miado de um gato vindo lá de dentro. A fumaça invadindo meus pulmões e o fogo subindo pela minha pele. Um peso nos meus braços. Minha visão embaçada pela fumaça, sem conseguir encontrar a saída. E aquela *mão*.

A mão que *ele* me estendeu.

A mão com a qual me carregou. Não em direção à morte, como eu havia imaginado. Senão, não me lembraria da luz do sol sobre mim, nem da sensação de deixar as chamas e muito menos da multidão que se formou ao redor quando fui carregada para a ambulância. Ou dos berros ensurdecedores da minha mãe, que se debatia sem parar, descontrolada.

Não me lembraria do corpo do Vincent, morto, enrolado por um plástico preto.

Quis gritar.

Ele me levou até a saída, compreendi enfim. No mesmo instante, a música parou e Odilon me colocou no chão com suavidade, encarando com cuidado a expressão atônita que eu devia ter no rosto.

— O que isso... Não entendo...

Eu não podia mais continuar ali, olhando o meu inimigo conforme o mundo se fechava ao meu redor em uma tentativa de me esmagar.

Virei as costas para todos e retornei, sem olhar para trás, pelo caminho que eu esperava que me levasse até meu aposento. Dentro de mim, uma luta se travava; pânico e confusão disputavam para ver quem levaria a melhor. Só me permiti escorregar para o chão depois de entrar no cômodo escuro e úmido, batendo a porta com força atrás de mim enquanto as lágrimas desciam. Lágrimas pela minha vida, minha casa.

Pelo Vin.

Nem ele eu fui capaz de salvar. No fundo, eu sabia. Sempre soube.

Ignorei o modo como meu nariz escorria, mas o gosto salgado das lágrimas me irritava a ponto de eu limpá-las com força no momento em que desciam pelo meu rosto. A ponto de os meus olhos começarem a arder e eu segurar meus cabelos, pronta para puxá-los. Talvez tenha feito isso, pois minha cabeça doía como se recebesse marteladas.

— Lina?

Tive um sobressalto, virando-me em direção ao som para ver o rosto da Kaira em uma fresta na porta. Tão logo seus olhos encontraram os meus, vincos cobriram a sua testa.

— O que ele fez com você?

Ela se aproximou com passos rápidos e se sentou ao meu lado. Balancei a cabeça, ainda soluçando.

— Só me distrai, por favor — pedi, soltando o cabelo para apertar meus joelhos com toda força.

— Eu não sei como...

— Só continua falando.

— Hum... Quando a Júlia chorava, eu sempre contava uma história. — Ela acariciou minha mão e seu toque morno espalhou uma sensação boa de aconchego. — Ou... cantava.

— Uma música não seria ruim. — Funguei.

Ela tossiu duas vezes, preparando as cordas vocais, e eu parei para encará-la, distraída pela expectativa. Seria bom ouvir sua voz suave cantando algo bonito, que abafasse o barulho na minha mente. Mas, quando Kaira prendeu um cacho atrás da orelha e soltou a voz, o que saiu foi mais um grito estridente do que uma música. Franzi as sobrancelhas, o incômodo quase me fazendo tapar os ouvidos, contudo minha boca se alargou em um riso curto.

Kaira cantou ainda mais alto, dando adeus a qualquer senso de afinação e derrapando nas notas como um bêbado no asfalto.

— Credo! Você é muito ruim! — Eu a empurrei, sem conseguir conter uma risada baixa. — Como a Júlia gostava disso?

— Eu nunca disse que era boa, nem que ela gostava. — Ela riu, se apoiando na parede, os olhos brilhantes, levemente nostálgicos. — Mas funcionou, né?

— É, até que funcionou — concordei, feliz pela Júlia ter tido a pessoa mais legal do mundo ao seu lado.

Se antes de vir para o Abismo eu me sentia como uma peça sobrando em um quebra-cabeça já montado, Kaira fazia parecer que havia um espaço para mim ao seu lado — um espaço que podia ser leve como uma risada ou confortável igual a um abraço. E permaneci ali até meus batimentos voltarem ao normal e minha respiração se acalmar.

Um vento agradável entrava pela janela. Não dava para saber quanto tempo havia se passado, mas Kaira não saiu do meu lado e eu fiquei grata por isso. Ela sabia que eu não desejava falar sobre o que me abalara tanto a ponto de me fazer sair do baile aos prantos, e talvez por isso tenha puxado outro assunto.

— Tudo o que aconteceu no último desafio, o que nós fizemos... foi *maluco* — comentou ela.

Concordei com a cabeça.

— E *aquilo* que apareceu no final... — Ela me encarou, curiosa. — Como você sabia o que ele queria?

Era a primeira vez que tínhamos um momento a sós desde o segundo jogo, então ainda não havia contado a ela sobre o monstrinho. Respirei fundo e me preparei para contar tudo. Desde o início. Falei sobre como me assustei quando a criatura apareceu, sobre as pinturas desleixadas que dei e a troca de continuarmos na casa que encontráramos. Desculpei-me por não ter dito nada antes, explicando que tive medo de deixarmos um bom abrigo.

Por fim, ela me encarou com os olhos arregalados.

— Não acredito que você escondeu uma coisa tão importante de mim. — Ela balançou a cabeça. — Não faça mais isso.

— Me desculpa.

Não devia mesmo ter escondido aquilo dela. Era sua vida também, e ela tinha o direito de decidir ficar no abrigo ou não.

— Mas, em sua defesa, *com certeza* eu teria saído de lá assim que você me contasse. — Ela riu, me fazendo dar uma risada também.

Kaira era assim. Contagiante.

— Sinceramente, ou você é muito corajosa ou muito doida — disse ela, ainda sorrindo.

— Quando você descobrir, me fala.

Continuamos a falar sobre diversas coisas, incluindo os flertes dela com Davi no baile, o meu desentendimento com Gael, que foi muito xingado por nós duas, e dividimos nossas percepções sobre os outros jogadores.

Kaira só foi embora depois que eu a convenci de que estava bem e não faria mais nenhuma loucura que pudesse trazer problemas. Porém, não fui muito sincera, porque, apesar de considerar a opinião dela, eu ainda estava naquele castelo por uma razão.

XV.
Um animal ferido

Quando todos adormeceram e os sons do castelo cessaram até o lugar parecer um cemitério depois da meia-noite, eu abandonei o quarto onde deveria estar dormindo e me esgueirei pelos cantos sem luz, à procura de... alguma coisa. Alguém havia apagado a maioria dos castiçais, então lugares escuros não faltavam.

Isso me ajudaria a executar o que era meu plano desde o princípio: descobrir uma fraqueza da Morte e usá-la contra ele. Destrinchar aquele lugar parecia um bom começo para alcançar isso.

Odilon só havia nos enganado com meias-verdades e desafios arbitrários. Ele nos fazia jogar como marionetes, induzindo nossos movimentos, esperando pela oportunidade de nos transformar em servos que o seguiriam pela eternidade. Cerrei os punhos, pois agora...

Eu nem sabia mais qual motivo me fizera deixar o mundo dos vivos. O mundo que, apesar de tudo, eu amava. Porque, se não foi o incêndio a razão da minha morte, então o que foi?

Claro que ele não me diria. Odilon era injusto, tão injusto como só a Morte podia ser.

Mas eu vinha aprendendo algumas coisas sobre o Abismo. Não era apenas um reino onde nenhuma vida crescia, onde o céu não amanhecia ou onde objetos místicos podiam fazer coisas extraordinárias. Eu também tinha aprendido que, de alguma forma, os que estavam ali ainda podiam se machucar; a lesão na minha coxa era bem dolorida, afinal. Gael também havia perdido um olho, e Kaira ganhara um corte no rosto.

As feridas emocionais, então, eram incontáveis — e todas eram culpa de Odilon. Já estava na hora de ele responder por isso.

Ele não pode ser invencível. Ninguém é.

Avancei com os passos mais sorrateiros que conseguia. Prossegui pelos corredores, passando por diversas portas de cômodos onde os jogadores deviam estar dormindo, pois eram de madeira maciça e se assemelhavam à minha. Também atravessei alguns ambientes que vira na primeira visita ali, incluindo a galeria e a biblioteca.

Conforme me aprofundava no castelo, constatei que algumas portas eram diferenciadas. Maiores e mais robustas, reforçadas com aço e cadeados grossos. Lembrei-me das imagens nos livros de história, dizendo que portas como aquelas costumavam guardar armamentos, passagens internas e itens valiosos, como joias. Perguntei-me se conseguiria abrir alguma daquelas trancas, mas não tinha nada que pudesse utilizar para fazer uma tentativa.

De todo modo, ainda havia muito para investigar. Continuei andando, dessa vez por um corredor mais estreito. A cada segundo, o frio ficava mais intenso, o gelo mais cortante, de modo que já estava batendo os dentes quando cheguei a uma parte do caminho que era pura escuridão. Nem precisei procurar uma sombra para me esconder, pois *tudo* era sombra. Não conseguia mais ver portas, paredes, quadros... nada.

O instinto que ainda vivia em mim berrava para que eu corresse o mais rápido possível e buscasse um lugar iluminado, onde pudesse ver as ameaças que se escondiam no breu, mas lutei contra ele e segui pela escuridão. Tateei o entorno em busca de portas ou cômodos abertos, mas tudo o que sentia eram as pedras crespas e geladas da parede.

Gradualmente, minha visão se acostumou ao negrume, e eu não sabia dizer se isso era bom. De vez em quando, podia jurar que sombras se moviam, ameaçando me tocar. Continuei andando, os braços cruzados ao redor do peito, esperando encontrar uma luz no fim do túnel, ou melhor, desvendar *o que* todas aquelas sombras tentavam esconder. Só que...

Empaquei.

Um barulho que se assemelhava a garras rasgando madeira ecoou, me fazendo ficar imóvel. Meu corpo se arrepiou, fosse pelo medo ou pelo ar gélido. Precisei inspirar profundamente, numa tentativa de acalmar meu coração, antes de continuar andando pela escuridão total, os olhos indo para todos os lados, enquanto buscava aplacar o sentimento de que criaturas sombrias poderiam estar me observando.

Até que um grito de dor reverberou, preenchendo o ambiente com algo que fez meus pelos se arrepiarem. Não era um grito comum, como quando um inseto te surpreendia, mas um grito que transmitia uma sensação de pânico imediata. Que só podia ser dado por alguém que estivesse em um estado de desespero profundo.

Um grito que feria.

Quis correr para longe, mas fiz o oposto. Corri na direção do som, ignorando a dor e todos os meus instintos de sobrevivência.

∧

Cheguei a uma porta pesada de madeira ao final do corredor, que cedeu com um único empurrão. Eu me concentrei em buscar a origem do som, porém o que se seguiu foi um silêncio ensurdecedor. Entrei em estado de alerta. Cogitei deixar aquele quarto consumido pela mais profunda escuridão, que me faria ter pesadelos, se o Abismo não tivesse me tirado a capacidade de sonhar, mas e se eu pudesse descobrir algo ali?

Captei o barulho baixinho de murmúrios sofridos. Estremeci.

Semicerrei as pálpebras, os olhos começando a se ajustar àquele breu intenso. Meu coração batia mais forte do que nunca, a respiração rápida e ofegante conforme eu tentava encontrar a origem dos gemidos de sofrimento.

— *Não, não...* — Ouvi as palavras em meio aos lamentos.

Aos poucos, pude distinguir uma forma encolhida na extremidade do cômodo, a cabeça inclinada sobre os joelhos. *Ele.*

Eu fui atraída para uma armadilha?

Tateei ao redor em busca de algo que pudesse usar como arma. Só encontrei uma pedra áspera caída no chão, e, por mais ridículo que fosse, me senti mais protegida ao segurá-la. Eu a ergui no ar, em uma postura perfeita para arremessá-la, e cheguei mais perto da figura agachada.

Eu me preparei para ser surpreendida ou atacada, mas ele permaneceu na mesma postura, envolvido em algo que acontecia dentro da própria cabeça. Minha mão tremeu de expectativa; podia ser a minha chance de descobrir se a Morte tinha uma fraqueza desconhecida ou determinar se ele poderia ser machucado fisicamente.

As sobras do seu manto dançaram e cresceram, como se soubessem que eu me aproximava e não gostassem nem um pouco da minha intenção. As palavras de Odilon no baile ressoaram na minha mente.

As sombras vão me defender.

Será mesmo?

Talvez.

Eu deveria testar, não? Não devia apenas confiar em suas palavras.

Preparei-me para desferir o golpe, reunindo forças, mas Odilon ergueu a cabeça de repente. Saltei com o susto, porém suas pupilas, sempre tão pretas, estavam esbranquiçadas, perdidas. Ele olhava em minha direção, mas não parecia me enxergar. Seus olhos estavam cobertos por uma fina camada branca, sem saber para onde ir ou em que se concentrar.

Respirei de alívio por não ter sido descoberta, mas a sensação durou pouco, pois ele começou a *bater* a própria cabeça contra a parede de pedras na qual se recostava. De início, devagar, e depois mais rápido. Mais forte. Parecia que estava tendo um pesadelo do qual não conseguia acordar.

Traque. Traque. Traque. Traque.

Naquele momento, tive a prova de que ele podia se ferir, porque o sangue manchou a parede. Algumas pedras se quebraram. Só que, por algum motivo, isso não trouxe a satisfação que eu esperava. Na verdade, vê-lo daquela maneira revirou alguma coisa dentro de mim. Lembrei-me de como Odilon havia me estendido a mão no incêndio, quando eu estava no momento mais arriscado da minha vida e, por alguma razão desconhecida, ele me ajudara a chegar até o lado de fora.

Comecei a tremer intensamente conforme as batidas na parede aumentaram e o cheiro metálico de sangue me deixou enjoada.

Deixei a pedra cair, desejando tampar os ouvidos, desejando que sua cabeça se mantivesse no lugar...

— Pare — pedi, mas não obtive resposta. Eu me abaixei e balancei seus ombros, as sombras do manto envolvendo minhas mãos. — Por favor.

Mais sangue. Mais batidas. O cérebro dele poderia começar a se despedaçar a qualquer instante. Os cabelos brancos estavam cobertos de vermelho e parte da sua cabeça se abrira.

— Pare, pare, *apenas pare*!

Já não sabia se os gemidos vinham de mim ou dele. Também não entendia por que meu rosto estava molhado. Mas não adiantava, ele não parava, e eu não sabia mais o que fazer.

As sombras se movimentavam com calma, como se não houvesse nada anormal acontecendo, bem diferente da maneira como pareceram perturbadas quando ameacei jogar a pedra. Podia funcionar. Catei-a do chão, as mãos instáveis, sem saber exatamente o que aconteceria. Levantei a pedra até ela estar na altura da minha cabeça e segurei-a com força.

Então, a lancei. Bem no rosto da Morte.

As sombras se afiaram como mil espinhos, brotando de todas as direções e destruindo a pedra antes que ela tocasse sequer um fio de cabelo de Odilon. Ainda insatisfeitas, elas se alargaram a partir do corpo dele e vieram em minha direção, furiosas.

— O quê...? — A voz de Odilon saiu confusa.

Suas pupilas voltaram ao normal, mas não dava mais tempo de frear o golpe traiçoeiro que eu receberia. Por instinto, levei os braços à frente do corpo, trêmula, ansiosa por me proteger.

Só que não foi preciso. Porque, quando as trevas me alcançaram, elas só... tocaram minha pele. Curiosas. Parecia mais uma carícia do que qualquer coisa e provocava cócegas também. Certamente, não pareciam inclinadas a me ferir, como Odilon dissera que fariam.

Mentiroso.

As sombras se afastaram com reverência, retornando para ele, que me encarava com algo entre curiosidade e interesse.

Odilon se levantou com facilidade, a autoridade habitual de volta ao seu rosto. Com um simples gesto de mão e um cintilar da foice, todo o sangue desapareceu da parede e os fios brancos do seu cabelo se tornaram impecáveis de novo; sua cabeça foi curada como uma superfície cujas rachaduras eram cobertas. O cheiro enjoativo de sangue desapareceu, deixando apenas o odor de um quarto empoeirado.

Ele me fitou com tensão, os músculos do pescoço enrijecidos, como se estivesse se controlando para não perder a calma.

— Já não te falei para ter *cuidado* com os lugares onde entra? — Ele ergueu a sobrancelha com irritação.

Só pode ser brincadeira!

Enxuguei as lágrimas que ainda molhavam meu rosto, furiosa por ter agido como uma idiota patética, e ainda ter tentado ajudar o monstro que me mantinha no Abismo, que, aliás, eu só havia encontrado porque estava buscando algo para usar *contra* ele.

O olhar dele se atenuou um pouco.

— *De nada*, Odilon — rebati, ácida. — Realmente, eu não precisava ter movido uma palha para te ajudar, mas *infelizmente* não consigo virar as costas para um animal ferido.

— Animal ferido? — repetiu ele com uma risada debochada. — Você poderia ter morrido. *De novo.*

— E você podia ter partido o próprio crânio em mil pedaços! — Fechei as mãos para controlar o quanto tremiam.

— Não importa, foi só um pesadelo. Eu reviveria depois. — Ele deu de ombros.

Seu jeito de falar foi descontraído, leve como o de alguém perguntando a previsão do tempo, mas seus olhos ficaram mais escuros, como se sombras tentassem esconder os segredos que eu encontraria se continuasse olhando. Torci para algum deles ser mesmo um ponto fraco, para que eu pudesse tirar a arrogância de seu rosto ingrato.

— Ah, jura? Bom... pareceu importar quando você estava se afogando no próprio sofrimento e *eu* te acordei. Gostando ou não, está em dívida comigo.

— Dívida? — repetiu ele com sarcasmo, mas levou a mão ao queixo, considerando a ideia. — A Morte não fica em dívida.

— Agora, fica — respondi, entrelaçando as mãos para controlar meus dedos agitados.

Ele deu um meio sorriso e simplesmente *capturou* minhas mãos nas dele. Arregalei os olhos e tentei soltá-las, no entanto, fui tomada por uma calma, uma sensação de paz que, enfim, fez meus tremores cessarem.

— E o que você quer da Morte, minha cara Celina? — indagou ele, acariciando minhas mãos de um jeito que enviou um calor estranho pela minha pele.

Eu me afastei bruscamente, recuperando a compostura que, por algum motivo, havia perdido. Recebi um olhar intrigado em resposta.

— Quero saber *como* morri.

— Isso só o espelho poderá mostrar.

— Você nunca responde às minhas perguntas. — Suspirei, irritada.

Gostando ou não, eu o havia ajudado em um momento de vulnerabilidade, e era assim que ele retribuía? Tornei a olhar para sua cabeça, esperando encontrar sangue ali. Nunca havia presenciado alguém tão angustiado a ponto de tentar quebrar o próprio crânio com tanta insistência.

Pisquei. Vulnerabilidade. Era isso.

— Com o que você estava sonhando? — perguntei.

Odilon ignorou minha pergunta e, com um estalo de dedos, acendeu os castiçais do quarto. Agora, eu podia ver com clareza uma poltrona grande de estilo gótico e estofado de cor vinho, onde ele foi se sentar. Ao lado dela, jazia uma cama enorme com cobertores escuros. Também havia uma lareira coberta por teias de aranha e poeira, que irritou meu nariz, e alguns objetos intrigantes em uma estante que ficava ao lado de uma janela de vitrais de tons escuros, como azul-marinho, preto e vinho. Perguntei-me se encontraria algum segredo naquela estante. Talvez no livro roxo ou na caixa marrom.

— Quer se sentar? — Ele apontou para a cama com um olhar travesso.

Um rubor se espalhou pelo meu rosto.

— Prefiro ficar em pé.

Os cantos da sua boca se ergueram em um sorriso. Ele, claramente, estava se divertindo com minhas reações.

— Vai responder minha pergunta ou não? — indaguei, apertando meu maxilar.

— Essa ou a outra?

Eu o encarei com um olhar fuzilante.

— Calma, eu só estava brincando. — Ele ergueu as mãos, o sorriso ainda no rosto. — Pensei que os humanos tivessem mais senso de humor.

— E então? — insisti.

— Hum, meu sonho? O de sempre — respondeu ele de modo descontraído, mas sua entonação se alterara um pouco. — Tragédias, sangue, perdas, medos.

Odilon elencou os horrores do seu sonho como se fosse uma lista de compras de supermercado e, se eu não tivesse testemunhado o que ele fizera com a própria cabeça, pensaria que os pesadelos não eram nada para ele, e consideraria a possibilidade de a Morte ser mesmo invencível. Mas eu *havia* presenciado.

Ninguém poderia sair ileso de algo tão horrível, capaz de causar aquele tipo de reação. Nem ele. No entanto, Odilon não parecia disposto a admitir a realidade nem tinha alguém com quem pudesse falar sobre isso.

Por um instante, não soube o que dizer.

— Que tipo de medos? — perguntei, enfim, pensando se seriam piores do que o medo que eu enfrentara no primeiro jogo. Ou mais tristes do que o de Kaira.

— *Todos*.

— Isso é impossível, Odilon. — Balancei a cabeça, impaciente com a resposta que não me dizia nada.

— Se você diz...

— Acontece quando você tenta dormir?

Odilon fez que sim. Mesmo reclinando na poltrona, não havia nenhum sinal do tédio tão comum na sua postura. Na verdade, ele me encarava com um brilho de interesse com o qual eu não estava acostumada.

— Eu aprecio um bom sono, confesso — disse ele.

Não me admirava. O sono era como um refúgio em uma grande tempestade de pensamentos, uma fuga bem-vinda das coisas que me assombravam.

— Claro, eu poderia apenas não dormir e evitar quaisquer... danos — prosseguiu Odilon, os dedos acariciando o braço da poltrona. — Mas, se vou me curar de qualquer maneira, qual o problema?

O problema? Não sabia dizer. Se só estávamos falando do desfecho, talvez não tivesse nenhum, mas e tudo o que acontecia no meio? Ele estava mesmo tranquilo com a ideia de se autodestruir, apenas porque poderia se curar? Eu não conseguia entender.

— Não existe um jeito de só acabar com isso? — questionei, trocando o peso de uma pena para a outra. — Quer dizer, você é a *Morte*.

— Por que eu faria isso, se a escolha foi minha?

As chamas das velas se agitaram com a resposta.

— Ninguém escolheria ter pesadelos. — Eu ri, descrente. — Impossível.

— É a segunda vez que você diz isso e, ainda assim, é a verdade. — Ele ergueu uma sobrancelha, me desafiando a contradizê-lo.

— Por que você escolheria isso?

— Ah... — Ele suspirou de modo exagerado. — Estou ficando entediado com tantas perguntas.

Mas falar com você só me traz mais questões, quis dizer.

— Vamos encerrar nosso maravilhoso encontro agora. — Ele inclinou a cabeça, olhando para o corredor escuro que se estendia após a porta de seu quarto. — Você pode ir. Ou precisa de ajuda para encontrar seu aposento? — Os lábios dele se inclinaram em um sorriso sedutor.

— Isso não foi um encontro. Eu *salvei* você.

— Bobagem. — Ele revirou os olhos. — Não tem como salvar alguém que nunca correu perigo. No máximo, você me poupou de consertar algumas pedras, mas não se preocupe. Pagarei a *dívida*.

— Como?

— Com algo que sei que você deseja — respondeu ele, enigmático. — Você saberá ao acordar.

Antes que eu pudesse contestar, sua foice brilhou e minha visão se anuviou. Quando voltei a mim, já estava no meu quarto, e precisei de alguns momentos para acalmar minha respiração, agitada pela promessa nas palavras de Odilon.

Seus olhos, tão pretos como a escuridão daquele cômodo, rodearam a minha mente feito mariposas na luz enquanto eu trocava o vestido do baile por uma peça mais leve, e permaneceram em meus pensamentos até eu pegar no sono.

XVI.
Um lindo mistério

Meus olhos se abriram e me sentei de súbito, boquiaberta pelo cenário ao meu redor. Não havia o chão de pedras de costume. Em vez disso, senti uma grama fofa abaixo de mim, pinicando um pouco minha pele. A cor era incomum, não verde, mas de um tom escuro e levemente arroxeado, coberta por florezinhas cor-de-rosa.

A figura serena de Odilon estava em pé um pouco mais adiante, focado em algo que eu não conseguia ver; as sombras do seu manto se moviam, não como chamas vivas, mas com a leveza e a fluidez de uma pluma ao vento.

— Você precisa *mesmo* transportar as pessoas assim? — perguntei, me levantando e batendo as mãos no vestido lilás que Maia tinha me dado e que eu usara para dormir, limpando a grama que havia se prendido ao tecido.

Testei alguns movimentos com a perna para conferir se minha coxa e meu pé ainda doíam. Porém, a pomada que Francisca fizera devia ser muito boa, pois todas as feridas apenas coçavam um pouco.

— É mais prático.

— É *desconfortável* — corrigi, me aproximando, desconfiada.

— Gostou? — perguntou ele, sem se mover.

Finalmente, me postei ao lado dele, meus olhos se arregalando com espanto à medida que capturavam cada detalhe da paisagem fantástica diante de nós. Um lago com águas escuras e profundas parecia se estender até o infinito, enquanto árvores retorcidas se curvavam sobre ele, como se tentassem tocá-lo.

Só que aquilo não era o mais impressionante, nem o que me deixou de boca aberta, desejando ter um pincel. Era a luz. A luz dourada que vinha da esfera no céu iluminava o lago de forma suave, formando uma espécie de caminho brilhante sobre as águas pretas. Por um instante, desejei colocar os pés no lago, caminhar por ali até ver onde iria parar, mas algo me dizia que não era uma boa ideia. Então, me contentei em apenas encarar, fascinada. Tão fascinada como um pintor envolvido na própria arte, mas, em vez de me concentrar em cada cor ou pincelada, eu me detive na serenidade e na beleza do cenário. Lindo e sombrio.

Belo, mas, ao mesmo tempo, perigoso.

De algum modo, lembrava a figura ao meu lado.

Respirei profundamente, feliz por sentir o aroma terroso, diferente do cheiro de mofo.

— É... incrível — admiti, por fim.

— Fico feliz em saber, porque esse é o pagamento da minha dívida.

Ele andou até um ponto debaixo de uma das árvores enormes e me controlei para não dar pulinhos de empolgação com o que havia ao lado.

Um cavalete. Um cavalete sustentando uma tela pronta para ser usada. Corri em sua direção e passei a mão pela superfície branca e uniforme até ser tomada por algo que encheu meu coração. Seria amor? Para meu constrangimento, não hesitei em pegar um dos pincéis.

Meu orgulho quis me dar um soco tão logo um meio sorriso satisfeito surgiu no rosto de Odilon. Não deveria deixá-lo me ver feliz, nem deveria baixar a droga da minha guarda, só que eu sentia tanta saudade do pincel, da sensação de manipulá-lo. E as cores eram tão, *tão* convidativas.

— O que foi?

— Nada — respondi com um suspiro, começando a misturar os tons na paleta.

Se Odilon tinha outras intenções ao me levar ali, eu deveria ser ainda mais esperta, usar aquilo a meu favor. Poderia ser o momento para continuar tentando encontrar uma fraqueza que pudesse ser usada ou para entender o funcionamento daquele mundo estranho. E ainda havia a... minha morte. Ainda não tinha aceitado a falta de respostas sobre isso.

Passei o pincel na tela com força, como se estivesse segurando uma faca e desferindo golpes em vez de pinceladas. Cada vez que os tons se mesclavam na tela, sentia um pouco dos sentimentos acumulados dentro de mim se dissiparem. De alguma forma, ao preencher o branco do quadro, eu tirava o excesso de cores que havia dentro de mim. Algumas mais obscuras do que outras.

— É assim mesmo que se faz? — perguntou ele, as palavras saindo mais como um julgamento pela maneira brusca como eu pintava.

— Não tem jeito certo quando o assunto é arte, Odilon.

Ele me olhou com ar de divertimento, e eu continuei:

— Me diz, o solo do Abismo não é morto? — Suavizei as pinceladas, fingindo estar distraída e só jogando conversa fora. — Como pode ter grama, então?

— É um mistério até para mim — respondeu ele, encarando o lago. — Já estava aqui quando cheguei.

— Quando chegou? Você não é... único?

— Houve outros antes de mim, é claro. Todos se cansam uma hora, até o Abismo.

Absorvi a informação, buscando sufocar o brilho de interesse em meus olhos, para que ele continuasse falando.

— E você? Está cansado? — Eu o observei pela visão periférica, sem parar de dar vida à imagem que se formava através das minhas mãos.

— Não. — Odilon sorriu como se apreciasse até *demais* ser uma entidade cruel.

— Nem mesmo dos pesadelos? — arrisquei, mirando-o com o canto dos olhos.

Sua expressão se alterou levemente e ele me encarou com atenção, tal como um artista que desejasse pintar um retrato e precisasse observar cada traço com cuidado para fazer um registro preciso. Sem nem pensar, tentei esconder as marcas no meu rosto, jogando meu cabelo para a frente.

— Não acho certo uma artista tentar esconder uma obra de arte, minha cara Celina.

Meu coração bateu mais forte e a pincelada que eu dava escorregou na tela, entretanto, não me permiti estender meu constrangimento. Não lhe daria o gosto de ver suas tramoias surtirem algum efeito em mim, mas a verdade era que a apreciação com que ele me olhava mexia...

Não. Odilon só estava jogando comigo, como ele mesmo dissera que a Morte gostava de fazer.

— Se gosta tanto de obras de arte, por que não dá mais cor a esse lugar? — perguntei, ajeitando a pincelada falha. — Você deve ter poderes para isso.

— Está dizendo que a arte precisa ser bonita? — Ele ergueu uma sobrancelha.

— Eu prefiro que sim — confessei, dando de ombros e esperando alguma piadinha, mas isso não aconteceu.

— Infelizmente, vida nunca poderia vir da morte. — Ele fez um cálice ganhar forma em sua mão e deu um longo gole.

— Você tentou?

— Sim, Celina, eu tentei — replicou ele com certa impaciência. — E funcionou por algum tempo, antes de o Abismo reivindicar tudo.

Odilon se afastou de mim e apoiou as costas em uma árvore seca, mas com o tronco robusto.

Eu o encarei, tentando segurar o riso. Aparentemente, entidades não gostavam de discutir sobre coisas que eram incapazes de fazer; não que isso me fizesse duvidar do poder dele. O brilho dourado da esfera, que cintilava em seus cabelos brancos, deixava-o quase onírico, e as sombras dançavam ao seu redor. Um ser puramente místico e, sem dúvidas, poderoso.

— Está rindo de mim? — Odilon arqueou uma sobrancelha.

— Você me castigaria, se eu estivesse?

— Não da maneira que você espera. — Os lábios dele se alargaram em um sorriso sutil, talvez um pouco malicioso.

— Como você pode saber o que eu espero? — desafiei.

— Sou bom em adivinhar — disse ele com um gole do cálice, sem tirar os olhos de mim.

Rubor se espalhou por minhas bochechas. Não sabia por que meu corpo reagia de maneira tão ridícula na presença dele, por que meus olhos o buscavam, e me irritava profundamente com isso. Pigarreei de leve.

— Se isso fosse verdade, você saberia que, nesse momento, eu espero *silêncio*.

— Talvez eu saiba e só ignore.

Revirei os olhos e apertei o pincel com mais força na tela, sem saber quais cores misturar para conseguir o tom daquela grama diferenciada. Sem saber como agir.

De repente, uma rajada de vento passou por mim, gelando a minha pele, e chamas feitas de sombras densas e escuras cresceram ao meu lado. Odilon se materializou a partir delas, inclinando o rosto na direção do meu. Prendi o fôlego. O que ele pretendia fa...

— Está tudo bem? — sussurrou ele, enviando arrepios por toda a minha pele. — Parece que tem alguma coisa te distraindo.

Mordi o lábio.

— É difícil me concentrar com alguém me encarando *tanto* — respondi, sem desviar o rosto da pintura, mas estava mais atenta do que nunca à sua presença.

Odilon semicerrou os olhos, sem afastar o rosto. Seu hálito frio pinicou a minha pele quando disse:

— A única maneira de saber disso é se você estiver fazendo o mesmo.

— Não... necessariamente — discordei, hesitante. — Nós, mortais, temos um sexto sentido: sabemos quando estamos sendo observados.

Odilon afastou o rosto do meu apenas para rir de forma sincera, vincos se formando no canto dos seus olhos. Era uma risada relaxada, talvez a primeira do tipo que ouvia deixar sua garganta.

— É fofo que você acredite nesse mito.

— Não é um mito! — retruquei, parando de pintar e encarando-o com irritação.

— Do que devo chamar? — Odilon coçou o queixo, pensativo. — Truque da mente? Autoilusão?

— Quer saber? Não interessa — respondi, limpando o pincel apenas para afundá-lo em uma nova cor, pronta para voltar a pintar. — Eu não estava te olhando, porque, como pode ver, estou ocupada com a minha *pintura*. E você, Odilon, qual a sua desculpa?

Odilon me encarou com intensidade, os olhos pretos fixos em mim estudaram cada um dos meus traços, como se quisesse ter a certeza de não deixar nenhum detalhe passar, e de repente, o vestido que eu usava não parecia ser o suficiente para me cobrir. Precisei lutar contra o ímpeto de fazer o mesmo com ele.

— Eu não tenho uma desculpa.

Meu coração palpitou um pouco mais rápido, e a sinceridade dele me desarmou por uns instantes. Ele estava admitindo que passara os últimos momentos me encarando? Por quê?

Abri a boca para perguntar, mas... importava?

Eu dizia a mim mesma que não, que devia evitar o jogo dele — porque só podia ser isso, um jogo —, mas as batidas no meu peito discordavam.

— Pensando bem, talvez eu tenha uma — disse Odilon, a voz rouca.

Permaneci calada, buscando manter a respiração sob controle. Eu traçava a tela com o pincel e me esforçava para focar apenas os movimentos das minhas mãos, as cores e os detalhes que lapidava.

— É a expressão que você faz quando está pintando — disse ele, como se isso explicasse tudo. — Tão concentrada...
— O que isso tem a ver? — indaguei antes que pudesse me frear.
— Não consigo parar de olhar para ela.
— Você está brincando comigo.
Esperei que ele se defendesse, mas, com o canto dos olhos, vi apenas um sorriso sutil delineado em seus lábios.

Desisti de participar da sua provocação e pus todo o meu foco em transmitir os tons da paisagem para o quadro, indo do lago em sua mesclagem perfeita de tons até a grama tão peculiar e as árvores belamente esculpidas. Porém, não apenas isso. Cada cor precisava de algo a mais, de um sentimento a guiando. Assim, tentei passar para a tela toda a paz que transbordava em mim ao pisar no chão fofo, apreciar as águas mágicas e tocar nos galhos enormes.

Um sentimento de satisfação me preencheu quando terminei e, de imediato, Odilon veio para o meu lado. Cruzei os braços. Não gostava de exibir minhas pinturas no mundo dos vivos, no entanto, não me importei quando os olhos dele analisaram cada detalhe da minha obra.

Se mudávamos constantemente durante a vida, o mesmo acontecia na morte, aparentemente.

— Vai, diz alguma coisa — pedi, acariciando o pincel com nervosismo.

— Se o lago tiver uma alma, é assim que deve ser.

Meus olhos brilharam e um sorriso brotou nos meus lábios.

— Posso ficar com ele? — Apontei para o quadro.

— É seu, pode fazer o que quiser — respondeu Odilon.

Dei um aceno com a cabeça, uma sensação entranha no peito. Nunca pensei que poderia pintar no Abismo, mas ali estava, com uma das obras mais lindas que já fizera. Também nunca imaginei que Odilon seria capaz de fazer algo bom e genuíno por outra pessoa, porém, ele havia cumprido sua palavra e pagado sua dívida.

Ele conseguira me fazer esquecer, mesmo que por apenas algum tempo, das coisas ruins sobre o lugar em que eu estava e do que ainda precisaria enfrentar. Claro, sabia que a Morte não era boa, mas talvez — só talvez — não fosse totalmente ruim.

Por isso, decidi tentar mais uma vez descobrir a resposta para a pergunta que me corroía.

— Como eu morri? — perguntei, encarando-o com olhos que imploravam. — *Por favor*.

Por um segundo, sua expressão vacilou e pensei que Odilon me contaria, mas fui tomada por decepção quando ele respondeu:

— Você é inteligente. Se desejar, vai encontrar a resposta.

— Então, ao menos, me diz por que você me levou até a saída.

— Hum... Eu não deveria ter feito isso, para falar a verdade — confessou ele. — O meu papel é guiar vocês, mortais, para a morte. Só que você parecia ter tanta vontade de viver, de escapar daquele lugar... Acho que só fiquei curioso.

— Curioso?

— Para ver como você se sairia depois — respondeu ele. — O que faria com o dom da vida.

Odilon invocou a foice, que surgiu em suas mãos, imponente e perigosa.

Eu sabia o que aconteceria.

A lâmina cintilou, e minha visão, aos poucos, foi perdendo o foco enquanto meu corpo desaparecia.

⋀

De volta ao salão, não me contive e dei a primeira mordida em um pão redondinho com casca crocante; seu miolo era macio e absorveu por completo o ensopado delicioso diante de mim. Fechei os olhos para apreciar o sabor dos temperos, que pareciam dançar em minha língua. Não sabia exatamente como o castelo conseguia comidas tão deliciosas, mas um dos jogadores jurou ter visto a foice cintilar e transformar objetos em comida no dia anterior, antes do início do baile.

Descansei a cabeça na mão, analisando o ambiente. Sem as músicas e as danças, eu podia ver o castelo pelo que realmente era: um lugar sem alegria, sem cor e com espaço demais sobrando. Um espaço tão grande que a solidão e a melancolia ecoavam. Não que o salão estivesse vazio, pelo contrário. Pelo menos vinte jogadores estavam dispersos entre as mesas, trocando murmúrios e olhares conspiratórios. Muitos deles suspeitavam que o último jogo seria uma competição, então procuravam pontos fracos nos demais. Isso só tornava o clima mais tenso, piorando o que já era ruim.

Não entendia por que alguém desejaria viver ali pela eternidade como uma entidade odiada, fadada ao isolamento. Pensar sobre isso me fazia quase sentir pena de Odilon. *Quase*.

Desfrutei da última mordida do pão úmido, mas mantive os olhos focados nos dedos sujos de caldo para não ver a expressão de desgosto no rosto de Kaira.

— Por onde você andou, de verdade? — perguntou ela.

— Já falei, só fui explorar e pintar um pouco — respondi, apontando para a tela bem ao meu lado, apoiada na cadeira.

Não era uma mentira completa, mas também não era a verdade. Porém, Kaira só ficaria mais preocupada se eu contasse que passara todo o tempo que estive fora com a entidade que era a causa dos nossos problemas.

Ela semicerrou os olhos para mim, penetrantes o bastante para enxergar meu interior. Às vezes, eu acreditava que Kaira tinha mesmo um sexto sentido, ou eu era uma péssima mentirosa.

— Engraçado... Nunca vi esse lugar, é tão bonito. Deve ter sido *difícil* de achar.

— É... — Eu me remexi, incomodada, e soltei o pão. — Foi bem difícil.

Kaira deu um suspiro audível, apoiando as costas na cadeira e balançando a cabeça.

— Você não vê como é arriscado sair com ele? — sussurrou ela, provavelmente com receio de atrair a atenção de outros jogadores, o que achei desnecessário, pois apenas Gael e Davi olhavam para nós, e eles comiam no lado oposto do salão.

— Certo, eu admito. — Ergui as mãos. — Eu não queria preocupar você, tá legal? Mas tudo é arriscado, Kaira. E você não acha que, se quisesse mesmo, ele já não teria me machucado?

— Eu não sei, Lina. Nós não o conhecemos! — exclamou ela, atraindo a atenção dos outros e logo se arrependendo. Ela voltou a sussurrar: — Você precisa tomar cuidado. Se baixar a guarda durante a luta, o golpe vem de quem está mais perto.

— Confie em mim, ele pode até achar que está perto, mas a distância entre nós é a mesma que a nossa do mundo dos vivos — declarei com firmeza, apesar de a imagem de Odilon murmurando no meu ouvido ter brilhado em minha mente.

Kaira não pareceu tão certa disso, mas suspirou e decidiu provar o pão que já tinha me dado um gostinho do céu. Eu a encarei, juntando coragem para dizer o que vinha consumindo meus pensamentos desde o encontro com a Morte.

Respirei profundamente, os dedos tamborilando na madeira. No fundo, eu sabia que não me esforçara o suficiente para entender o que podia ter acabado com a minha vida e me levado até aquele mundo morto. Com certeza, não o suficiente para enfrentar a realidade.

— Eu tinha um gatinho — revelei antes de a coragem se esvair. — Era a única coisa que eu amava tanto quanto pintar. O nome dele era Vincent.

— Por causa do pintor? — indagou ela, interessada, deixando a comida de lado.

— Sim. — Pisquei algumas vezes. — Mas eu deixei ele morrer.

— Como assim?

— Não consegui salvar ele do incêndio — confessei, mexendo as mãos sem parar, meu peito subindo e descendo com rapidez. — Mas não foi assim que eu morri.

— Sinto muito, Lina. — Ela apertou a minha mão, os olhos suaves. — Mas por que você tá me dizendo isso?

— Eu não sei... — respondi, a comida pesando em meu estômago. — Mas eu sinto que as mortes que rodeiam a gente podem ter a ver com o fato de estarmos aqui.

— Por que você acha isso? — Vincos se formaram na testa dela.

— Bom, o Vincent apareceu para mim no primeiro desafio. — As palavras saíam confusas, mas eu precisava dizê-las. — E o seu medo tinha relação com a Júlia, então...

Kaira soltou a minha mão.

— O que eu quero dizer é que... nossas perdas podem ter algum papel nisso tudo — concluí.

— Eu não a perdi, Lina. Eu *causei* a morte dela. — Kaira deixou os ombros caírem, parecendo estremecer.

Comprimi os lábios, meu maxilar trêmulo. Será que eu era a responsável pela morte do meu gatinho? Não, claro que *não*. Embora minha mãe nunca tenha sido confiável para cuidar dele, eu sempre estava em casa, exceto quando tinha trabalho para fazer. Não havia como prever que a irresponsabilidade dela mataria ele. Ou havia?

— Kaira... Você acha que estamos aqui porque somos responsáveis por essas mortes?

— É o que parece — disse ela, os olhos atormentados pela culpa.

E se nossas últimas lembranças mostram não a maneira como morremos, mas o que fez a gente vir para cá?, pensei, os olhos arregalados.

Uma lágrima desceu pelo rosto de Kaira.

— Se for verdade, talvez a gente mereça os jogos — declarou ela.

Apertei os dentes com força, e o ensopado já não parecia mais tão apetitoso. As palavras da Kaira se alojaram na boca do meu estômago, deixando-me com um enjoo que me acompanhou quando peguei a pintura apoiada na cadeira, saí do salão e caminhei pelos corredores até encontrar a saída do castelo.

Ignorei os jardins com flores há muito mortas, a estátua macabra do anjo sem asa, a colina e a fonte de água esculpida em pedra, que não tinha água alguma e estava lascada em várias partes. Cruzei tudo isso e fui direto para a floresta mais ao longe.

XVII.
Uma boa pergunta

Desabei nas folhas secas e escuras do chão frio da floresta. Em um dia normal, eu teria medo de ficar sozinha enquanto a luz tênue da lua projetava sombras assustadoras através dos galhos ressecados das árvores. Pareciam até garras tentando me capturar, ansiosas por me arrastar para o escuro.

Como se eu já não estivesse nele. Porque nenhum dia no Abismo era normal. Ao menos, já me acostumara aos sussurros que chegavam aos meus ouvidos trazidos pelo vento, e não me assustava mais com as almas perdidas. O frio, por outro lado, me obrigava a esfregar os braços; a jaqueta da Kaira fazia falta.

Uma lágrima escapou do meu olho, e eu nem sabia bem o porquê. Sentia que havia guardado tanta coisa em mim, tantas responsabilidades que não fora boa o bastante para suprir, e agora era confrontada por elas. Por todos que amei e não fui capaz de ajudar.

Meu pai, minha mãe, e até Vin, que foi meu único amigo no mundo dos vivos. Lembrei-me de como ele costumava me observar enquanto eu pintava, de como me trazia um rato quando a tristeza me abatia. Meu gatinho dependia de mim, *confiava em mim*, mas não pude ajudá-lo. Não no momento que ele precisava.

Amassei as folhas nas mãos com raiva, e o gosto salgado das lágrimas preencheu a minha boca. Eu estava prestes a cuspir quando senti algo acariciar as minhas pernas, esfregando-se como um gato peludo. Olhei para baixo, confusa e com uma esperança idiota, mas não vi nada.

Não inicialmente.

Era um gatinho feito de sombras. Não tinha olhos ou boca, mas a forma das patinhas, das orelhas e do focinho tornava sua natureza inconfundível. Eu o acariciei, ou ao menos tentei, já que minha mão atravessava as sombras. Não me abalei e continuei a fazer o mesmo movimento, aproveitando a sensação de frio suave que seu corpo obscuro me passava.

Ergui os olhos e encontrei o monstrinho em pé, diante de mim.

— Você não é de todo ruim, no fim das contas — disse, sabendo que ele conjurara o gatinho sombrio.

Como ele sabia que eu sentia saudade de Vin era um mistério completo. Para o meu azar, a criaturinha não era boa em responder perguntas, e só o que ganhei em resposta foi um inclinar para cima da linha reta que era sua boca.

— Trouxe isso para você. Bom ou mau, você salvou minha vida naquele dia.

Apontei a tela caída no chão com a cabeça, ainda acariciando o gatinho. Os movimentos me acalmavam; eram os mesmos que costumava fazer no Vin.

O monstrinho se inclinou em direção ao quadro, mas não o pegou.

— É a última pintura que vou te dar — alertei. — O terceiro desafio está chegando. Ou eu vou para o Paraíso ou vou virar uma sombra bizarra... sem querer ofender. — Dei uma risada sem humor. — De um jeito ou de outro, não vamos mais nos ver.

Ele permaneceu parado.

— Você não quer? — Ofereci o quadro, erguendo-o em sua direção.

O monstrinho balançou o rosto. Só podia ser brincadeira.

— Mas você quis todas aquelas pinturas horríveis!

Parecia até que ele só desejava o pior de mim. De certo modo, até que fazia sentido. Ele era um monstro do reino da Morte, afinal. Por que gostaria de algo bonito? Delicado? E oferecido de bom grado? Eu deveria aceitar como um elogio. Ou, vai ver, não era uma pintura tão boa assim...

— Bom, vou deixar aqui, então.

Joguei o quadro de lado. O gatinho se assustou e foi para o lado da criatura, apenas um metro maior do que ele. Os dois formavam uma dupla peculiar.

— Adeus.

Eu me ergui do chão. O monstrinho levantou o braço e, com o que poderia ser uma mão, deu um aceno de despedida.

Só me restava torcer para que fosse um bom presságio.

∧

Um movimento incomum acontecia do lado de fora do castelo. Os residentes do reino da Morte andavam de um lado para outro, realizando tarefas e serviços cansativos com gestos mecânicos. Alguns limpavam folhas e galhos do chão, outros retiravam teias dos muros de pedras e ainda tinha aqueles que lavavam as estátuas. Um desperdício, na minha opinião, pois o trabalho deles durava pouco.

Aquele mundo possuía uma natureza implacável e varria em pouco tempo todas as ações dos residentes, desfazendo o trabalho que tiveram. Odilon, no entanto, não os liberava do serviço. Devia ter alguma obsessão por limpeza ou sabia-se lá o quê.

Muitos jogadores também se reuniam naquele espaço, alguns confortavelmente sentados em bancos, outros engajados em rodas de conversa, e uns poucos em pé, circulando pelo terreno. Se uma parte deles desfrutava de momentos descontraídos, rindo e interagindo, a outra exibia membros enrijecidos e posturas mais analíticas. No primeiro caso, parecia que eles buscavam aproveitar ao máximo seus últimos momentos, enquanto, no segundo, planejavam um modo de ter mais momentos.

Atravessei o terreno em direção à rampa levadiça, que me levaria até a entrada do castelo. Respirei fundo enquanto passava pelos jogadores, sem querer falar com ninguém e irritando-me com o cheiro de mofo e rosas mortas.

Até respirar é desagradável nesse...

Kaira passou a alguns metros, distraindo-me dos meus pensamentos. Seu braço direito estava entrelaçado ao de Davi, que olhava para baixo, para encarar minha amiga, com os óculos escorregando pelo nariz. Dei um passo para ir até os dois, mas parei, pois ela estava... sorrindo. Sorrindo de verdade, com os músculos relaxados e o pescoço inclinado para trás. Feliz.

Eu não podia atrapalhar.

Virei-me para subir a rampa.

— Ei, a Morte está lá no salão de jantar! — falou alguém. — Ele deve fazer algum anúncio!

Isso atraiu a atenção dos jogadores ao redor, que logo abandonaram suas conversas e começaram a subir a rampa, que rangeu com o peso de tantas pessoas.

— O que você acha que ele quer? — perguntou um rapaz, caminhando ao meu lado.

Demorei alguns instantes para entender que a pergunta era dirigida a mim. Como eu, ele tinha cabelos ruivos, mas bem mais claros, e seu rosto era salpicado por muitas sardas, o que lhe dava um ar juvenil. Seus olhos encararam minhas cicatrizes com curiosidade, mas ele não disse nada.

— Como eu vou saber? — rebati e virei em um dos corredores que levavam ao salão de jantar.

O corredor estava bem iluminado pelos castiçais e coberto por tapeçarias luxuosas, algumas com bordas vermelhas ou douradas. Pareciam ter sido feitas a partir de seda e lã fina e, embora a maioria tivesse pequenos rasgos e fios soltos, continuavam incrivelmente lindas. Suas superfícies representavam cenas de batalhas, paisagens sinistras e uma delas ilustrava a Morte do jeito que víamos nas histórias: um ser caveiroso, bem diferente de um humano. Bem diferente de Odilon, com seu rosto...

— Não sei, vocês parecem próximos...

— *O quê?* — Eu me virei na direção do garoto, os olhos arregalados, como se tivesse sido insultada.

— Não foi você quem dançou com ele...?

— E daí? — perguntei, andando mais rápido. — Isso não quer dizer nada. Todo mundo dançou com todo mundo.

— Mas ninguém mais dançou com a *Morte*.

Semicerrei os olhos na direção dele, um olhar afiado.

— Tá bom, tá bom... Já entendi. — Ele ergueu as mãos em rendição. — Eu sou o Milo, aliás.

— "Milo"? — Dei uma risada curta.

— O que tem de errado com meu nome? — perguntou Milo, os lábios franzidos.

— Só é engraçado — respondi com um dar de ombros.

— E o seu é...?

— Celina, mas pode me chamar de "Lina".

Os jogadores já ocupavam a maioria dos lugares às mesas do salão de jantar. Inspirei profundamente, permitindo que os aromas de carne assada, queijo derretido, molhos e ervas me envolvessem. Sem dúvidas, era bem melhor do que bolor.

Odilon estava recostado no trono de madeira maciça, as pernas cruzadas. Apesar dos detalhes intrincados em ouro, aquele era o trono mais simples, e o que me intrigou foi a mesa robusta com arabescos esculpidos nos pés, posicionada na frente dele. Nela, havia apenas um prato de comida e um cálice de vinho. Odilon saboreava de olhos fechados o que parecia um pedaço de carne, o garfo de ouro em sua mão descansando no prato.

— Olha ali — disse Milo, então segurou a minha mão e me puxou em direção a dois lugares logo na primeira mesa.

Pude jurar que uma veia se contraiu no pescoço da Morte.

Milo era simpático e conseguiu iniciar conversas com vários dos jogadores à mesa de forma natural. As pessoas se sentiam à vontade com ele e, aos poucos, iam se soltando. Eu, por outro lado, tinha dificuldade em me incluir nos assuntos, então deixei que apenas eles falassem sobre os jogos anteriores, o Paraíso e tudo o que odiavam naquele mundo, enquanto permanecia focada em Odilon. Não sabia que ele gostava da sensação de comer, porém não era como se eu soubesse *muitas* coisas a seu respeito.

Sabia que Odilon tinha pesadelos que o faziam bater a cabeça nas paredes. Sabia que tinha me levado até a saída do incêndio que pensei ter me matado. Sabia que ele havia torturado os residentes no passado, mas também que tinha mudado de comportamento. Mesmo após todas as nossas interações, não fazia ideia de como podia usar coisa alguma contra ele. Cada vez mais, o peso do que ele era recaía sobre mim: a *Morte*. Imperturbável e invencível.

E eu era apenas alguém participando de um dos seus jogos. O que podia fazer senão jogar?

Só que nosso último encontro deixara resquícios de... sentimentos confusos. Eu me lembrava bem demais da sensação da sua risada, sonora e profunda; da maneira como ele me olhara, como se apreciasse uma obra de arte rara; do jeito que sussurrara no meu ouvido, sua respiração fria arrepiando a minha pele.

Dei um gole em uma bebida adocicada e deixei a sensação refrescante do álcool me relaxar, anuviando meus pensamentos. As conversas ao meu redor se transformaram em burburinhos curiosos, e todos encaravam Odilon com atenção, aguardando para ver o que ele diria. Sua boca, entretanto, permanecia ocupada com a comida.

Por mais que eu tentasse ignorar, alguns jogadores dirigiam olhares de repulsa para minhas cicatrizes, como se elas fossem um tipo de doença contagiosa que seria passada para eles — isso explicava o porquê de manterem pelo menos um metro de distância de mim. O líquido se revirou na minha barriga.

Milo devia ter percebido meu desconforto, pois se inclinou em minha direção e sussurrou com um sorriso:

— Eu juro que vou cagar nas calças se ele não falar o que quer de uma vez.

Dei uma risada pela sinceridade nas suas palavras, e a tensão deixou os meus membros.

Odilon se mexeu desconfortavelmente no trono, atraindo minha atenção, uma veia de impaciência saltada na testa perfeita. Parecia incomodado com alguma coisa e talvez tenha apertado o cálice com mais força, pois os nós dos seus dedos ficaram um pouco mais brancos. Estranho.

Desviei o olhar e levei a taça à boca, desejando um pouco mais do frescor da bebida, mas o gesto foi interrompido no ar: Odilon estalara os dedos, fazendo um trono imponente, dourado e revestido por rubis cair com um baque alto ao seu lado. Os burburinhos no salão cessaram e eu me virei para Milo, prestes a perguntar quem ele achava que se sentaria ao lado da Morte.

Só que meu corpo ficou mais leve e, quando pisquei, já não estava mais junto de Milo, e sim de um Odilon com expressão satisfeita. Sentada em um dos seus malditos tronos!

— O que...?

As chamas nos castiçais ameaçaram se apagar.

Os jogadores me encaravam com algo entre curiosidade e desconfiança, principalmente a jogadora fantasma, que, ao contrário de todos, permanecia em pé com os braços cruzados em um canto afastado do salão. Os cabelos loiros presos em um rabo de cavalo só a deixavam com a expressão mais rabugenta.

— Qual o seu objetivo com *isso*? — sussurrei, fechando os punhos.

— Estava me sentindo solitário aqui em cima. — Ele curvou os lábios para baixo em uma expressão de tristeza fingida, mas nem isso foi capaz de diminuir sua beleza. — Além do mais, estou cansado desses olhares ridículos me incomodando enquanto aprecio minha comida.

— Então você me convocou para distrair eles? É isso?

— É claro que não. Eu te convoquei para distrair a mim.

— Eu *não* sou um brinquedo para você usar quando quiser — rebati, me remexendo no assento macio do trono.

— Você me negaria companhia para o jantar? — Odilon balançou a cabeça. — E depois sou eu o cruel...

— Como posso negar algo que sequer foi pedido?

— Um detalhe bobo...

Bufei.

— Eles estão te olhando porque acham que você vai dizer alguma coisa — esclareci, como se falasse com uma criança.

— Hum, isso explica muita coisa. — Ele deu mais uma garfada na comida, e o manto em seu braço desceu, deixando as veias pretas à mostra. — Mas acredito que nem *todos* estavam me olhando, não é?

Semicerrei os olhos em sua direção.

— O que isso quer dizer?

— Esqueça.

Contraí o rosto, impaciente, e fiz menção de me levantar. Vários jogadores arregalaram os olhos, intrigados pela minha atitude. Isso não me parou. Odilon podia ser a Morte, mas nem por isso eu seria forçada a ficar ao lado dele, especialmente quando ele estava de péssimo humor.

— Fique — pediu ele. Ou era uma ordem?

— O que você vai me dar em troca? — perguntei, já de pé.

Odilon sorriu de modo sugestivo, uma sobrancelha erguida, e seus olhos obscuros pareceram descer até os meus lábios. Ignorei o modo como minha respiração vacilou e esperei que dissesse alguma gracinha, porém não foi o que aconteceu.

— Eles querem que eu diga alguma coisa. — Odilon acenou em direção aos jogadores abaixo. — Posso fazer isso, contar uma informação sobre os jogos.

Sentei-me de novo no trono, interessada.

— Qual informação?

— Direi assim que terminar a refeição — respondeu ele, depois deu um gole lento no cálice. — Se eu puder fazer isso em *paz*. Se você... ficar.

— Temos um acordo.

Não consegui comer ou beber nada com Odilon ao meu lado. Embora alguns pratos deliciosos e bebidas refrescantes tenham surgido na mesa, sentia que ele me encarava com o canto dos olhos — o que me deixava um pouco... nervosa. Além disso, suas sombras ameaçavam me tocar, chegando perigosamente perto, como se quisessem brincar. Mas não faziam nada, ainda bem.

Odilon colocou o cálice na mesa e, com o dedo indicador, começou a fazer movimentos giratórios na borda circular. Era desafiador ignorar sua presença, manter o rosto virado para outra direção e os batimentos cardíacos normais, mas eu tentava ao máximo.

Todos já se sentiram atraídos ou curiosos pela Morte em alguma medida — até antes de morrer. Portanto, não tinha nada de anormal na maneira como meu corpo reagia. *Nada*.

Odilon segurou o cálice e o levantou, apenas para deixá-lo cair sobre a mesa. O barulho do metal batendo na madeira ecoou pelo salão. Com a postura imponente, ele se levantou do trono e caminhou diante da mesa, os passos silenciosos. Agora, a atenção de todos estava focada nele, seguindo-o do mesmo modo que formigas seguiam doces.

Quando a Morte falou, sua voz profunda reverberou pelas paredes de pedra:

— Espero que tenham apreciado essa refeição, meus caros. Imagino que tenham muitas perguntas sobre os jogos, o destino das suas almas e blá-blá-blá.

Rostos acenaram em concordância.

— Infelizmente, não tenho tempo nem desejo de responder a todos — declarou ele, andando de um lado a outro, as mãos cruzadas às costas. — Mas vou escolher um de vocês e essa pessoa vai poder fazer *uma* pergunta. Qualquer que seja. E eu responderei.

Meus olhos brilharam com a possibilidade, e conversas intensas se iniciaram. A adrenalina percorreu meu corpo e aprumei a postura, mas nem tive tempo de pensar. Odilon apenas apontou para um homem qualquer, de rosto redondo e olhar meigo.

— Pergunte.

O homem começou a tremer dos pés à cabeça enquanto o rosto ficava rosado.

— E-eu não se-sei.

— Vá em frente — insistiu Odilon.

Cerrei os punhos, desejando ter a chance dele.

— Cer-certo. — O homem respirou fundo, se preparando para perguntar. — Quantos, hum, jogadores costumam ir para o Paraíso?

Todo o salão se calou. Se uma gota de água caísse no tapete, poderia ser ouvida. Nunca pensei em fazer aquela pergunta em específico; certamente existiam outras muito melhores, mas, ainda assim, eu me inclinei para a frente, ansiosa por ouvir a resposta.

— É uma boa pergunta. — Odilon sorriu.

O homem ergueu o queixo, orgulhoso.

— Na verdade, só agora estou parando para pensar nisso... — A Morte deu mais alguns passos, o olhar voltado para cima de modo contemplativo.

Prendi a respiração. Possivelmente, todos prenderam.

— Faz *muito* tempo que ninguém consegue atravessar o espelho.

Alguém deixou uma taça cair no chão. O barulho do vidro se espatifando foi bem similar ao acontecia dentro de mim, onde a esperança se despedaçava em cacos pequenos demais para que eu os juntasse novamente. Uma corda apertou minha garganta, enforcando qualquer expectativa. Eu imaginava que poucos jogadores deviam vencer todos os desafios, mas *ninguém* em muito tempo? Levantei-me do trono aos tropeços e me afastei de Odilon.

Ele me encarou com o olhar suave.

Então, eu não tinha chance alguma?

Não, disse a mim mesma. *Calma!*

Se alguém já ganhou, você também consegue.

Repeti essas palavras na mente, mas soavam falsas, como quando alguém dizia que ia "ficar tudo bem" apenas porque não existia nada melhor para dizer. Balancei a cabeça, a esperança e a descrença batalhando dentro de mim.

Eu precisava ficar sozinha.

Ignorei todas as discussões e abandonei o salão com passos rápidos em direção a um dos corredores que levava ao meu quarto, a corda ainda apertada em torno da minha garganta. Respirar sempre fora tão difícil assim? As chamas dos castiçais tremeram e um fogo feito de sombras cresceu na minha frente. Um frio fulminante me atingiu.

Arquejei e dei alguns passos para trás, afastando-me do ser de cabelos brancos e face afiada que surgira a partir daquela escuridão.

— Como posso te ajudar? — perguntou ele com uma expressão que não soube ler.

Minha respiração saía com dificuldade.

— Me ajudar? Sério? — Ergui uma sobrancelha. — Nenhum ganhador em muito tempo — cuspi as palavras em seu rosto. — O que você quer é aprisionar todos nós!

A ira nublava minha percepção de perigo e esquentava meu corpo, de modo que não me importei em medir as palavras e as soltava como golpes. Os olhos de Odilon se arregalaram; parecia surpreso por alguém falar assim com ele.

— Você está enganada...

— Ah, claro! — Dei uma risada sem humor.

Perguntei-me se era agora que ele me castigaria, do mesmo modo que fizera com outros jogadores e residentes. Talvez eu devesse ter medo e implorar para ser perdoada, porém a frustração que sentia era grande demais para dar espaço a outros sentimentos.

— Por que você veio atrás de mim, hein? — indaguei com os braços cruzados.

Odilon apenas se remexeu com incômodo, as sobrancelhas prateadas franzidas, e acreditei na possibilidade de nem mesmo ele saber com exatidão a resposta para a pergunta que deixara minha boca.

— Eu só... vim.

Meus batimentos cardíacos aceleraram, mas não lhes dei ouvidos. Odilon era a entidade responsável por ministrar os jogos que poderiam me penalizar com o tipo mais cruel de existência. Não devia baixar minha guarda perto dele, nem acreditar na chance ínfima de ele se importar comigo, ou acabaria me iludindo. Cairia nas suas tramoias como todos os outros.

— Bom, não venha mais — ordenei com toda a autoridade que não possuía. — Sua *ajuda* é a última coisa de que preciso.

O rosto dele endureceu, e eu retornei para o meu aposento, evitando as sombras que encontrava pelo caminho. A corda em torno do meu pescoço não afrouxou quando me deitei na cama macia, nem mesmo quando acariciei meus braços em busca de algum conforto. Só conseguia pensar na escuridão, no que eu viraria se perdesse o último desafio.

Quando perdesse, minha mente corrigiu.

Embora tenha fechado os olhos, não peguei no sono em momento algum e me revirei nos cobertores a noite toda. Parecia impossível encontrar uma posição minimamente confortável, e eu só consegui acalmar minha respiração após uma rajada de ar gélido adentrar o cômodo, fazendo a janela ranger e o meu coração se apaziguar.

Enfim, a corda cedeu e pude adormecer.

XVIII.
O significado de uma cicatriz

Logo ao acordar, conforme minha visão se ajustava à pouca iluminação dos castiçais, esperei estar em outro lugar que não o cômodo claustrofóbico onde dormia, talvez em alguma outra paisagem impressionante. Infelizmente, só o que encontrei foi o teto de pedra cheio de teias de aranha e a poeira que fazia meu nariz coçar.

Se eu não tivesse um mínimo de consciência, poderia até ter sentido alguma decepção. Mas *não* senti, *não mesmo*. Apesar de apreciar paisagens extraordinárias ou inspiradoras, como a do lago, meu juízo permanecia intacto. Gostava de pensar que era uma das poucas coisas que não havia se transformado, mesmo após a minha morte.

Afinal, uma paisagem bonita significava ter que lidar com a presença *dele*. Uma presença que gerava sentimentos confusos e que, a menos que ele pudesse me oferecer uma informação útil, era melhor ser evitada.

Bocejei, considerando fechar os olhos de novo e aproveitar os momentos de sono que havia perdido por me remexer demais. Lentamente, minhas pálpebras foram descendo, mas eu as abri com tudo quando um barulho vindo do lado de fora deixou todo o meu corpo em alerta.

Parecia o som de lâminas se chocando.

Saí da cama sem nem raciocinar, os movimentos lentos pelo sono, e fui em direção à grande janela de vitrais no fundo do quarto.

Olhei para a paisagem abaixo, incomodada, buscando alguma coisa. No terreno mórbido do castelo, diversos jogadores faziam um tipo de... treinamento. Alguns corriam, outros lutavam e faziam flexões, e alguém conseguira encontrar armas, pois vários deles brandiam espadas e adagas, testando movimentos tanto sozinhos quanto em duplas ou trios.

Continuei observando, e meu coração começou a socar o peito quando avistei uma garota com cabelos cacheados lutando contra um homem em movimentos perigosos. *Kaira*. Em uma luta de espadas. *Espadas reais e afiadas!*

Deixei o quarto em disparada, passando pelos corredores e escadas como um furacão, o pânico já me invadindo e deixando minha respiração ofegante. Em algum momento, me desequilibrei e saí rolando pelo chão, talvez tenha me machucado em algum lugar. Não parei para ver, apenas me ergui e continuei correndo. Eu precisava ajudá-la!

∧

Andei furiosamente na direção da minha amiga, ignorando os outros jogadores enquanto buscava sinais de ferimentos em seu corpo, mas só encontrei o suor que escorria por sua pele enquanto ela cortava o ar e tentava acertar o garoto com óculos redondos diante dela. Davi escapou de seu ataque e ergueu a espada, pronto para golpear o peito de Kaira.

Não.

Eu o empurrei com toda a força, fazendo-o cair de bunda no chão, a espada ao seu lado. O barulho da maioria das lâminas cessou e alguns rostos se voltaram para nós, curiosos. Virei-me para Kaira, prestes a perguntar se havia se ferido, porém me deparei com uma expressão confusa e, depois, raivosa em seu rosto.

— Por que você fez isso?! — exclamou ela, ajoelhando-se ao lado do garoto.

O quê?

— Desculpa, Davi. — Kaira se dirigiu ao rapaz, ajudando-o a se erguer. — Você se machucou?

— Não, eu tô legal. — Ele coçou a nuca, sorrindo sem graça. — Sua amiga me pegou desprevenido, só isso.

— Quem fica desprevenido durante uma luta? — perguntei, a testa franzida.

— Lina, você não tá facilitando as coisas! — reclamou Kaira.

— Relaxa, não precisa brigar com sua amiga por mim — disse ele, já em pé e com um olhar tímido.

Revirei os olhos.

— O que aconteceu com *tomar cuidado*? — perguntei à minha amiga, fechando a cara. — Não é nada responsável lutar contra outro jogador usando armas letais, né?

— Não é a mesma coisa, você sabe disso. Passear por aí com uma entidade, isso sim é irresponsável.

Alguns murmúrios se espalharam com a declaração dela. Odilon já havia atiçado a curiosidade deles ao dançar comigo e colocar um lugar para mim do seu lado; isso pioraria ainda mais as coisas. Uma menina me lançou um olhar de pena, como se lamentasse que eu tivesse chamado a atenção da Morte, enquanto um homem me encarou com desconfiança.

— Ah, então você andou passeando com a aberração? — perguntou Gael, atrás de mim, me fazendo virar para encará-lo.

Não tinha me dado conta da sua presença até o momento, mas o babaca também devia estar treinando, a julgar pela aparência desgrenhada, o peito exposto e a lâmina na mão direita. Até seu tapa-olho estava meio fora do lugar.

— É esse o seu tipo? — indagou ele, encarando a espada com um sorriso malicioso no rosto esculpido. — Até que faz sentido, vocês combinam.

Cerrei os punhos. Ainda não o havia perdoado por me desrespeitar no maldito baile e parte de mim cogitava se valeria a pena tentar tirar aquele sorriso imbecil de seu rosto. Não entendia por que Gael estava tão empenhado em me machucar com suas palavras, mas só podia supor que ele acreditava ter feito um ato de generosidade ao me convidar para dançar e esperado que eu caísse de amores por ele depois disso.

— Ei, a Lina não tem *nada* a ver com ele! — Kaira se intrometeu, remediando a situação. — E o único agindo como uma aberração aqui é *você*.

Gael riu e fez movimentos giratórios com a espada. Sua postura cheia de si dizia que se achava muito intimidador com aquela arma, mas ele parecia mais um garotinho com uma faca de cozinha.

— Ah, é? Bom, não sou eu quem tem essas marcas monstruosas na pele.

O desgraçado me olhou com divertimento e alguns jogadores acenaram em concordância. Até Milo, com seu cabelo ruivo despenteado, estava ali, mas não parecia inclinado a se envolver em uma briga para me ajudar.

Os olhos de Gael se suavizaram com ironia, como se esperasse que eu me desfizesse em lágrimas e corresse de volta para dentro do castelo. Não ia mentir: ter algo que eu ainda não havia aceitado por completo ser jogado na minha cara me fazia querer cavar um buraco e me esconder. Mas eu nunca daria esse gostinho para alguém como ele e, só por isso, fiz algo que o surpreendeu muito mais.

Eu afastei meus cabelos do rosto.

— Sabe por que você só foi ganhar uma cicatriz depois de morto? — perguntei, olhando seu peito nu, que não tinha nenhum indício de cicatriz, e parando no tapa-olho. — Porque você viveu como um *covarde*. Nunca quis fazer nada que pudesse te ferir, nunca precisou se curar e jamais se moveu para ajudar outra pessoa — cuspi.

Gael ergueu a espada, furioso, e eu apenas sorri. Sorri porque, surpreendentemente, *acreditei* nas minhas palavras. Pois tudo o que havia saído da boca dele não dizia nada sobre mim, apenas sobre ele. Só alguém podre teria uma atitude como aquela, e entender isso fez o sorriso no meu rosto se alargar ainda mais.

Mesmo com sua pele lisa e livre de marcas, Gael era uma das coisas mais feias que eu já tinha visto. Olhar para ele e ver toda a feiura escancarada em seus gestos e em cada um de seus traços me fez questionar o porquê de eu odiar tanto as minhas cicatrizes, e quase senti vergonha. Porque elas não eram só o resultado de uma tragédia; elas significavam que, para o bem ou para o mal, eu vivi e me importei com algo além de mim mesma. E isso era muito mais do que ele já tinha feito.

— Se não liga para cicatrizes, acho que não vai se importar em *ganhar* mais uma.

O que aconteceu a seguir foi rápido. Rápido demais para eu me desviar, rápido demais para eu protestar e até mesmo para Kaira tentar parar o golpe com a própria espada.

Quando a lâmina foi em direção ao meu rosto, cortando tudo sem dificuldade, já era tarde.

Arquejos se espalharam ao redor.

Caí no chão, levando as mãos ao rosto, e senti um corte profundo que rasgara metade da minha face. Comecei a tremer descontroladamente conforme sentia a pele mole e solta e via o mundo sendo coberto por um vermelho-vivo. Minhas mãos, meu rosto, estava tudo molhado, e o gosto amargo do sangue invadiu a minha boca.

— Lina! — Kaira se jogou ao meu lado. — Não se mexe! Eu vo-vou chamar ajuda. — Ela olhou para trás e gritou para alguém: — Vo-você, encontra um residente!

— Você perdeu a noção, Gael?! — exclamou Davi.

— Foi ela quem pediu.

Esfreguei o rosto, retirando o líquido carmim que cismava em invadir meus olhos. A ferida ardeu como se eu tivesse jogado álcool nela. Solucei de dor, mas a cada soluço a fúria tomava conta de mim. Uma fúria que mascarava a dor aguda. Que me fazia ignorar a agonia da pele separada.

Levantei-me do chão, a adrenalina transbordando pelo meu corpo, e tomei a espada da mão de Kaira.

— Lina, não!

Eu a ignorei, assim como fiz com o sangue que escorria do meu rosto sem parar, e Gael tornou a erguer a espada para mim — ao menos era o que eu achava, já que minha visão estava embaçada pelo vermelho-escuro. Fiz o possível para me manter em pé, mas, quando ia partir para cima dele, uma rajada gelada me atravessou com tamanha fúria que me perguntei se o vento não teria vida própria, se não estaria com *raiva*.

Não precisei olhar para trás para saber que a Morte tinha chegado.

— Vejo que começaram uma festa e não me convidaram — disse ele, e dessa vez não encontrei seu humor habitual. Cada palavra saía com um sentimento feio cuidadosamente contido. — Isso me *chateia*, sabia?

— Você precisa acabar com isso, por favor! — choramingou Kaira. — Lina precisa de ajuda!

— Acabar? — repetiu ele, seu manto se movendo como chamas descontroladas. — Não, não vou acabar.

Ele ergueu a foice para o céu e o corte afiado da lâmina brilhou.

— Vou *igualar*.

No céu, a esfera dourada cintilou e o ponteiro voltado para cima deu um giro no sentido anti-horário, fazendo a confusão se espalhar por todos os meus membros, que começaram a se mover sem as minhas ordens. Era como se eu estivesse dentro de um filme após alguém decidir retornar para as cenas anteriores.

Meu estômago se revirou conforme meu corpo e os eventos retrocediam. De um segundo para outro, voltei para o chão com a ferida recém-aberta e Kaira horrorizada ao meu lado, mas logo o sangue sumiu e eu estava em pé com Gael na minha frente, dizendo as palavras que o fariam me atacar.

Jurei que vomitaria se meus membros continuassem a agir por conta própria, mas, como em um estalo, o controle da esfera sobre mim desapareceu. Tentei alguns movimentos, um simples abrir e fechar de mãos, e respirei aliviada por estar de volta no comando. Odilon sorriu, afastando-se para nos dar espaço. Apesar disso, o vento me trouxe um sussurro quando ele passou por mim.

Permita que eu te ajude a dar a ele algumas cicatrizes.

Cerrei o maxilar. Eu havia ordenado que ele não me procurasse mais, que não me ajudasse, e ainda assim... Ele veio.

Não era uma boa ideia contar com sua ajuda, no fundo eu sabia. Os jogadores em volta, que agora me olhavam com compaixão, também pareciam saber. Eu nunca havia usado uma espada e precisei segurar o cabo com força para não tremer pela mistura de ódio e rancor. Gael, por outro lado, me encarou como se desejasse cortar meus membros em pedacinhos e avançou contra mim com um golpe descuidado, mas veloz.

Desviei por um fio, puro instinto de sobrevivência, mas Gael não parecia pronto para desistir. Ele desferiu um ataque horizontal, que bloqueei no susto; o impacto reverberou pelos meus braços, porém mantive a posição.

— Eu vou adorar fatiar seu rosto de novo, patinho feio.

— E eu vou adorar te ensinar a lidar com um fora, seu covarde — rebati, contra-atacando com um golpe vertical rápido e certeiro que deixou uma linha de sangue em seu peito. Eu sorri.

Ele olhou para o ferimento em seu torso, completamente chocado, e não demorou para outra emoção surgir em seu rosto. A raiva.

Gael correu em minha direção com um berro furioso e a espada erguida, mas eu não me assustei. Sentia uma calma tão grande que era como se pudesse ver tudo muito claramente e soubesse o que devia fazer, como se a espada fosse uma amiga que eu conhecia bem demais.

Eu me defendi do seu ataque com um bloqueio rígido. Depois, girei de forma rápida e levei a lâmina até ele, implacável. Seus olhos se arregalaram. Ele tentou se defender do golpe, mas, quando nossas espadas se chocaram com o som estridente de metal contra metal, parecia haver uma força do além vindo de mim. *Ou talvez das sombras*.

Quebrei sua defesa, cortando seu peito agora com uma profunda linha vertical. Gael gritou, a angústia soando em cada nota.

— Lina, já chega! — pediu Kaira.

Talvez eu devesse ter me sentido mal, talvez devesse ter parado a luta. Porém, meus lábios só se curvaram mais. Ao menos uma vez, não me contentaria em apenas apanhar. Poderia revidar também — e, eu precisava admitir, *gostava* disso.

O horror cresceu nos olhos do Gael quando tornei a erguer a espada, mas não era o bastante. Eu precisava vê-lo implorar. Disparei contra meu oponente, combinando força e rapidez, lançando uma chuva de golpes sobre ele, e o enfeitei com cortes e mais cortes. Em algum momento, o sangue já o cobria feito uma vestimenta.

Em contrapartida, eu nem havia começado a suar, e os movimentos do Gael já não significavam nada além de uma piada para mim. Ele estava fraco, provavelmente desmaiaria logo. Sua espada caiu, mas mantive a minha levantada e fui em sua direção de forma propositalmente lenta, desfrutando dos tremores de seu corpo com a minha aproximação — do mesmo modo que um animal que acabara de encurralar a sua presa.

— Eu desisto! — berrou ele com um gemido, mas eu continuei andando. — Eu desisto! Não ouviu? — Mais tremores e algumas lágrimas. — Você venceu, tudo bem?! Eu *desisto*.

Levantei a espada para lhe dar um último golpe, mas Kaira surgiu em meu campo de visão, ficando entre mim e ele.

— O que mais você quer? Ele já se rendeu! — Ela me olhou de cima a baixo, parecendo tentar me reconhecer em meio à decepção.

— Você viu o que ele fez, não viu? — rebati, jogando a espada no chão. — Eu só quis devolver o favor.

— É, só que você não precisava ter se divertido *tanto* com isso!

Permaneci em silêncio, sem saber como retrucar. Eu havia mesmo me divertido, no fim das contas. E faria tudo de novo.

— Cadê ele? — perguntou Gael, a voz tomada por dor, os olhos semicerrados.

No mesmo instante, Odilon surgiu ao meu lado, mas o frio não me incomodou. Pelo contrário, uma sensação de tranquilidade me envolveu.

— Sim? — Odilon ergueu uma sobrancelha.

— Faça a mesma coisa de antes, a do negócio dourado.

— Não.

— Não?
— Não.
— Por quê?
— Você cometeu um pecado, garoto. Agora, lide com o castigo — respondeu ele, indiferente, e a foice em sua mão brilhou.

Minha visão começou a obscurecer, me deixando desorientada. Por um instante, meu corpo pareceu flutuar. O coração pulsava forte no peito, movido por uma curiosidade latejante, e eu me entreguei à sensação, sabendo que Odilon me levaria para algum lugar.

XIX.
Uma visão para uma pintora

Todo o ar fugiu dos meus pulmões conforme eu compreendia onde estava, e me perguntei se já havia ficado tão longe do chão. Provavelmente não. Respirei fundo e a ventania me atingiu com rajadas intensas, mas não me incomodei. Permiti que o vento resfriasse a minha pele, causando uma sensação boa, os olhos focados no horizonte. Não havia nada além das árvores com seus galhos retorcidos e das construções em ruínas, mas tudo parecia diferente ali em cima. No topo do castelo.

Era como se, apesar do solo sem vida e dos lugares devastados, com rachaduras e mofo, o reino da Morte lutasse para se manter de pé. Mesmo sendo uma amante das cores vibrantes e das paisagens alegres, precisei admitir que existia certa magia nisso.

Cheguei perto da beirada do terraço, empenhada em olhar para baixo. Das construções até as florestas secas, tudo parecia muito menor. Distante.

— É uma visão boa o bastante para uma pintora? — perguntou Odilon, surgindo ao meu lado como chamas feitas de escuridão que se moldaram em sua figura.

Meu cabelo voava com o vento. Em outro momento, eu teria tentado colocá-lo de volta em seu lugar, cobrindo as marcas no meu rosto. Mas não via mais razão para fazer isso, para tentar a todo custo esconder quem eu era de verdade enquanto pessoas como Gael se orgulhavam até demais de si mesmos.

Sorri ao me dar conta de que havia beleza na aceitação, porque você concordava em expor sua vulnerabilidade, e nada era mais corajoso do que isso.

— É maravilhosa — respondi.

— Mas você nunca a pintaria — afirmou ele, e não havia um resquício de dúvida em sua voz, como se me conhecesse muito bem.

Não pude contradizê-lo.

— Não, não pintaria. Prefiro cenários vivos, entende? Que me desafiem a combinar diversos tons para fazer algo... *vibrante*.

— E por quê? — perguntou ele, embora algo em sua expressão sabichona dissesse que já sabia a resposta.

— Porque é algo que vale a pena ser pintado, que vai trazer sensações *boas* a quem observar. Diferente do...

— Abismo — concluiu Odilon, apoiando o peso do corpo na foice, os cabelos brancos voando como os meus. Porém, seus fios brilhavam levemente por causa do orbe cintilante no céu.

— Sim.

— Que você vá para um lugar que queira pintar, então — disse ele, afastando os cabelos do rosto, o que moveu o manto e deixou seu braço com veias escuras à mostra. — Isso, é claro, se vencer o último jogo.

Ele sorriu de forma enigmática, e eu percebi que, se ninguém havia vencido os jogos em muito tempo, Odilon certamente não devia acreditar na minha vitória, mas ignorei sua afronta, pois havia um questionamento coçando de forma irritante minha garganta.

— Por que as coisas precisam ser assim? Por que a gente não pode simplesmente encarar o espelho e, sei lá, seguir em frente?

— Sem os jogos, todo esse mundo se autodestruiria. Algumas coisas só são como são. — Ele deu de ombros, um gesto tão natural que eu facilmente poderia ignorar que era a Morte falando comigo.

— Quando pessoas como você vêm parar aqui é difícil saber para onde deveriam ir. Os jogos servem para isso, e o espelho não gosta dos perdedores.

— Você fala dele como se estivesse vivo.

— É porque está — revelou Odilon, encarando a foice, distraído. — Todos estamos. Até o Abismo.

— Ah, é? — Eu ri, descrente.

— É claro. Nós até brigamos de vez em quando, se quer saber. Mas as forças da natureza fazem seu trabalho para manter a harmonia.

— Como assim?

— Só para o caso de um de nós passar do ponto.

— Você está brincando comigo. — Semicerrei os olhos.

— Talvez sim. Talvez não.

Balancei a cabeça, sem dar espaço para sua provocação. Tornei a olhar para o mundo imenso diante de mim, tendo o cuidado de captar todos os detalhes, e algumas montanhas gigantescas chamaram a minha atenção. Semicerrei os olhos, fascinada pela maneira como marcavam os arredores do Abismo, e tive a impressão de ver uma luz fraca brilhar em uma delas.

— Tem alguma coisa lá? — perguntei.

— É um dos lugares onde os residentes mais antigos vivem. Não faz muito meu estilo — confessou ele com um pouco de aversão na voz.

— Por que você manda eles para longe? — Ergui uma sobrancelha, lembrando-me das conversas que tive. — Quer dizer, sei que deve ser difícil olhar para eles, mas não é meio cruel?

— Bom, eles deixavam os jogadores e os residentes mais novos nervosos — respondeu Odilon, despreocupado.

Franzi o cenho. Não sabia se apenas afastá-los era o melhor caminho; parecia uma solução fácil demais, como se Odilon apenas quisesse esconder os residentes mais antigos. E, apesar de eles agirem como fantasmas ambulantes, ainda eram pessoas. Não?

— E você se importa com isso? — Ergui uma sobrancelha. — Ouvi dizer que você gostava muito de *castigos* no passado.

— Suponho que eu possa ter tido uma fase... severa.

— Acho que "severa" é um eufemismo.

— Os castigos não são nada perto do que eu já fiz — revelou ele, encarando a paisagem, a voz estranhamente sincera. — A eternidade proporciona muito tempo para cultivar a crueldade que existe em nós.

— Hum, se isso é verdade... O contrário também pode ser. — Eu sorri com gentileza. — Talvez a eternidade te faça cultivar algo bom, Odilon. Talvez você até consiga dar um jeito nesse lugar.

— É, talvez.

O olhar de Odilon estava distante e obscuro, como se ele lutasse contra todos os tipos de sombras o tempo todo, como se nem a Morte pudesse se manter alheia ao peso da imortalidade e aos horrores que ela trazia. A memória do dia em que o encontrei destruindo a própria cabeça retornou e, de repente, senti desejo de tocá-lo. De ver se as linhas do seu rosto eram mesmo tão afiadas. De afastar as sombras que ameaçavam envolvê-lo, e trazê-lo para o presente. Para mim.

Esse pensamento me assustou.

Cheguei mais perto da beirada e segui seu olhar até o horizonte, analisando as montanhas e pensando no quão horrível seria apenas vagar sem me lembrar de quem eu havia sido. Por um momento, imaginei como seria se aquele mundo fosse diferente, com rios cristalinos no lugar das águas pretas, com árvores vivas no lugar dos troncos secos e flores com aromas bons no lugar do cheiro de mofo.

Persisti com minha autoilusão, imaginando músicas animadas no lugar dos sussurros fantasmagóricos e pessoas felizes no lugar dos residentes esgotados pelo trabalho.

Fui mais longe e considerei como seria viver ali e ajudar Odilon a tornar aquele reino destruído em habitável, de alguma maneira, como fiz no primeiro desafio ao pintar um caminho pela escuridão. Balancei a cabeça para afastar o pensamento sem sentido. Meu destino já estava traçado, fosse no Paraíso ou como uma das sombras na coleção de Odilon. Não havia meio-termo.

Além do mais, bastava olhar para o Abismo e meu coração batia com o anseio de saber qual era o *meu* lugar. Se eu nunca o havia encontrado em vida, deveria ao menos tentar encontrá-lo na morte.

Mesmo que minhas chances fossem ínfimas. Mesmo que, ao fazer isso, eu nunca mais fosse ver...

Dei um passo, assustada com o pensamento, com as coisas que eu considerava, com o que eu quase lamentara. Mas não foi uma boa ideia, porque não havia mais onde apoiar meu pé e eu...

Escorreguei.

— *Socorro!*

Em um milésimo de segundo, meus pés, que antes estavam firmes no terraço, perderam o apoio e eu virei um pássaro sem asas, caindo sem nada para me salvar. Estendi a mão para a Morte. Por um instante, achei que ele não fosse conseguir pegá-la e me preparei para ter a maior queda da minha existência, mas as sombras cresceram do seu manto e alcançaram a minha palma.

Elas me puseram de volta ao lado dele — ou um pouco mais perto —, enquanto eu tentava controlar a respiração. Odilon me olhou com cuidado e o ar ao meu redor esfriou, espalhando uma sensação de serenidade, até eu voltar a respirar normalmente.

— Eu já não disse para você ter cuidado por onde anda? — perguntou ele.

Agora seus olhos estreitos estavam focados em mim, completamente alheios ao horizonte ou às memórias.

— Não é só você me pegar se eu cair? — Dei uma risada curta, a respiração tão instável quanto meus sentimentos.

— Eu poderia não ser rápido o bastante — respondeu ele, a voz rouca.

— Duvido muito.

Ele deu um sorriso sutil, um leve inclinar de lábios. Perguntei-me qual seria a sensação...

— Posso te perguntar uma coisa? — pedi em um impulso, todo meu corpo virado na direção dele, o vento me fazendo sentir seu cheiro de terra molhada, livros antigos e um toque de rosas.

— Você tem *muitas* perguntas, minha cara Celina.

— Por que você me ajudou lá embaixo? Com o Gael?

Sua postura se alterou levemente e ele me encarou com algum sentimento que não pude identificar, pois seus olhos eram como caixas trancadas com cadeados, tornando impossível que eu visse o que havia no interior. Mas isso não me impedia de tentar, de encará-lo com profundidade conforme o vento fazia nossos cabelos dançarem.

Odilon permaneceu em silêncio, porém as sombras de seu manto se moveram, rápidas e intensas. Era quase como se refletissem seu humor.

— Não posso permitir que vocês se machuquem fora dos jogos — respondeu ele, mas não acreditei. Afinal, ele permitira que eu machucasse Gael.

— Então por que não voltou no tempo para apagar os ferimentos dele?

Eu o olhei, vitoriosa, e talvez tenha me aproximado mais, já que me vi no alcance das sombras do seu manto.

— Todo poder precisa ser usado com cautela.

— Besteira. Você disse que ele cometeu um pecado.

Odilon se inclinou levemente para baixo, os fios brancos do seu cabelo agora se confundindo com os meus enquanto seus olhos negros me observavam como se vissem a minha alma inteira.

— Qual foi? — murmurei.

— Tocar em você — confessou ele, enfim, fazendo meu coração saltar.

Por um instante, não enxerguei apenas a entidade diante de mim, mas sim um homem que agia de maneiras misteriosas. Se em um momento transformava vidas em coisas sombrias, no outro, me ajudava a lutar contra alguém que cortara meu rosto ao meio. Um homem com atitudes gentis e cruéis em medidas tão semelhantes que se confundiam, deixando-me mergulhada em dúvidas.

— Eu te disse que não queria sua ajuda.

— Sim.

— Falei para não ir mais atrás de mim — continuei, nossos lábios muito próximos.

— Falou.

Ergui o queixo em sua direção, sem entender o que estava fazendo, porque algo nele tinha o efeito de um ímã. Minha cabeça dizia uma coisa, porém o desejo que despontava no meu corpo dizia outra. Porque eu sabia que *nada* importava. Deixei oportunidades se esvaírem no mundo dos vivos, dizendo a mim mesma que as coisas seriam diferentes no dia seguinte, mas nunca eram. Não precisava mais ser assim. Afinal, eu nunca mais o veria, depois do último desafio. Nunca mais teria aquela chance.

Não precisava pensar sobre o que significava, só precisava *fazer*.

Por isso, eu o beijei.

Tão logo nossos lábios se encontraram, fui consumida por um frio tão profundo que senti minha pele arder. A mão dele agarrou minha nuca como se apenas eu fosse capaz de impedir que ele caísse daquela altura toda e sua boca capturou a minha como se só em mim pudesse encontrar o oxigênio de que precisava. Seus lábios macios contra os meus nublavam meus pensamentos, deixavam-me sem fôlego, e, apesar do ar gélido ao nosso redor, nunca me senti tão quente. Eu queria mais *e mais*.

Retribuí o gesto com ferocidade, mas isso não foi o pior. Não. O pior foi que ele sabia *exatamente* onde tocar, o que fazer, como agir. Cada detalhe, cada mínimo movimento, até a força que usava para me segurar. Era tudo dolorosamente perfeito.

Sua boca foi descendo pelo meu pescoço, deixando uma trilha de beijos que fizeram minha pele arder. Os dedos dele se moviam com uma destreza calculada e sabiam como apertar a minha cintura, como acariciar a pele atrás do pescoço. E ele fazia tudo isso completamente envolvido, como se nada na eternidade tivesse sido melhor do que me tocar naquele momento.

— Você deveria mesmo ser tão bom nisso? — sussurrei entre os beijos, os olhos fechados.

— Posso ficar ainda *melhor* — prometeu ele com um beijo lento na minha jugular, a voz maliciosa. Meus olhos giraram. — Se você me deixar treinar um pouco mais.

Não havia tempo para respirar, não havia tempo para mais nada além de sentir a boca dele contra a minha. Ainda existia, no entanto, um ruído no fundo da minha consciência, uma voz que me julgava por cada toque.

— *Você deixa?*

Não respondi com palavras, mas envolvi seu pescoço e o puxei de volta para os meus lábios, dando um pouco de mim a cada segundo; meu corpo pedia, *implorava*, por isso. Toquei os cabelos dele, matando a curiosidade de sentir a maciez dos fios, enquanto mordia seu lábio. Talvez um pouco forte demais, mas Odilon não se importou; um sorrisinho se alargou em sua boca.

— Cuidado — avisou ele. — Eu posso querer devolver o favor.

— Então devolva.

A mão dele envolveu o meu pescoço e puxou-me em sua direção, capturando os meus lábios com desejo, pegando tudo o que podia. Eu acariciei a sua nuca, tentando abafar o som na minha mente que me induzia a voltar atrás. A mão dele se enterrou nos meus cabelos e desejei congelar aquele momento, mas meu discernimento me repudiava, como se eu estivesse traindo a mim mesma.

Nossas respirações se confundiam e a intensidade do beijo só aumentava, porque nada era o suficiente. Era bom demais. Satisfatório demais. Quase soava errado algo ser tão prazeroso.

Porque estava errado. Não estava?

Ele era meu *inimigo*, o ser que ministrava o jogo que decidiria o meu destino. E eu... bem, eu tinha deixado me envolver da *pior* maneira possível. Um lampejo de razão me iluminou.

— Che-chega.

Eu me afastei, a cabeça girando e o coração se debatendo para reassumir o ritmo, mas finalmente consegui me afastar com um passo para trás. Não podia correr o risco de me aproximar de novo.

Respirei fundo antes de dizer:

— Desculpe, isso... — Eu desviei o rosto, envergonhada. — Isso não foi uma boa ideia.

Odilon me encarou com algo que pareceu decepção, mas foi tão rápido que não deu para ter certeza. Não demorou para ele assumir a postura habitual e sorrir com certa indiferença, como se não se importasse com a interrupção do beijo, o que — para meu constrangimento — me deixou um pouco incomodada.

É só seu ego ferido, disse a mim mesma.

— É, não foi — concordou ele, antes de desaparecer.

XX.
Você vai negar?

Era o último dia de descanso antes do jogo que decidiria meu destino. Quer dizer, não sabia se "dia" era a palavra certa quando a escuridão era a única constante no Abismo, e eu questionava se o tempo ali transcorria da mesma forma que no mundo terreno. Quando estava viva, nunca parecia haver tempo o bastante, mas naquele reino cabia uma infinidade de coisas peculiares entre o abrir e o fechar dos olhos.

Coisas peculiares, que, aliás, eu me esforçaria para evitar ao *máximo*. Por isso, decidi ficar longe do salão onde os jogadores costumavam se reunir; nem mesmo o cheiro apetitoso dos pães recém-assados me fez mudar de ideia. Gael poderia aparecer e eu teria que lamentar pelas feridas que lhe causei — o que seria uma tremenda mentira. Além do mais, era melhor eu me manter distante de Odilon.

Quando eu estava com ele, não conseguia pensar com clareza. Se quisesse vencer o último desafio, isso não podia acontecer.

Andei pelo castelo, buscando um lugar para ficar, mas tive o cuidado de evitar as passagens mais comuns ou correria o risco de encontrar o olhar crítico de Kaira, algo com o que eu também preferia não ter que lidar, apesar de sentir sua falta. Parecia que eu não era muito boa nessa coisa de ter uma amiga. Quando se passava tempo demais só, a solidão virava uma espécie de companhia própria, que, a cada dia, tentava te convencer de que você não precisava de mais ninguém.

E, naquele dia, ela tinha conseguido.

No fim, acabei encontrando refúgio na galeria de arte do castelo. Tão solitária e deslocada quanto eu, era o lugar perfeito para ficar apenas com meus pensamentos.

A poeira cobria tudo, formando uma camada espessa que fazia meu nariz pinicar, mas isso não me impediu de admirar os detalhes das estátuas de mármore em posições heroicas e majestosas, com seus rostos todos voltados para o céu, como se aspirassem a algo além. Cada detalhe era estonteante, desde as curvas perfeitas até as expressões faciais carregadas de emoção.

Sentei-me no chão sujo e inclinei a cabeça para cima, agora concentrada nas telas de artistas que não reconhecia penduradas por todo o ambiente. Cada uma delas tinha uma história, desde paisagens bucólicas até pinturas abstratas e retratos esplêndidos. Algumas eram sombrias e trabalhavam com tons escuros demais para o meu gosto, e outras retratavam o que eu mais amava: paisagens naturais no auge das suas cores.

Eu me detive em uma pintura ao lado da estátua de uma mulher seminua de cabelos encaracolados. Era uma paisagem campestre com uma confusão de cores vibrantes que ia desde o céu límpido até um campo verde cheio de flores de todas as cores e tamanhos, algumas ainda em botão e outras já desabrochadas por completo. Por um momento, fechei os olhos e me imaginei dentro da pintura, até conseguir sentir a brisa fresca nos meus cabelos e ouvir o canto dos pássaros. Apertei mais os olhos e tentei me lembrar da grama verde do mundo dos vivos e da sensação dela sob os meus pés.

Abri os olhos, meu coração um pouco mais leve. O poder da arte era incrível.

Continuei concentrada nas criações dos artistas desconhecidos até meu pescoço começar a doer e meus ossos reclamarem por causa do chão duro. Só então me levantei, batendo de forma preguiçosa a poeira que se agarrara à minha calça. O castelo era imenso, então os residentes do reino da Morte priorizavam a limpeza das áreas mais frequentadas. Claramente, a galeria não era uma delas.

Percorri os corredores desertos de volta ao quarto onde eu dormia. Empurrei a porta de madeira do meu aposento, pronta para me jogar na cama e adormecer, mas demorei alguns segundos até entender o que via. A penteadeira fora do lugar. A cama torta. A cadeira caída. Pânico me invadiu tão logo entendi o que os móveis desarranjados e os objetos fora do lugar significavam.

Um invasor.

Corri em direção à penteadeira, a respiração entrecortada, abrindo com rapidez a gaveta onde havia guardado a pena dourada. Odilon dissera que elas estavam ligadas a nós, mas e se...

Parei de tremer e suspirei aliviada ao ver que ela estava no mesmo lugar, seu brilho tênue iluminando a parte de dentro da gaveta. Porém, algo gelado, pressionado contra o meu *pescoço*, trouxe todos os tremores de volta. Uma lâmina.

— Eu quero te fazer umas perguntinhas, Celina.

Ergui os olhos para o espelho e franzi a sobrancelha ao ver que a pessoa que apertava a adaga contra o meu pescoço era uma loira com rabo de cavalo, que, por sempre se manter distante igual a um fantasma, nunca imaginei que poderia oferecer risco. Parecia que eu me enganara.

— Escuta bem, não vou te machucar. É só você me dizer o que eu quero saber. Fui clara?

— Acho educado pelo menos se apresentar antes de entrar no quarto de alguém.

Tentei manter a respiração calma, buscando ao redor algo que pudesse usar para atacá-la. A ideia de perfurá-la com a pena era atraente, mas tive medo de causar algum dano ao objeto.

— Leona — respondeu ela, apertando o aço afiado contra minha pele. — Posso ser sua amiga ou inimiga, a escolha é sua.

— Bom, você tá tornando essa escolha bem fácil... — desdenhei, cogitando morder o braço dela.

Leona grunhiu.

— *Qual é o último jogo?*

— Como é que eu vou saber disso?! — exclamei, a testa suando.

— Você tá com a Morte — cuspiu ela. — Acha que sou idiota de acreditar que ele não te disse nada?

— Eu não estou com *ninguém* — rebati, sentindo um gosto amargo na boca. — E não, ele *não* disse.

Eu nunca havia tentado perguntar a Odilon qual seria o terceiro desafio. Achava que ele não me diria e que isso seria o equivalente a roubar. E, bom, se o espelho não gostava dos covardes... Quem garantiria que aceitaria alguém que só vencera por ter uma vantagem?

Só que depois do que Odilon dissera sobre ninguém ganhar os jogos em muito tempo, eu já não tinha certeza sobre nada. Talvez o risco valesse a pena por uma oportunidade de vitória. Afinal, ao que tudo indicava, todas as chances já estavam contra mim.

Mas ele me contaria alguma coisa, se eu questionasse? Difícil saber. Odilon era reticente sobre responder algumas perguntas, enquanto outras saíam com a facilidade de uma conversa amigável. No entanto, a pergunta de Leona instigou alguns planos em minha mente.

— *Mentira* — acusou ela.

Um rangido ecoou no quarto, de repente.

Virei o rosto apenas uns dois centímetros em direção à porta. *Kaira*.

— Lina, podemos con...

Aproveitei a curta distração da invasora para impulsionar a cabeça com *toda* a força para trás. *Claque*. Atingi ferozmente o nariz de Leona, que foi torcido para o lado de um jeito estranho, tão quebrado quanto um galho partido ao meio. Minha cabeça doeu, mas valeu a pena. A invasora gritou de surpresa enquanto o sangue escorria por sua face. Só que eu não podia parar, não quando ela ainda tinha a adaga.

Fiz um sinal para Kaira e fui com tudo em direção a Leona, mas, em vez de atacá-la por cima, como ela esperava, joguei-me contra as suas pernas e a derrubei no chão com um baque. Ela me xingou e, com um movimento desajeitado de mão, conseguiu fazer um corte fino, mas ardido, no meu braço. O cheiro metálico flutuou no ar.

Kaira, porém, já estava vindo e a acertou com um chute na cabeça forte o bastante para embaralhar o cérebro da invasora e fazê-la desmaiar.

Ignorei a sensação molhada no meu braço e me levantei para dar um abraço de esmagar os ossos em Kaira, despejando no gesto todas as emoções dos últimos instantes. Ela se retesou de início, surpresa, mas não demorou a retribuir o aperto, e ficamos ali por segundos o bastante para eu descobrir que alguns abraços, talvez apenas os mais especiais, serviam como uma espécie de cura. Diziam tudo o que tentávamos colocar em palavras e não conseguíamos. Podiam significar um pedido de desculpas, um sinal de apoio ou uma declaração de amor. O nosso era um pouco de tudo isso.

⋀

— Por que essa otária te atacou? — perguntou Kaira, sem a gentileza de costume, conforme me ajudava a prender Leona com uma corda grossa.

— Ela acha que eu sei algo sobre o último desafio! — respondi, dando um último nó forte na corda.

— Hum... — Kaira desviou o rosto.

— O quê? — Deixei a corda de lado e me levantei, os olhos semicerrados.

— Não é só ela, Lina. — Kaira suspirou. — Os outros perceberam que vocês são, hum, meio próximos, e acham que você pode estar conseguindo vantagens nos desafios.

— Mas isso é ridículo! — afirmei, abrindo e fechando as mãos para alongar os meus dedos.

Kaira permaneceu calada.

— Você não acredita nisso, não é?

— Não, claro que não. Mas eu... entendo o sentimento deles.

— Não deveria! — exclamei, limpando o sangue do meu braço com um paninho macio da penteadeira. — Eles estão errados.

Um movimento veio do chão. Leona estava de olhos arregalados, tentando se soltar da corda amarrada ao redor dos seus pulsos e tornozelos. Parecia mais um animal encurralado do que a invasora com instinto assassino de antes.

— Errados? — intrometeu-se Leona, com uma risada sarcástica. Eu deveria ter amarrado a boca dela também. — Você sabe que tem uma vantagem!

— Como assim? — Kaira arqueou uma sobrancelha.

— Você vai negar? — indagou a invasora, ainda focada em mim.

— Negar *o quê*?

— Você está, *sim*, com ele — declarou Leona. — Você o beijou!

Arregalei os olhos. Abri e fechei a boca, sem saber o que dizer. Para meu azar, nunca fui boa em mentir e já era tarde para negar, pois Kaira me fitava como se eu a tivesse traído, de algum jeito.

Sim, eu podia ter deixado as coisas irem um pouco longe demais, e tinha tentado descobrir algumas coisas sobre o funcionamento do lugar onde tínhamos ido parar, assim como algo que pudesse usar contra Odilon, mas não havia conseguido privilégio em nenhum desafio. *Ainda não.*

— Não foi nada demais! — afirmei, apesar de as palavras parecerem erradas ao deixarem minha boca.

— Então aconteceu mesmo? — Kaira se afastou de mim. — Por que não me contou? Ou melhor, por que fez isso?

— Porque ela está com ele! — concluiu Leona.

— Eu *não* estou!

— Ela sabe qual é o último desafio — insistiu Leona, me fazendo desejar que ela morresse e virasse mesmo uma entidade fantasmagórica que não pudesse abrir a boca.

— Você sabe? — perguntou Kaira.

— Eu *não* sei.

Encarei a invasora com algo entre ódio e desgosto, então peguei um pedaço mais fino de corda e amarrei a sua boca. Ela tentou lutar, roer a corda com os dentes, mas foi inútil.

— Por que não falamos sobre isso a sós? — sugeri para Kaira, os olhos penetrantes encarando Leona.

Kaira concordou com a cabeça, meio a contragosto.

— O que você vai fazer com ela? — indagou Kaira enquanto a nossa refém soltava sons confusos de reclamação.

— Quero devolver o favor pelo que ela fez comigo. — Sorri. — Esse castelo tem tantos quartos vazios. Acho que vai ser bom para ela passar a noite em um lugar *diferente*.

Carregamos Leona por um dos corredores menos movimentados, afinal, se alguém nos visse, poderia acabar se intrometendo, embora nenhum dos jogadores tivesse feito nada durante minha briga com Gael. Minhas mãos ardiam por segurar a corda ao redor dos pulsos de Leona, mas estava satisfeita em devolver sua ousadia.

Kaira e eu a largamos em um cômodo escuro e bolorento enquanto ela se debatia e tentava gritar por ajuda. Em algum momento, alguém passaria por ali e acabaria escutando-a, mas ia demorar. A porta grossa e robusta se encarregaria de deixar os seus gritos praticamente inaudíveis.

Retornei para o meu aposento com o olhar avaliador de Kaira focado na minha nuca. Quando atravessamos a porta, ela passou as mãos pelos cabelos cacheados, andando de uma parede à outra. A julgar pela maneira ansiosa como enrolava uma mecha no dedo, as dúvidas mexiam com sua cabeça.

— Eu te avisei. Avisei para não se envolver!

— Eu não me envolvi! Foi só uma ação impensada. Em algum momento, senti que não tinha feito muita coisa no mundo dos vivos e, não sei, quis compensar.

— Beijando a divindade que tá mantendo a gente presa?!

— Eu não tava pensando direito, e eu parei o beijo no meio. Além disso, ele não gostou — revelei, meu orgulho ferido.

Kaira me olhou, cética.

— De todo modo, garanto que não sei *nada* sobre o último desafio.

— Eu sei, Lina. — Ela se sentou na cama, a postura corcunda demonstrando seu cansaço. — Na verdade, foi por isso que vim te procurar. Fiquei sabendo do que a Morte falou sobre ter algum tempo desde que ninguém ganha os jogos e... quis ver você.

Eu a olhei com suavidade, tocando a sua mão morna.

— Você acha que ele mentiu? Só para desestruturar a gente? — perguntou ela.

— Não, não acho.

Kaira absorveu as palavras e segurou a minha mão com força. Parecia até que buscava forças em mim, mas fui eu quem me senti melhor com o gesto. Seu aperto me trazia para a realidade, para o momento presente, impedindo que eu me afundasse em dúvidas e medos.

— E se nós perdemos? — A mão dela tremeu um pouco.

— Se *eu* perder, quero que você siga em frente — falei. — Sem hesitar.

— Como você pode me pedir isso? — Kaira fungou.

— Você merece as coisas mais lindas, Kaira. Nem pense em perder isso por causa de ninguém. Nem de mim.

Os olhos dela se fixaram nos meus, estreitos e atentos, como se enxergassem algo invisível para mim.

— Então faça o mesmo se eu perder — exigiu ela.

Era estranho falar sobre uma realidade diferente, na qual não estaríamos mais juntas. Uma mão se fechou ao redor do meu peito ao pensar em Kaira como uma sombra ou uma alma perdida. Sem sua gentileza característica, sem os livros que eram praticamente parte da sua personalidade, sem se lembrar da Júlia, que ela tanto adorava.

Se alguém era capaz de me fazer ir até Odilon e tentar descobrir qual seria o último desafio, era a Kaira. Porque a garota gentil que me emprestara sua jaqueta não merecia menos do que o Paraíso, e o mínimo que eu poderia fazer era tentar garantir isso tanto para ela quanto para mim, não? Seus olhos grandes se voltaram para o chão, confusos e desesperançados, então decidi mudar de assunto. Distraí-la, como ela tinha feito por mim após o baile.

— E aí, por onde você tem andado? — perguntei, dando um empurrão brincalhão nela, tentando afastar o peso da situação.

— Davi — respondeu Kaira, com um sorriso fraco, mas juvenil.

— Você gosta dele?

— É uma boa distração. — Ela deu de ombros, mas me olhou com seriedade. — Aliás, sinto muito por tudo. Foi ingênuo treinar com ele, e eu surtei na hora, eu sei, mas o Gael foi um grande babaca. Eu não devia...

— Não — discordei, tocando seu ombro. — Eu exagerei. Para falar a verdade, não sei o que me deu.

Um nó em meu peito, que eu nem sabia existir, se desfez. Ela era a única coisa boa que eu tinha naquele lugar, a única amiga que algum dia fui capaz de fazer, mesmo que de uma maneira nada convencional. Se existia alguma chance de ganhar o último jogo, eu gostaria de tentar fazer isso com ela.

— Não importa. Estamos juntas desde o início, não quero me distanciar de você agora — declarou ela.

— Digo o mesmo.

Kaira sorriu, e eu soube que ficaríamos bem.

Nós ficamos na cama e falamos sobre todas as coisas que vinham acontecendo, nossos olhos voltados para o teto sujo. Ela me contou sobre como se abrira com Davi, como ele encontrou um livro lindo e deu de presente para ela, e como não sabia o que esperar do Paraíso. No entanto, percebi que seus olhos brilharam com a esperança de reencontrar a irmã.

Eu contei sobre o meu plano de descobrir uma fraqueza da Morte, o que despertou algumas risadas nela. Não comentei, porém, sobre o episódio dos pesadelos de Odilon ou sobre o que eu sentia quando ele me tocava; tudo isso parecia íntimo demais. Contudo, confessei que adoraria poder pintar o Paraíso. Kaira falou que se uma pessoa pudesse capturar a beleza de lá, seria eu.

Em algum momento, os olhos dela se fecharam e um ronco baixinho escapou da sua garganta. Foi apenas então que, com passos silenciosos e movimentos lentos, eu deixei o meu quarto. Fiz um esforço para a porta não ranger e respirei fundo, preparando-me para encontrar com Odilon, pois precisava fazer mais uma pergunta.

E apenas ele poderia dar a resposta.

XXI.
O arrependimento em seus olhos

Caminhei em direção ao aposento de Odilon com os dentes batendo. O ar gélido me fazia questionar se ele não estaria me seguindo, mas balancei a cabeça para afastar o pensamento ridículo. Insisti pelos corredores estreitos e mal iluminados até adentrar uma área coberta por uma escuridão tão densa que era difícil enxergar até mesmo minhas próprias mãos.

O pensamento de perguntar a Odilon qual seria o último desafio parecera benéfico momentos atrás, mas agora minha coragem vacilava igual ao fogo dos castiçais, tremendo com o vento. No entanto, quem podia garantir que ele estaria no seu quarto? Quer dizer, ele era a Morte, e podia estar ocupado. Essa ideia me desanimou por um segundo, mas logo pensei se não seria melhor apenas encontrar o aposento dele vazio, lembrando-me de alguns objetos que me chamaram atenção na última vez em que estive nele.

Se a sorte estivesse ao meu favor, poderia achar uma pista do desafio seguinte sem nem precisar encará-lo — foi o que disse a mim mesma assim que cheguei à porta de madeira do seu aposento.

Com a respiração irregular, esperei para ver se ouviria algum ruído vindo lá de dentro, o ouvido colado na porta, mas só havia um silêncio sepulcral. Sem sinal de alguém lutando contra um pesadelo, gemidos de dor ou cabeças batendo em pedras. Tentei me confortar com isso, porém a ausência de sons parecia igualmente ruim, fazendo-me sentir como uma presa se esgueirando, ciente de que o caçador poderia chegar a qualquer momento.

Respirei fundo, buscando me acalmar. Todo aquele silêncio só podia significar que Odilon estava longe ou, no mínimo, dormindo. De um jeito ou de outro, era a chance perfeita de explorar e tentar descobrir alguma pista oculta no breu além da porta enorme. Quem sabe aquele não era mesmo um grande golpe de sorte?

Meus pelos se eriçaram assim que entrei no cômodo ainda mais obscuro do que da primeira vez em que eu estivera nele. Semicerrei os olhos, tentando diferenciar algo no negrume; não funcionou. Comecei, então, a tatear. Senti a aspereza da parede de pedras, depois grandes cortinas que pareciam de camurça, e em seguida uma mesinha de madeira fria, mas só havia velas apagadas em cima dela.

Contornei a cama — que, felizmente, parecia estar vazia — e reprimi um gritinho de empolgação assim que cheguei até a estante. Tateei pelas suas prateleiras, pegando o que devia ser um livro de capa dura, mas ler o seu conteúdo ali seria impossível. Fui para o próximo objeto e senti a estrutura de uma pequena caixa, pensando se conseguiria tirá-la dali e levá-la para o meu quarto sem chamar a atenção. Provavelmente, sim. Também havia um frasco de vidro com um líquido que, mesmo balançando o recipiente, não pude identificar.

Decidi devolvê-lo ao seu lugar, mas o objeto se espatifou no chão. *Merda.*

— Devo oferecer ajuda em sua empreitada?

Dei um pulo de surpresa e os castiçais do aposento se acenderam, iluminando levemente o lugar com chamas bruxuleantes. Recostado na poltrona, ao lado da cama, Odilon me encarava com a sobrancelha erguida e as pernas cruzadas.

Desde quando ele está ali?

Meu coração palpitou, lembrando-me da maneira como nosso último encontro havia acabado. De uma hora para a outra, já não conseguia pensar no propósito que me levara até o seu quarto. Desejei correr até estar a uma distância segura daquela figura mística, pois o órgão no meu peito batendo tão forte só podia significar uma coisa: perigo.

Eu só não sabia de qual tipo.

— Ou quem sabe um castigo pela invasão? — Odilon sorriu de forma ardilosa.

— Não é uma empreitada nem uma invasão — respondi, fingindo inocência. — Perdi uma coisa e achei que estivesse aqui.

— Não me diga! — Ele se ergueu da poltrona, interessado. — Posso saber o que seria?

— Um... colar — menti, esforçando-me para manter o tom descontraído.

— Nunca vi você com um colar.

Odilon caminhou até mim com passos leves e felinos, e, como um gato selvagem, parecia pronto para me atacar com suas garras a qualquer instante.

— Talvez não tenha prestado atenção — retruquei, os olhos focados na saída.

— Impossível.

Meu coração bateu mais forte. Eu deveria aproveitar para perguntar sobre o último desafio, para manipular nossa conversa de modo estratégico e tentar roubar alguma pista sobre o jogo final, mas algo em Odilon me desestabilizava completamente.

— Hum, quer saber? Eu me enganei, vou procurar em outro lugar.

Virei-me para partir, dando o plano como perdido e me sentindo muito patética por ter mesmo acreditado que poderia ir ao quarto dele e apenas perguntar sobre o último desafio. Pior do que isso era ter pensado que poderia fuxicar e sair ilesa. Se conversar com Odilon no alto de um castelo e na beira de um lago já não era uma tarefa das mais fáceis, tentar isso em seu aposento fechado era mil vezes pior. Porque ele me distraía e era atento, cauteloso. Mesmo que não evitasse todas as minhas perguntas, era óbvio pela forma meticulosa como me encarava que suas respostas eram bem pensadas. Ele não me diria nada que não pudesse ou desejasse dizer. E, sem dúvidas, não deixaria pistas largadas por aí.

Apesar disso, uma sensação incômoda se instalou em meu estômago ao contemplar a ideia de falhar com Kaira, de não obter qualquer informação útil que pudesse nos beneficiar e, para minha própria vergonha, de não ter conseguido o que esperava ao me aproximar da Morte. Fraquezas, informações valiosas... tudo isso parecia tão fora do meu alcance. E eram apenas essas coisas que eu desejava dele. Não eram?

— O que é isso no seu braço? — indagou ele, parado à minha frente, e pensei ver sombras furiosas se mexerem ao nosso redor.

— Um corte. — Dei de ombros.

— Posso ver que é um corte. — Uma veia saltou em sua testa. — *Quem o fez?*

O modo como a pergunta deixou os seus lábios causou arrepios na minha pele, mas ignorei a sensação.

— Não importa, já me vinguei.

Os lábios dele se inclinaram em um sorriso, como se lhe agradasse o fato de eu ter tido uma vingança.

— Hum, espero que tenha sido cruel — comentou ele, os cabelos brancos brilhando à luz dos castiçais.

Dei um passo para trás, ansiosa por colocar um pouco mais de distância entre nós e escapar do efeito magnético que o seu corpo parecia ter sobre o meu. Ao fazer isso, porém, notei um objeto perto da janela de vitrais. Estreitei os olhos apenas para encontrar a imagem de um rio obscuro, iluminado por uma esfera dourada no céu. Nas bordas da tela, árvores secas se inclinavam em direção à água, como se desejassem recuperar sua vitalidade.

Era a pintura que eu abandonara na floresta.

— Não é bonito roubar as coisas dos outros, Odilon — repreendi, mas uma sensação morna se espalhou pelo meu coração por saber que ele havia realmente gostado da arte. Caso contrário, não a colocaria em seu próprio quarto.

Os olhos dele acompanharam os meus até a pintura.

— Não é roubado, se eu encontrei — rebateu ele, chegando um pouco mais perto, a respiração acariciando a minha pele. — Agora, por que não me diz o que veio fazer aqui?

— Eu já disse.

— Vejo que se esqueceu de que sei quando está mentindo.

Revirei os olhos, um pouco farta da insistência e ansiosa para sair de seu aposento escuro demais.

— Não se preocupe, Odilon. Não vim te fazer *sofrer* com mais um beijo desagradável. Agora, se me der licença, já vou indo.

Eu me virei em direção à saída com um movimento apressado, mas meus olhos se arregalaram, pois Odilon se materializou repentinamente em meu caminho, como um coelho saindo da cartola de um mágico.

— Quem disse que foi desagradável? — Os olhos dele pararam na minha boca por uns instantes.

— Você não lamentou quando acabou, não foi? — Pigarreei.

— É porque eu sabia que não seria o último.

Odilon se curvou até seu rosto ficar a centímetros do meu, até sua respiração se confundir com a minha.

Ele pegou minha mão e a levou até a boca, beijando-a com certa devoção, como se pudesse me enaltecer de algum jeito com um toque de seus lábios. Um calor se espalhou pelo meu corpo e meu rosto esquentou. Nunca imaginei que um simples beijo na mão pudesse parecer uma blasfêmia, mas foi o que senti quando ele terminou e me olhou com suas pupilas incrivelmente atentas.

— É mesmo? — Eu ri, disfarçando. A mão dele segurando a minha fazia remexer algo dentro de mim. — E como você sabia?

— Porque vi o arrependimento em seus olhos no instante em que me afastou. Porque você gostou, e acha que não vai ter outra oportunidade. Porque acredita que em breve nada disso vai importar. Então, por que resistir?

Sua boca era convidativa, até demais. E as suas palavras... tinham alguma verdade.

Molhei os lábios. Odilon se empertigou, seus olhos escuros me encaravam como se eu fosse a única luz que havia no mundo.

— Não me tente — sussurrou ele.

— Tentar você? Não... — Eu me inclinei em sua direção e seus olhos pareceram escurecer um pouco mais. A saída já não era mais prioridade. — Mas parece que você andou pensando muito em mim.

Convenci a mim mesma de que não desvendaria nada longe dos aposentos dele. Além do mais, eu poderia acabar descobrindo alguma coisa sobre o último desafio se continuasse ali por algum tempo, se conseguisse fazê-lo falar em um momento de distração. Era o mais estratégico a ser feito. Não?

— Você não imagina o *quanto*.

Odilon envolveu meu pescoço e me puxou para perto, pressionando meu corpo contra o dele e afundando a boca na minha. O prazer fincou as garras em mim, e não tive alternativa a não ser me deixar ser presa. Enlacei meus dedos nos cabelos macios dele, atraindo-o ainda mais para mim, na vã tentativa de estreitar qualquer distância. Meu peito ardia com uma chama furiosa, uma sede que apenas Odilon poderia saciar. Uma tela que só ele poderia preencher. A verdade era que eu precisava dos seus toques assim como precisava respirar, pois ele era o único capaz de abafar o tumulto no meu interior.

— Vejo que você esperou *muito* por isso — provocou ele com um sussurro.

Esperei? Quis negar, dizer que suas ideias não passavam de delírios, mas se eu era mesmo uma péssima mentirosa, sairia perdendo naquela batalha.

— Então faça valer a pena — desafiei.

Pude jurar que seus olhos pretos brilharam com aquele desafio.

As mãos dele, que me percorriam com desejo de tocar tudo, só significavam uma coisa: minha ruína. E eu *gostei*. Gostei de como o beijo dele era voraz e lia toda a minha alma, todos os meus desejos. Gostei de como ele desceu até o meu pescoço de forma lenta, desfrutando da maneira como me torturava. Gostei de como não tirava os olhos de mim enquanto eu o deixava fazer tudo aquilo.

Meu rosto corou quando um gemido de prazer escapou da minha boca.

— Eu poderia ouvir isso pela eternidade, minha Celina — disse ele contra a minha pele. Sua boca agora me percorria com beijos lentos e, de algum modo, já estávamos na cama.

— Ouvir o quê? — murmurei, provocando-o.

— Ah, você não sabe? — perguntou Odilon com olhos dissimulados. — Permita que eu te faça escutar de novo, então.

E ele fez. De novo e de novo. Seu beijo me destruiu como um furacão, mas eu era reconstruída a cada carícia. Seus olhos estavam famintos, e eu me divertia ao lhes dar o que desejavam — como uma pecadora vendendo a própria alma. Só que não era só isso. Ali, iluminados apenas pelos castiçais, senti que realmente podia vê-lo. O modo como ele ergueu a mão para mim em meio às chamas, a maneira como dançou comigo, o jeito como olhou para Gael ao ver que ele havia me ferido.

Talvez, no fim das contas, ele não fosse mesmo tão ruim.

Minhas mãos exploravam o contorno frio do seu corpo, movendo-se com uma determinação que parecia vir de um impulso profundo, instintivo até. Eu o encarei com atenção, observando com fascínio as veias escuras que subiam por seus braços feito um lembrete do que ele era. A Morte. Não me importei, porque me sentia mais viva do que nunca. Com uma lentidão deliberada, deslizei a palma da mão sobre seu peito, apreciando a tensão que se formava em sua musculatura.

Se Odilon estava morto por dentro, se era realmente incapaz de sentir, seus olhos cheios de emoção me enganavam de forma magistral. Pois cada olhar que ele me lançava transbordava uma confusão de sentimentos guardados. Sentimentos humanos demais.

Você está enganada, minha razão respondeu. *Nada nele é humano.* Porque eu também vi como Odilon se divertiu ao voltar no tempo e fazer um homem se ferir repetidas vezes, como não se importou ao transformar pessoas em criaturas que o serviriam para todo o sempre, como...

— Eu tenho um presente para você — disse ele, a malícia dominando sua voz e seus dedos me levando a paisagens cheias de cor. Já não conseguia mais raciocinar, não conseguia fazer nada com o calor que crescia dentro de mim.

— Um presente? — consegui perguntar, tocando seus cabelos brancos. — E vai ser bom?

— *Me diga você.*

Ah, foi bom. Muito bom. E, conforme meus olhos reviravam, todos os castiçais se apagaram graças à ventania que se formou no cômodo, mas eu não me importei. Pelo contrário, apreciei a escuridão.

E ela foi nossa companheira conforme meu corpo se contorcia e nossas respirações se misturavam. Se eu achava que não descobriria nada, os segundos com Odilon demonstravam o meu engano, já que cada um dos seus toques trazia uma descoberta *deliciosa*.

⋏

Pela escuridão do aposento, nem parecia que eu tinha aberto os olhos. Lentamente, muito lentamente, me virei para o lado e pude distinguir o leve contorno de Odilon ali. Parecia estar envolvido em um sono tranquilo enquanto eu sofria com a ameaça de uma disputa moral travada dentro da minha cabeça. Por tudo o que fiz. Por tudo o que *desejei* fazer. Pelas minhas falhas.

Se acalma, pedi a mim mesma. Tinham sido só dois corpos se tocando, uma noite normal no mundo dos vivos. Puramente motivada pela atração e nada mais; talvez um pouco pela confusão na minha cabeça também. Mal poderia ser considerado um envolvimento sério. Poderia?

Minha mente me bombardeou com a lembrança de Odilon me despindo com algo profundo brilhando nos olhos, com o desejo que me fez beijá-lo no topo do castelo, com a maneira como ele apreciou minha arte logo depois de me levar a um cenário incrivelmente lindo apenas para que eu pudesse pintar.

Não. Balancei a cabeça, rejeitando a ideia. Era apenas físico. Só uma maneira de eu, por um instante, me desligar dos jogos. Se bem que...

Não.

Levantei-me da cama com cautela e, cuidadosamente, peguei cada uma das minhas peças de roupa, vestindo-as.

Andei até a porta em silêncio.

— Se você sair sem se despedir, posso acabar pensando que está *fugindo* de mim.

Virei-me em direção à cama e pude ver o contorno de um sorriso felino no rosto de Odilon.

— É uma conclusão válida... — murmurei.

— Sabe que posso te fazer voltar para essa cama com um estalo, não é?

— Você se arrependeria disso — prometi, os braços cruzados.

— Ah... eu discordo.

Revirei os olhos e abri a porta, pronta para ir embora.

— Só para que saiba, Celina... para vencer o último jogo, basta me enganar.

XXII.
Ganhar ou servir

Os instantes após eu deixar o quarto passaram tão rapidamente quanto a escuridão que às vezes se agitava ao redor de Odilon. Por garantia, peguei a pena dourada da gaveta da penteadeira e corri em direção ao salão, onde esperava encontrar Kaira. Minha respiração estava frenética e não via a hora de contar a descoberta — ou melhor, a informação não muito objetiva que ele havia me dado de bom grado.

O dia do último jogo havia chegado, e meu estômago se revirou de ansiedade durante todo o caminho. Adentrei com pressa o salão e, como sempre, as mesas estavam cheias de comida. Milo, um dos poucos com que eu tinha conversado, tentava distrair as dezenas de rostos amedrontados e ansiosos, só que não adiantava e nenhum dos jogadores comia. Eram homens e mulheres de todos os fenótipos, muito diferentes entre si, mas conectados por um destino cruel. Se as estatísticas se repetissem, estávamos tendo nossos últimos momentos como nós mesmos antes de virarmos seres obscuros.

Balancei a cabeça para afastar o pensamento e acabei encontrando Kaira em uma mesa menos ocupada. As mãos agitadas batucavam a estrutura de madeira, mas elas se acalmaram tão logo me sentei do seu lado. Com sussurros, contei a informação que descobrira e seus olhos redondos se arregalaram. Após me dar uma boa bronca por ter ido atrás de Odilon, discutimos sobre o último desafio, conspirando de forma incansável acerca do significado por trás do que ele havia dito. Obviamente, eu não falei nada sobre tudo o que acontecera *antes* de ele me dar a pista.

Davi apareceu enquanto discutíamos as possibilidades, sentando-se na cadeira ao lado de Kaira com um aceno tímido, o corpo inclinado na direção da minha amiga, e não demorou a contribuir com as possibilidades mais alucinadas.

— E se for um jogo de tabuleiro mortal, onde vamos precisar enganar ele com uma jogada estratégica? — perguntou ele.

Já era sua décima ideia e, apesar do tom brincalhão, seus lábios tremeram.

— Fala sério — respondi com uma risada contida.

— Espero que não, eu nem sei jogar xadrez — confessou Kaira.

— E se for um...

— Sobre o que estão falando?

Demorei apenas alguns segundos para reconhecer a voz rabugenta de Leona, que ocupou um lugar mais afastado da mesa, com a postura rígida de uma estátua. Percebi com um sorriso que seu cabelo estava meio fora do lugar e que havia olheiras fundas abaixo dos seus olhos. Pequenas marcas de corda também eram nítidas no seu rosto.

— Por que contaríamos alguma coisa para você?

Eu a olhei com ceticismo, mas a garota só desviou o rosto com uma carranca.

Não era nada amedrontadora sem uma adaga na mão.

— Demorou *séculos* até alguém me desamarrar. — Ela bufou. — É o mínimo que você pode fazer!

— Como assim "desamarrar"? — perguntou Davi, a testa franzida, mas Kaira apenas balançou a cabeça como quem pedia para uma informação ser ignorada, e ele deu de ombros.

— Você não está no direito de pedir nada — observei, encarando Leona.

— Tá bom, então não contem. — Ela bateu as palmas nas coxas com raiva.

Cogitei fazer exatamente isso. Não dizer nada e parar nossas divagações apenas para deixá-la irritada, mas Kaira me olhou como quem dizia que Leona não era um risco, que era uma jogadora igual a todos nós, e devia estar igualmente assustada. Encarei minha amiga, semicerrando os olhos.

Não *confio nela*.

Kaira ergueu as sobrancelhas como quem me pedia para relevar a questão, e talvez estivesse certa. Era o último desafio. O que Leona podia fazer além de pairar ao nosso redor, quando nosso verdadeiro oponente era muito mais forte? Um oponente com quem eu tinha compartilhado muito mais do que apenas teorias.

— Você pode ouvir — falei com um revirar de olhos. — Não é nada demais mesmo.

Kaira e Davi contaram à garota as palavras de Odilon, assim como suas principais apostas. Ela ouviu tudo com atenção e logo deu as próprias contribuições, que eram drásticas e sanguinárias demais, até mesmo para um jogo ministrado pela Morte.

As chamas vacilaram nos castiçais.

— E aí, galera?

Meus músculos se tensionaram, me obrigando a respirar fundo para relaxar. Ergui o queixo para encontrar Gael com diversas partes do corpo cobertas por bandagens, algumas um pouco molhadas de sangue. Estreitei os olhos, pois a pomada que Francisca havia aplicado em mim fora tão boa que minhas feridas se curaram em pouco tempo, mas ele não tivera a mesma sorte. Um sorriso simpático cobria o rosto dele, contudo, em seu único olho eu ainda via um desprezo mal escondido.

— Calma! Eu vim me desculpar — disse Gael com uma postura encolhida de cachorro sem dono, mas eu sabia que ele era mais uma cobra experimentando outra pele, apenas esperando para dar o bote.

— Então saiba que eu recuso.

Eu me ergui, o rangido da cadeira ecoando por todo o salão.

— Poxa, dá uma chance, Lina — pediu Davi em tom gentil, mas levou uma cotovelada da Kaira para ficar calado.

— Uma chance? Para alguém que *cortou* o meu rosto ao meio? Não, obrigada.

Dei as costas para todos, indo embora com a irritação ressoando em cada pisada.

— Você também não foi nenhuma santa, né? — berrou Gael.

Continuei andando.

— Vai mesmo guardar rancor depois de morta?! — exclamou ele, insistente, atraindo os olhares e murmúrios de outros jogadores.

— Sim! — respondi sem olhar para trás.

Mas nem cheguei a alcançar a saída, porque minha visão foi se desfocando, como se estivesse sendo coberta por uma poeira escura, até ficar totalmente preta. Um vento forte arrepiou meu corpo com um toque gelado, e eu soube que o último jogo ia começar. O jogo que determinaria como eu passaria a eternidade.

∧

Levantei-me com um salto, como quando você sonha que cai para uma escuridão profunda e um frio acaricia seu estômago. Minha respiração saía feito rajadas de vento. Não me era estranha a sensação de ser teletransportada, já deveria estar habituada, mas a tensão em meus músculos e o aperto no meu peito me diziam para ter cuidado.

Como de costume, os outros ainda permaneciam deitados. Franzi o cenho ao notar que só havia cinco corpos; por algum motivo, Odilon não chamara todos os jogadores de uma vez, como nos outros desafios. Apertei os lábios, nervosa, porém me acalmei ao ver que Kaira também estava ali. Nós havíamos jogado juntas até o momento, e odiaria fazer isso sem ela.

Encarei o chão com um nó na garganta, pois não consegui ver as pedras da arena, como esperado. Em seu lugar, havia sombras escuras que mais pareciam uma neblina amaldiçoada. Ela oscilava nas minhas canelas feito um rio em movimento, fazendo-me pensar que um monstro poderia agarrar o meu pé a qualquer momento.

Meu queixo começou a tremer, um vento gélido penetrando meus poros, o que era estranho, já que o ambiente era rodeado por uma redoma de pedras tão escuras quanto carvão. Em um mundo natural, as paredes nos protegeriam e nos aqueceriam, mas era inútil tentar encontrar lógica em um lugar no qual o frio vinha de dentro e não de fora.

Mas isso não era o pior.

O pior era o *sufocamento* em meu peito por não ver sequer uma passagem para o ar. Estávamos aprisionados, tendo apenas a escuridão, que se balançava em meus pés, como companhia.

— Ele já chegou? — perguntou Kaira, levantando-se do chão, os olhos fixos em um trono sóbrio, mas vazio, no meio do mausoléu onde nos encontrávamos.

— Ainda não — respondi, e nuvens de vapor saíram de minha boca.

— Cadê os outros? — Vincos se formaram na testa dela.

— Eu estava me fazendo a mesma pergunta.

— Vai ver o jogo já começou — sugeriu Davi, já em pé, limpando o embaçado dos óculos com mãos agitadas.

— Sem ele ter ditado as regras? — Kaira estreitou os olhos.

Davi deu de ombros.

— Eu avisei — intrometeu-se Leona, se erguendo. — Vamos precisar matar uns aos outros!

— Sem armas? — perguntou Gael, a sobrancelha arqueada.

Sério que ele tinha que estar aqui?, pensei, irritada.

— E daí? Uma arma é um luxo, não uma necessidade — respondeu ela.

Um rangido ecoou pelo ambiente tenebroso e o chão começou a tremular. Aguardei um monstro sombrio aparecer para nos devorar ou um buraco se formar abaixo dos nossos pés, mas o que surgiu foram apenas cinco cadeiras de pedra. Eram tão escuras como o muro à nossa volta e foram posicionadas bem diante do trono, que, agora, era ocupado por uma figura com olhar indiferente.

Odilon descansou o cotovelo direito em um dos apoios de braço do trono de aço enquanto os dedos tamborilavam no metal, entediados. Ou ansiosos? Era difícil dizer, já que ele não me olhava nos olhos.

— Um segundo sem mim e já estão buscando uma desculpa para se matar? — Ele balançou a cabeça em uma decepção fingida. — Típico de humanos.

Leona se encolheu.

— Enfim, peço que se sentem para começarmos. — Ele apontou para as cadeiras com os dedos longos.

— Cadê os outros jogadores? — perguntei, desconfiada, sem me atrever a fazer qualquer movimento.

— Iniciando o último desafio, assim como vocês — replicou Odilon, ainda sem me encarar. — Nossa dinâmica nesse jogo será um pouco *diferente*.

Nós cinco nos entreolhamos, apreensivos, mas fizemos o que foi ordenado. Escolhi a cadeira que ficava no meio, e finalmente os olhos de Odilon se detiveram em mim. Mas só por um segundo; ele ainda evitava me encarar. De algum modo, parecia temer por mim.

Kaira se sentou do meu lado direito, e Gael — para meu desgosto — ocupou a cadeira do outro lado. Desviei o rosto, sem querer ver nem mesmo sua silhueta.

Eu me retesei, incomodada com a cadeira como se ela fosse feita de farpas, mas ignorei a sensação quando uma rajada de vento, vinda de trás, atravessou nossos corpos como facas afiadas. Me virei para ver o que havia gerado aquela ventania, o que não foi uma decisão sábia.

O que tinha a alguns metros de mim assombraria a minha mente por um *longo* período. Não porque as criaturas horrendas que nos observavam flutuavam como nuvens escuras, oprimindo e sugando todo o resto de vida que ainda tínhamos. Nem porque seus corpos imensos feitos de trevas não possuíam uma forma definida. Mas por causa dos seus olhos... ou da falta deles.

Ao contrário das outras sombras, que levavam paz, aquelas ali traziam apenas o mais profundo pânico. Como poderia ser diferente, tendo buracos negros no lugar dos globos oculares? Buracos que pareciam guardar todo o horror do mundo, que fizeram meu corpo *doer* por encará-los.

Precisei desviar o rosto, incapaz de aguentar a dor adentrando em mim como uma agulha longa demais.

— Eu apresento a vocês as espectrais, minhas aliadas mais poderosas — disse Odilon com um sorriso. — Mas não encarem muito seus olhos. Elas não gostam.

Ele esperou alguma reação nossa, porém todos ainda tremiam muito para falar qualquer coisa.

— Bom, vamos à explicação: hoje jogaremos algo muito simples — revelou ele, cruzando as pernas. — Um jogo da verdade. Ou seria da mentira? — Ele olhou para cima, pensativo. — Bom, não importa.

Ele fez um movimento com a mão e um livro gigantesco, parecido com os que Kaira havia encontrado no primeiro lugar onde dormimos, brotou em sua palma. Os outros jogadores e eu nos entreolhamos, vendo o livro de capa preta não como um amontoado de páginas, mas como uma besta selvagem que poderia nos comer vivos.

Odilon prosseguiu:

— O jogo é baseado em seus sentimentos. Eu farei *cinco* perguntas a cada um e vocês devem me dar uma resposta que, além de ser dita para mim em voz alta, precisará ser escrita no Oráculo — explicou ele, apontando para o calhamaço. — O Oráculo sabe tudo o que já aconteceu e o que ainda vai acontecer.

— Só isso? — perguntou Gael, recebendo um olhar de Odilon que o fez se encolher na cadeira.

— Vocês podem responder com a verdade ou mentir, mas seu objetivo é me *enganar*. — Ele riu, como se a simples sugestão de enganá-lo fosse absurda. — O Oráculo saberá com certeza se a resposta é falsa ou sincera assim que vocês a escreverem. Já eu, terei que adivinhar. O Oráculo servirá como gabarito depois que eu fizer minha aposta. Se eu acertar as cinco vezes, vocês perdem e se juntam às espectrais. Se conseguirem me confundir *uma única vez*, vocês ganham.

Outra ventania se espalhou pelo lugar, e dessa vez lutei contra o ímpeto de olhar para as espectrais. Meu coração dava socos contra o peito, em desespero, só de pensar em virar uma criatura horripilante feita de amargura, que parecia ser capaz de sugar minha alma e fazê-la sangrar.

De algum modo, encontrei a mão da Kaira e a segurei, o que me ajudou a me sentir um pouco menos aflita, a acalmar levemente meus batimentos.

— Antes de começarmos, tenho uma proposta. — Odilon se inclinou para a frente no trono. Seus olhos, focados em mim, continham um brilho opaco de esperança. — Se qualquer um de vocês desistir agora, será bem-vindo ao meu lar e poderá viver da maneira como quiser. Sem sequer trabalhar.

— E a comida? — perguntou Davi.

— Farei com que sejam alimentados onde estiverem.

— E ficar como os residentes? — desdenhei. — Perder toda a minha personalidade?

— Isso acontece com os residentes que tentam escapar do Abismo. Vocês estariam *escolhendo* ficar — explicou Odilon, calmamente. — Portanto, o mesmo não aconteceria com vocês.

Segurei a mão da Kaira com mais afinco, a cabeça girando com as possibilidades. Enganar Odilon parecia impossível, eu mesma falhara em diversos outros momentos, e viver como uma das espectrais seria o mesmo que dar vida ao mais horrível dos pesadelos. Por outro lado, passar a eternidade em um mundo devastado e sem cor não era um destino agradável para alguém como eu.

Não... era?

Encarei os olhos pretos da figura em cima do trono e meu coração palpitou de um modo diferente, de um modo... complexo. Entre mim e Odilon havia um mundo de diferenças, e eu ainda sentia um incômodo ao pensar em como ele não parecia ter empatia pela maior parte das vidas humanas. Só que quando éramos só nós dois...

— O que vai fazer? — perguntou Kaira.

Com olhos atormentados, observei Odilon e me imaginei construindo uma espécie de vida no Abismo, pintando um lugar bonito, como o lago, ao lado dele, tentando convencê-lo a me levar aos lugares mais afastados do seu reino, mesmo que isso significasse aceitar o cheiro de mofo e testemunhar os residentes sendo transformados em cascas vazias.

Talvez não fosse um destino necessariamente ruim, não com Odilon e Kaira ao meu lado, mas não seria a minha vida. E, por isso, lamentei. Lamentei por tudo o que poderia ser bom, de algum jeito complicado, mas que nunca aconteceria, pois eu deixaria aquele lugar de apenas duas maneiras: como um ser da escuridão ou como uma vencedora prestes a seguir para meu verdadeiro destino. Já havia abdicado da minha vida uma vez, e era mais do que suficiente.

Afastei os lábios para responder à pergunta, entretanto, um sussurro chegou aos meus ouvidos, flutuando por uma corrente suave de ar.

Nem mesmo eu poderei poupar você. Por favor.

Os olhos de Odilon eram intensos, não piscavam ao me encarar, e por um instante pareceram implorar.

— Eu vou jogar — respondi, e as sombras tremeram.

XXIII.
Peguem suas penas

— Eu tô fora — anunciou Davi, abandonando o lugar ao lado de Kaira.

— Quê? — disse minha amiga, engolindo seco. — Você vai desistir?

— Foi mal. Não posso arriscar ser transformado *naquilo*. — Ele balançou a cabeça, atormentado. — Você podia ficar... comigo. Quer dizer, vocês não têm chance.

Suas palavras desceram como chumbo até o meu estômago.

Kaira hesitou, mas balançou a cabeça.

— Não vou desistir justo no final.

— Até logo, então. — Davi se despediu com os olhos tristonhos e seu corpo foi consumido por sombras até desaparecer igual fumaça.

Para minha admiração, Kaira permaneceu firme na cadeira.

— Muito comovente — debochou Odilon. — Agora, se não tem mais ninguém, vamos começar. Peguem suas penas.

— Eu não estou com a minha — declarou Gael, emburrado.

— Olhe em seu bolso — avisou Odilon com um revirar de olhos, encarando-o com desgosto.

Gael fez como foi ordenado e, de fato, a pena estava no bolso direito da sua calça. Também peguei a minha e precisei respirar fundo para minha mão se estabilizar e eu conseguir manter a pena firme nos dedos. Foi uma tentativa inútil, claro. Quando o livro com a capa envelhecida se materializou no meu colo, a tremedeira voltou com tudo.

— Diga-me, Celina: quem você mais odiou no mundo dos vivos?

Franzi as sobrancelhas, olhando para a figura no trono sem saber o que fazer. A pergunta abrupta não tinha sentido algum e minha cabeça deu voltas, como pássaros se perseguindo. Contudo, o livro se abriu em meu colo com brusquidão e um farfalhar de páginas, esperando que eu preenchesse suas folhas em branco.

— Eu não... não odiei...

O Oráculo em meu colo de repente pareceu pesado demais. O livro tinha cheiro de páginas velhas e poeira, de modo que tive que me controlar para não espirrar.

Um vento destruidor me atravessou, fazendo minha alma tremer e todos os meus pelos se eriçarem de uma só vez. Mal conseguia manter meu maxilar parado, precisei cerrar os dentes para não acabar quebrando-os. Pouco a pouco, minhas veias pareceram congelar por causa do ar que vinha em minha direção como um monstro prestes a me matar. Olhei para trás, sem conseguir me conter.

Lentamente, uma figura espectral avançava na minha direção, emanando uma aura pesada que penetrava até nos recantos mais profundos da minha alma. Sua presença era como a encarnação de um pesadelo, um espectro feito de dor, que produziu em meu coração o efeito de um tambor. Eu me aprumei na cadeira, cada fibra do meu ser me pedindo para fugir.

— Por que ela tá vindo atrás de mim?!

Odilon não respondeu, e a espectral não parou.

— Faz ela parar!

Nada. O pânico se espalhou por todo meu corpo e eu segurei a pena com uma força que certamente destroçaria um objeto comum.

— Eu já disse... eu não odiei...

Minhas articulações começaram a doer, meu corpo prestes a congelar por inteiro.

Merda, merda, *merda*!

— Minha mãe e... meu pai! — berrei enfim, escrevendo no livro. — Eles me abandonaram! É isso o que você quer ouvir?!

O peso das minhas próprias palavras fez com que eu me retraísse, assustada com o egoísmo que havia expressado, mas o ser horripilante parou de se mover. Imediatamente, uma onda de alívio se espalhou por todos os meus membros. Era como se, aos poucos, o sangue tivesse voltado a percorrer minhas veias. Como se o gelo enfim derretesse.

— Verdade — disse Odilon.

Olhei para o livro e a mesma palavra surgiu ao lado de onde eu havia escrito os nomes dos meus pais. Desejei berrar de frustração. Não tinha conseguido enganá-lo, nem sequer tentara! Como poderia, com o pânico assumindo meus pensamentos? Bati o livro com ódio.

Isso não podia mais acontecer. Simplesmente não podia!

Um peso sumiu do meu colo e, quando me abaixei para olhar o livro, não o encontrei. Já estava nas mãos de outro jogador. Nas mãos de Kaira. Rezei para que, se houvesse mesmo um Deus no Paraíso, ela se saísse melhor do que eu.

— Em algum momento, você sentiu alívio por não ter mais uma irmã? — perguntou Odilon simplesmente.

A boca da minha amiga se escancarou com uma mistura de surpresa e ultraje conforme o corpo dela tinha espasmos causados pelo gelo lancinante. Apesar de não sentir em minha pele, sabia que uma espectral se movia com paciência em sua direção.

— Nunca! Sinto falta dela toda noite, todo minuto, todo *segundo*. Ela era minha vida!

— Mas ela tinha uma doença que drenava suas forças, foi por isso que se desequilibrou do parapeito. E você precisava cuidar *tanto* dela, mesmo não adiantando de nada.

Arregalei os olhos. Kaira não havia dito que sua irmã sofria de doença alguma antes do acidente, e eu quis abraçá-la, afastar todos as sombras que rondavam a sua mente. O rosto dela se contorceu em fúria, e ela escreveu uma única palavra em letras enormes no livro: *NUNCA!*

— Nunca — repetiu ela, o ódio despontando em cada sílaba. — Você é um monstro, e está *errado*.

A espectral também parou de flutuar e me obriguei a olhar para trás apenas para me certificar da distância, pontadas geladas de dor me perfurando. Ela tinha parado um pouco antes da minha espectral, uns três passos, pelo menos.

Certo. Não era tão ruim.

— Mentira — afirmou Odilon.

E, pelo visto, era Kaira quem estava enganada, pois a palavra que apareceu na página do Oráculo a fez tremer como se o ser sombrio ainda a estivesse perseguindo. Ela não discutiu, mas se encolheu depois de o objeto sumir de suas mãos, acariciando os próprios braços.

— Vocês estão tornando isso muito fácil para mim. — Odilon se recostou no trono, confiante, como se nenhum de nós pudesse oferecer desafio suficiente para ele.

Era a vez de Gael.

— Qual o seu maior medo? — perguntou Odilon, os olhos afiados na direção dele.

— Você não pode perguntar isso, seu maldito — reclamou Gael, tremendo tanto com a aproximação da espectral que a pena quase escapuliu de sua mão. — Por causa do primeiro desafio, você sabe a merda da resposta!

— Eu não atravessei a sua porta, garoto. — Odilon continuou a encará-lo, os olhos satisfeitos pelo sofrimento dele. — Não tem como eu saber disso.

A sombra da dúvida passou pelos olhos de Gael, só que ele logo a ignorou, aceitando a resposta da Morte enquanto abria um sorriso confiante demais para alguém que tremia tanto.

— É óbvio que, desde que cheguei aqui, meu maior medo é perder os jogos. — Ele escreveu algo no livro, e a espectral que vinha em sua direção parou de imediato. — Mas não tem problema, eu vou ganhar.

Estalei a língua em desaprovação. As palavras de Gael saíram como se fossem uma verdade inegável, porém não faziam sentido algum. O nosso maior medo devia ter ligação com o mundo terreno, ou seja, era um tanto óbvio que ele havia mentido. Não que eu pudesse julgá-lo. Era difícil pensar com um monstro vindo *devorar* a nossa alma e, diferente de mim, pelo menos ele tentou mentir.

Um brilho de crueldade surgiu nos olhos da Morte, parecido com o da própria foice quando estava perto de cometer alguma atrocidade. Ele se divertia especialmente com a possibilidade de fazer Gael sofrer e não fazia questão nenhuma de esconder isso. Se fosse qualquer outro jogador, talvez eu sentisse pena.

— Mentira — declarou Odilon, confirmando minhas suspeitas.

— Não, não é! — discordou Gael, jogando o livro longe, mas o objeto foi parar nos braços de Leona, que estava ao lado dele. — Esse livro idiota não tá funcionando.

— *Ou* o seu verdadeiro medo é todos descobrirem o quanto você é covarde. Afinal, você tem medo de tantas coisas que seria até cansativo elencar.

Gael cerrou os punhos com um grunhido de raiva, lembrando-me da minha própria teoria durante a nossa luta. Pessoas com atitudes como a dele podiam parecer muito corajosas de início, manejando armas e ferindo os outros com palavras, mas geralmente faziam isso apenas para esconder as coisas feias, *as inseguranças*, que existiam dentro de si mesmas.

— Isso é injusto! Você não pode fazer perguntas se já sabe as respostas, porra!

— Ah, então eu acertei? — Odilon sorriu, malicioso. — Foi apenas um palpite.

Os olhos dele se voltaram para Leona de modo preguiçoso, como se estivesse entediado com o jogo que era obrigado a continuar jogando.

— Por que não deixa ninguém se aproximar de você?

A invasora se remexeu desconfortável em sua cadeira, o rosto se transformando em uma carranca. Apesar dos tremores, não parecia amedrontada. Apenas irada.

— Porque *odeio* pessoas — rebateu ela, as palavras saindo tão facilmente como as ditas por Gael, e ela as escreveu com uma força desnecessária, que, sem dúvidas, teria rasgado uma página comum.

— Mentira — declarou Odilon. — Não vejo ódio em você, só angústia, embora eu não saiba o porquê.

Leona encarou o livro com algo entre ira e aflição, os olhos fixos parecendo buscar respostas nas páginas e as pernas trêmulas fazendo o livro balançar. Apesar de estar cercada de pessoas, a sombra nos seus olhos demonstrava que ela se sentia mais sozinha do que nunca.

Pela primeira vez, senti alguma compaixão por ela, porque mais uma vez Odilon havia acertado.

Novamente, um peso recaiu sobre mim, o livro de novo em meu poder.

XXIV.
Uma resposta ambígua

— Por que você abomina o Abismo?

Fechei os dedos com força ao redor da pena, meus ossos congelando dentro do corpo e os dentes batendo tanto que pensei que não poderia impedi-los de se partirem. O pior era que Odilon sabia a resposta para a pergunta. Eu nunca poderia gostar de um lugar com construções destruídas, árvores mortas e cores apagadas. Nós já havíamos falado sobre isso, o que me fez questionar o quão justo era aquele jogo.

Mas talvez...

Uma resposta ambígua pudesse confundi-lo.

— Porque eu não me sinto em casa — respondi, esperançosa e agradecida pela espectral não ter se movimentado tanto. Com tranquilidade, anotei as mesmas palavras.

— Mentira.

Inclinei o rosto para o livro, sentindo minha esperança ser destruída como um jarro jogado contra a parede: de uma só vez e com cacos voando para todos os lados. Porém, não entendia o que havia me feito perder, pois os motivos se confundiam. Era verdade que eu desprezava a ausência de vida no reino da Morte, mas *também* era verdade que eu não me sentia em casa ali.

Como Odilon podia dizer que era mentira? E pior, como o Oráculo podia *concordar* com ele?

— Você só o abomina porque vê nele o que viu em si mesma — disse ele conforme meu coração se encolhia no peito. — Algo devastado, feio, apagado. Era como se enxergava, não? Talvez ainda ache isso.

Segurei o livro com fúria até meus dedos ficarem brancos como os fios de cabelo de Odilon, mas logo o calhamaço desapareceu, deixando-me apenas com um sabor amargo na boca, um gosto de ódio e desespero. E outros sentimentos que não conseguiria listar, pois o que ele havia dito era a mais pura... verdade. Eu só não queria encará-la.

Na realidade, existia mesmo uma espécie de abismo dentro de mim. Algumas partes eram tão desagradáveis que eu evitava olhá-las e outras lutavam para se sustentar com as forças que ainda tinham. Era como se eu carregasse um terreno acidentado, com alguns lugares ainda belos, e outros completamente destruídos. Aquele reino era um lembrete do que eu achava que havia de errado comigo, mas não precisava mais ser assim. Se me fosse dada a oportunidade, aprenderia a lidar com ambas as partes — a bela e a feia, a boa e a ruim.

Um peso enorme recaiu sobre meus ombros: eu só tinha mais três chances. Três chances para escapar do Abismo. Três chances para encontrar o lugar ao qual eu realmente pertencia.

Só. Três. Chances.

A segunda rodada também não foi favorável para os jogadores ao meu lado. Odilon era ardiloso e um observador exímio. Não me surpreendia, afinal, quem poderia conhecer a natureza humana mais profundamente do que ele? Todos os outros pareciam arrependidos de não terem agarrado a chance de ficar naquele mundo, até mesmo Kaira, que deixou sua pena cair em meio ao rio de sombras no chão de tanto horror que sentiu quando a Morte lhe perguntou por que gostava tanto de ler. Uma pergunta cuja resposta acreditei ser simples, mas que fez os músculos dela se tensionarem.

Demorei um tempo para entender que se, para alguns, a ficção era um lugar para se distrair, para outros, era uma saída. O único jeito de colocar uma redoma entre si e o peso do mundo real.

Gael, por outro lado, perdeu toda a cor do rosto quando Odilon mencionou a sua mãe. Por mais que ele tenha respondido à indagação com rapidez e uma postura atrevida, todos perceberam como ele segurava o livro com força. E Leona havia se saído tão mal quanto o resto de nós, respondendo ao questionamento que lhe fora direcionado de modo rápido e mecânico, como se já tivesse perdido as esperanças.

O calhamaço retornou para as minhas mãos e o medo apertou um nó em torno do meu estômago, porque as perguntas eram jogadas com uma rapidez que me impedia de refletir e eu não sabia o que faria se perdesse mais uma rodada. Pensar que poderia virar uma espectral, perder tudo o que sempre fui...

Se acalma!

Respirei fundo e concentrei todos os meus esforços em assumir uma postura neutra. Relaxei os músculos do rosto, do corpo e até mesmo minhas mãos. Odilon podia ser a Morte, mas eu já havia percebido que boa parte de seus palpites eram baseados na nossa forma de agir. A maneira como me recusei a responder, como Kaira negou prontamente, como Gael sorriu ao ser questionado e como Leona fora intensa demais em sua primeira réplica.

Não era apenas um jogo de verdade ou mentira, mas de manipulação. Um simples movimento dos lábios, um olhar empolgado, um tremor a mais... qualquer coisa poderia colocar tudo a perder.

— Qual é o seu maior arrependimento?

Não precisei olhar para trás para saber que a espectral avançava até mim de novo. Apesar do pavor que corroía minhas veias e do suor frio que fazia a pena escorregar na minha mão, eu me mantive ereta e refleti sobre a pergunta. Era difícil, *muito* difícil, já que eu tinha uma grande coleção de coisas das quais me arrependia. Mas qual seria a maior delas?

Engoli em seco, pois a criatura continuava se aproximando. Senti como se meus ossos fossem mergulhados em gelo. Tensionei os músculos em uma tentativa de impedi-los de tremer quando, de repente, uma ideia iluminou minha cabeça.

Lembrei-me de como odiei cada marca do meu corpo com tamanha força, como foi doloroso observar as chamas destruírem a casa na qual morava, como sofri ao segurar o peso do corpinho de Vin sem vida. E deixei todos esses sentimentos me tomarem até preencherem cada uma das minhas células, pois eram reais e contribuiriam para o meu teatro.

— Ter... — pausei, olhando para o nada — ido em direção ao incêndio.

Diga que é verdade, implorei.

— Mentira — respondeu Odilon, mal conseguindo conter a risada. — Sua performance foi muito divertida, mas nós dois sabemos que seu maior arrependimento é o único possível para uma artista.

Cerrei os punhos.

— Não ter pintado o suficiente — prosseguiu ele, e havia algo triste em seus olhos. — Ter se perdido nas necessidades dos outros a ponto de ignorar seu sonho.

Se meu coração fosse de vidro, talvez tivesse se quebrado em várias partes com as palavras de Odilon. Pisquei para afastar qualquer lágrima que pudesse me ameaçar, mas o peso de ter desistido das coisas que me eram mais importantes recaiu sobre os meus ombros como uma tonelada. Porque a vida era uma só e eu havia desperdiçado a minha da pior forma possível. Antes de morrer, acreditava que meu maior arrependimento seria pelas coisas ruins que fizera para os outros. Mas não. O maior arrependimento era por todas as vezes em que não fiz nada por *mim*.

Desviei o rosto, sentindo a fúria se contorcer como uma cobra na minha barriga, e o livro já não estava mais em minhas mãos, mas sim nas da Kaira.

Só me restavam duas chances.

— Por que emprestou sua jaqueta a Lina? — perguntou Odilon, e minha amiga se empertigou de imediato.

Franzi as sobrancelhas, sem entender como a pergunta poderia ser usada contra ela, e torci para que conseguisse enganá-lo de alguma maneira. Pelo menos, alguém — com exceção de Gael — merecia ganhar e ver o que havia atrás do espelho. O que havia no *final*.

— Bem — respondeu Kaira, hesitante —, ela parecia estar desconfortável.

A Morte sorriu, erguendo uma sobrancelha cética.

— Eu só quis ajudar — concluiu ela, traçando as palavras na página do livro, embora sua mão tremesse mais do que qualquer parte do seu corpo.

Balancei a cabeça, lamentando o fato de ela não ter tentado enganá-lo. A aproximação de sua espectral já devia estar abalando sua cabeça e impedindo-a de armar uma estratégia. Daquele jeito, todos nós iríamos perder.

— Mentira.

Eu encarei minha amiga com vincos na testa.

— Não — replicou Kaira. — Lina, *não* é mentira.

— Você sentiu pena, não foi? — perguntou Odilon, os dedos tamborilando no metal do trono. — Achou as marcas feias o bastante para emprestar seu casaco, apesar da ventania.

Kaira balançou a cabeça, mas, assim que o livro desapareceu de suas mãos, eu soube que ela se compadecera pela minha pele áspera e cheia de texturas, que em algum momento até a encarara da mesma maneira que todos os outros: como uma coisa monstruosa. Uma mágoa ameaçou pintar meu coração com tinta escura, mas balancei a cabeça, afastando aquele pincel.

Quando cheguei ao reino de Odilon, achei as cicatrizes horríveis demais para encarar. Quis escondê-las ou cortá-las fora. Eu me odiei tanto que senti que as tinha havia muito tempo, como se tivesse lutado contra as marcas por anos, e não como se tivesse acabado de acordar com elas. Era um ódio profundo, do tipo criado ao longo do tempo e não que surgia do nada. Mas, em algum momento, passei a enxergá-las não só pela aparência, mas pelo significado: eu continuava existindo.

Eu me mantinha de pé, assim como o Abismo ao meu redor.

— Não culpo você — sussurrei para Kaira, e era a verdade. — Se concentra para confundir ele da próxima vez, tá?

Ela assentiu e seus membros relaxaram. Kaira podia ter achado as cicatrizes difíceis de olhar, como eu mesma achara, porém nunca havia usado isso para me magoar nem me tratara como os outros jogadores. Eu não podia esquecer que, naquele jogo, Odilon era o meu maior inimigo. E o que um inimigo fazia, além de tentar te afastar de seus aliados?

XXV.
Vejo vocês do outro lado

— Eu desisto! — gritou Leona, de repente, as mãos puxando os cabelos. — Não quero mais jogar, ok? Eu aceito ficar no Abismo!

Odilon riu como se tivesse ouvido uma ótima piada; sua risada ecoou por todo o ambiente até se transformar em um eco assustador que fez as sombras dançando nos meus pés se agitarem ainda mais.

— Você já teve sua chance, garota.

— Seu *desgraçado*! Isso não é justo!

— Talvez sim, talvez não... O que importa é que você concordou com os termos.

A tensão se alojou no espaço como um vírus, deixando meus membros novamente enrijecidos. Com só mais duas rodadas restantes, todos já se remexiam nas cadeiras e as espectrais estavam *muito* perto. Mesmo quando a pergunta não era para mim, sentia a dor do frio me alcançar. E sentia o pânico também. Porque me transformar em uma delas seria um tipo de fim doloroso de encarar.

O livro retornou para as minhas mãos e, dessa vez, não esbocei nenhuma reação. Já aguardava por ele, e agiria diferente. Para vencer, precisava não apenas saber manipular. Precisava ser sincera comigo mesma para só então levar Odilon à hipótese oposta, para saber exatamente como guiá-lo ao erro. E, mais importante do que tudo isso, não podia *de jeito nenhum* entrar em pânico.

— Você acredita que ainda pode encontrar o amor?

Eu me retesei na cadeira, com uma careta de dor no rosto, lutando contra a presença do ser que vinha ao meu encontro. Bastaria poucos passos para a escuridão conseguir me tocar e me transformar em uma de suas filhas, mas dei tudo de mim para não vacilar. Sem desviar os olhos, pensei com cuidado na questão, com *muito cuidado*. Já havia aprendido que responder com rapidez não levava a nada. Por outro lado, a espectral continuava se movendo...

Foco, Celina!

A pergunta era tão abstrata quanto o próprio conceito de amor, subjetiva o bastante para soar como uma armadilha. Meu impulso original seria dizer não, mas a verdade era que uma faísca em meu peito ainda tinha esperança e acreditava que poderia viver aquele tipo de sentimento com alguém. Alguém com quem eu poderia dividir tudo, que daria uma opinião sincera, mas gentil, sobre minhas pinturas, e que não detestaria as marcas do incêndio. Que me conheceria tão profundamente quanto eu mesma, ou talvez até mais.

Balancei a cabeça para afastar o rosto de traços afiados que me veio à mente, refletindo um pouco mais sobre a questão.

Afinal, seria o amor algo que pudesse ser encontrado? Não. O amor era *construído*. Pensei em Kaira, sentada ao meu lado, compreendendo como, ao longo dos desafios, ela foi se tornando especial até preencher um espaço significativo em meu coração. Como eu precisei abrir espaço e deixar cair alguns muros para ela entrar.

Então, se eu desejava encontrar o amor? Sim.

Mas ele podia ser encontrado? Não.

— Eu não acredito — respondi, neutra, escrevendo as palavras no livro.

Deixei um alívio de suspiro sair quando a angústia causada pela espectral parou de me atacar, mas não consegui me sentir relaxada, pois o ar ao meu redor estava mais denso. Escuro. Com uma viradinha praticamente imperceptível, olhei para trás e meus olhos quase saltaram ao encarar uma sombra ondulante, apenas uma parte da figura sinistra.

Ela estava perigosamente perto.

Não, não, *não*!

Torci com todo meu ser para a brecha mínima de significados ser o bastante. Porque se não fosse... não sei se conseguiria responder a mais pergunta alguma antes de aquela coisa fincar seu controle sobre mim até minha essência desaparecer e sobrar apenas desespero.

Por isso, foi difícil não me animar — não demonstrar *nada* — quando a sombra da dúvida perpassou o rosto de Odilon. Desejei pular de alegria ao vê-lo levar a mão ao queixo, pensativo; não fiz nada disso, porém. Não movi um dedo sequer nem desviei meu olhar do dele, que me encarava como se eu fosse uma história com páginas ocultas que ele queria desvendar.

Odilon refletiu mais um pouco. Eu me segurei na cadeira.

— Verdade — concluiu ele, confirmando a palavra que surgiu no livro e destroçando minha expectativa. — Há realmente uma linha tênue entre acreditar e desejar. Engraçado, não é?

A pena dourada estalou pela força com a qual a apertei.

Só mais uma tentativa.

E eu precisaria ser rápida.

Odilon se voltou para Kaira.

— Você retornaria para o mundo dos vivos agora, se eu permitisse?

Quem não voltaria? Era uma pergunta injusta, pois a resposta era só uma. Entretanto, assim como eu, Kaira firmou o corpo na cadeira e não esboçou qualquer emoção, considerando o melhor modo de responder. Foi difícil não gritar para ela correr ao ver a espectral começando a ultrapassar o lugar onde a minha havia parado e se aproximar perigosamente da minha amiga.

— Sim — respondeu ela. — Preciso cumprir uma promessa.

Odilon a encarou com atenção. Meu coração bateu forte no peito pela pausa, mas a resposta veio um segundo depois.

— Mentira. — Um suspiro decepcionado escapou da garganta dele.

Kaira não argumentou, e eu quis abraçá-la ao imaginar o tamanho da dor que devia sentir por perder a Júlia, a ponto de não desejar estar em um mundo sem ela. Uma dor que tirou até mesmo sua vontade de voltar a viver, algo que eu aceitaria sem hesitar apenas para fugir do pesadelo em que nos encontrávamos.

Gael murmurou um xingamento. Sua espectral ainda estava longe, mas sua burrice o levaria à derrota da mesma maneira — ao menos, era o que eu pensava. Por achar que responder rápido e com uma expressão convencida poderia enganar alguém, ele se afundava sem nem tentar nadar.

— Por que você fere mulheres?

Os lábios de Gael se alargaram.

— Porque algumas merecem — rebateu ele, me deixando com vontade de pegar a pena da sua mão e enfiá-la na sua jugular.

— Mentira — respondeu Odilon, para a minha surpresa, e Gael deu um soco na capa dura do livro.

O barulho reverberou pelos muros de pedra.

— É porque elas te fazem lembrar alguém — afirmou Odilon calmamente, os dedos acariciando o apoio de seu trono. — A mulher que feriu você.

— *Cala a boca* — grunhiu Gael, mas não com fúria. Havia dor em seu tom.

— Perdão, não quis te chatear — disse Odilon com um sorriso zombeteiro. — Foi só mais um palpite.

Suas pupilas, tão escuras como o rio de névoa que deslizava por nossos pés, se voltaram para Leona, e eu arquejei. Tracei a forma da pena dourada com os dedos inquietos enquanto meu pé batia no chão tão rápido quanto meu coração dentro do peito. Forte o suficiente para doer.

Eu seria a próxima.

Contra todos os meus instintos, olhei para trás. A ansiedade fazia meu coração martelar o peito e eu *precisava* me certificar da distância para saber exatamente quanto tempo ainda tinha. Meu peito se comprimiu tão logo meus olhos encontraram os buracos pretos da criatura, e pontadas de dor viajaram pelos meus membros, me machucando da pele aos ossos.

Desviei o olhar, o suor escorrendo pela testa. Cerrei os punhos até minhas unhas afundarem na palma da mão. A espectral estava parada a dois passos da minha cadeira. Bastava que ela estendesse o longo braço e eu seria reduzida a nada, ou pior, a algo *horrendo*. Um braço para tudo ir por água abaixo em uma cachoeira de arrependimentos, perdas e desilusões.

E eu morreria afogada nela.

— Você acredita que pode me enganar? — perguntou Odilon a Leona.

Minhas unhas se afundaram mais na carne, pois o ser feito de trevas flutuou em direção à garota, ficando a poucos metros de distância dela.

— Qual o ponto de responder, se vou me tornar uma delas de todo jeito?

Odilon esperou, sem demonstrar emoção, os dedos batucando o apoio do trono como se estivesse até sentindo tédio. A espectral chegou até as costas da Leona, mas ela apenas abraçou o próprio corpo, tremendo de forma incontrolável em uma série de espasmos, presa demais ao horror para responder.

— Só fala alguma coisa! — berrei.

— Por quê?

O ser sombrio lentamente ergueu o que parecia ser um braço esquelético formado por sombras. Seus ossos se sobressaíam de forma anatomicamente impossível, eram tortos e embaralhados, moldados por uma escuridão que fez todo o sangue se esvair do meu rosto.

— Nós perdemos no momento em que decidimos jogar — concluiu ela.

Apertei as bordas da cadeira com toda a força para controlar o ímpeto de puxar meus cabelos. A mão caveirosa da criatura estava a centímetros da cabeça de Leona, que movia o corpo para a frente e para trás, descontrolada.

O toque da escuridão a encontrou como a faca de um assassino encontrando sua vítima. Não era uma escuridão pacífica, como quando se estava prestes a dormir e a suavidade do escuro te envolvia, mas sim uma escuridão repleta de solidão, mágoa, dor e... *sofrimento*. O mais profundo sofrimento.

E foi nisso que a jogadora se transformou, seu corpo sendo consumido por chamas pretas a fizeram parecer uma bruxa queimada na fogueira. Um grito lancinante, que fez com que eu me contorcesse de agonia, escapou de sua garganta. Sua pele, seu rosto, sua alma... tudo se desfez.

Leona virou uma espectral.

Eu me encolhi na cadeira, desejando me esconder em mim mesma, mas era impossível.

Porque era minha última chance.

XXVI.
E o que eu deveria te perguntar?

Os olhos de Odilon se detiveram em mim e sua boca se abriu, mas se fechou logo em seguida. Se ele não fosse uma divindade conhecida pelo caráter cruel, diria que estava hesitando em fazer a última pergunta por medo de a criatura atrás de mim conseguir me alcançar. Não havia mais tédio em sua postura, nem o deboche com que tratava os outros jogadores. Só havia ele.

Naquele instante, prestes a me fazer a última pergunta, Odilon poderia até se passar por um mísero humano. Seu rosto refletia minhas dúvidas e, embora deixar seu lar fosse meu maior desejo, seus olhos pretos me faziam *quase* vacilar. Quase desejar permanecer.

Um sorriso melancólico cresceu nos lábios dele, assemelhando-se muito ao de alguém que precisava dizer adeus. Uma lamúria baixinha ecoou ao meu lado, mas não conseguiria olhar para Kaira e ver o sofrimento que lhe causava. Se fizesse isso, perderia toda a coragem.

Concentrei meu foco apenas em Odilon. Nas maçãs definidas do seu rosto, no seu olhar penetrante, nas vestes de sombras que se moviam com alguma emoção desconhecida.

Meu corpo já tremia, mesmo antes de a espectral se movimentar, mas continuei encarando meu inimigo. Um inimigo que se tornara tão complicado para mim quanto eu, para ele. Sorri de modo triste, o que fez a expressão em seu rosto vacilar. Para a minha infelicidade, a pergunta anterior sobre o amor seria o mais perto que eu chegaria de derrotá-lo.

A não ser...

Era arriscado. *Muito* arriscado.

Mas eu ia perder mesmo, não ia?

Odilon tornou a abrir a boca, prestes a pronunciar sua pergunta. Minha respiração ficou tão veloz quanto o vento que soprava das criaturas sombrias, um reflexo da minha pulsação.

— Quero sugerir uma pergunta!

— Isso não está nas regras. — Odilon ergueu uma sobrancelha, me analisando com uma emoção desconhecida, mas eu já tinha assumido uma postura que mascarava todos os meus sentimentos.

— Se é impossível te enganar, então não há o que temer. Certo?

Ele se reclinou no trono, cruzando as pernas, os olhos semicerrados.

— E o que eu deveria te perguntar, minha cara Celina?

— Pergunte o que eu sinto por você — sugeri, vendo um brilho surgir na escuridão de suas pupilas.

Era o único jeito. Uma pergunta subjetiva, que seria enfrentada pela confusão que havia em meu interior. Afinal, qual questionamento poderia me salvar, se não um que eu não fazia ideia de como responder? Um cuja resposta era um mistério até para mim?

Minha única esperança era Odilon tentar ler o caos que havia dentro de mim e ser confundido por ele, assim como eu.

Senti o mundo pausar, as espectrais sumirem, os jogadores desaparecerem. Por um instante, só existia Odilon e a pergunta que deixaria seus lábios em uma sentença final. Meu coração parou, aguardando sem conseguir bater, ou era o que parecia.

— O que você sente por mim?

— Estou apaixonada por você — respondi antes de a espectral erguer seu braço e, com agilidade, escrevi as palavras na página bege.

Fechei o livro com um estrondo, rápido e com uma só pancada, sem me atrever a ler a verdade e correr o risco de, sem querer, entregá-la para ele. Em meus olhos, o desafio ardia como chamas ao fitar a figura à minha frente.

Odilon me encarou demoradamente em resposta, e eu me permiti sentir um fiapo de esperança conforme meu sangue corria cheio de adrenalina nas veias. Ele levou a mão ao queixo, os olhos ainda mais estreitos, tentando captar qualquer nuance. Quanto mais pensava, mais confusa sua expressão se tornava e mais os olhos transpareciam angústia. Com surpresa, percebi que a minha resposta *importava* para ele, que não era apenas um jogo — ou ele não demonstraria tanta vulnerabilidade. Demonstraria?

No silêncio tenso que se seguiu, rugas de preocupação marcaram a sua testa, uma pista sutil da batalha interna que ele travava. Seus lábios, normalmente firmes, agora mostravam uma leve curva de incerteza. Quando eu achava que ele estava chegando a uma conclusão, Odilon voltava atrás logo em seguida. De algum modo, minhas palavras pareciam ter se alojado nele, cravando apenas dúvidas dolorosas em sua alma.

Segurei a pena dourada com força. Seus lábios se abriram apenas para se fecharem mais uma vez. Eu prendi a respiração. Por fim, palavras deixaram sua boca, mas nem em um milhão de anos eu esperava ouvi-las.

— Você venceu.

— Co-como? — perguntei, sentindo todos os olhares em mim.

— Não sei se sua resposta é verdadeira ou falsa — replicou ele, um tanto irritado.

— Você não vai nem chutar?

A conclusão me pareceu estranha, errada. Fácil demais, apesar das espectrais que rodeavam o ambiente e de eu ter chegado muito perto de me tornar uma delas. Fácil demais, apesar dos outros desafios, do quão difícil havia sido aquele último até o momento e de todas as coisas que aconteceram fora deles. Provavelmente porque no fundo, bem no fundo, eu achava que nunca conseguiria ganhar.

— Eu não *chuto*, Celina. Se eu não sei, não respondo.

— Então, acabou? — Arregalei os olhos, sem conseguir acreditar. — Assim, tão simples?

— Você precisa se despedir — avisou ele, sem emoção. — O espelho aguarda por você.

— Eu...

Gael bufou ao meu lado.

— É óbvio que você tá roubando por ela! — acusou ele, o dedo apontado para Odilon. — Não sei o que você tem com esse patinho feio, mas, se vai deixar ela ganhar, é bom fazer o mesmo com todos aqui.

Roubando?

Pensei em dizer coisas nada gentis para Gael, mas o rio de sombras simplesmente subiu pelo seu corpo e se enroscou nele feito cordas escuras, que o prenderam com força. Inclusive a boca. Ele soltou um arquejo de dor enquanto o sangue molhava algumas das bandagens que o cobriam, suas feridas sendo abertas pelas sombras.

— Depois eu me entendo com você — afirmou Odilon, não como uma ameaça, mas sim uma promessa.

Os olhos de Gael se arregalaram, aterrorizados, mas um soluço chamou minha atenção.

Girei para o outro lado e meu coração se partiu em mil pedacinhos ao ver Kaira chorando e tremendo levemente, os olhos já inchados. Sem pensar duas vezes, eu a puxei para um abraço apertado, e ela me segurou como se eu fosse a âncora que a mantinha no lugar em meio à tempestade. Minha ficha caiu: eu teria que deixá-la também.

— É tão injusto — choraminguei. — Você devia poder ir comigo. Nós começamos juntas, você mesma falou.

— A gente sabia como seria desde o início, Lina — respondeu ela com mais um soluço. Meus olhos arderam. — Alguém precisa ver o que tem do outro lado.

— Não, Kaira, *não*.

Balancei a cabeça, sentindo o gosto salgado das lágrimas dela. Ou das minhas, não sabia.

— Achei que perderia você um segundo atrás, mas você venceu. — Ela me soltou e pude ver um sorriso sincero no seu rosto. — Eu estou muito feliz por você, tá bom?

— Mas...

— Vou te encontrar depois — interrompeu Kaira, limpando as lágrimas. — Ainda tenho uma pergunta, não é? Você me deu uma ideia.

Eu apenas a olhei com atenção em um esforço para gravar todos os seus traços.

— "Sem hesitar", lembra? — falou Kaira, evocando as mesmas palavras que eu lhe dissera na noite anterior, e imediatamente senti saudade de seu abraço. Lamentei não ter aproveitado para abraçá-la mais. Parecia que alguns erros do mundo dos vivos estavam destinados a serem repetidos. — E, se você encontrar a Júlia, diga que eu a amo.

Foram suas últimas palavras antes de a minha visão obscurecer e Kaira sumir, como um pássaro desaparecendo em meio à neblina. Mas, em vez de voar, minha amiga mais pareceu cair, e não havia nada que eu pudesse fazer para amparar a sua queda.

∧

Enxuguei o rosto com uma sensação nostálgica por retornar à arena. Anos pareciam ter transcorrido desde o segundo jogo, eu já nem me sentia mais a mesma. Ergui o queixo e olhei em direção ao topo da escada feita de galhos secos e retorcidos, esperando ver Odilon no trono cheio de espinhos, mas ele surgiu ao meu lado e ali ficou, sem dizer uma palavra.

Aproveitei para gravar cada uma das particularidades do Abismo conforme eu me despedia não em palavras, mas em uma espécie de adeus silencioso. O espelho com seus ornamentos brilhantes e sua cor convidativa, a esfera dourada no céu, que tinha uma imponência praticamente celestial, e o chão de pedras coberto por raízes de árvores tão sem vida como eu e os outros jogadores. E, no meio de tudo, uma grande redoma de pedras escuras como carvão se erguia feito uma prisão.

Então nós estávamos na arena desde o início, concluí, sentindo um calafrio só de imaginar Kaira ainda lá dentro.

Odilon, contudo, me distraiu do pensamento, estendendo a mão macia para mim, exatamente como no dia do incêndio. Eu a peguei da mesma maneira: sem hesitar. Com passos lentos demais, ele me guiou em direção ao objeto que me revelaria a verdade, mas agora, com ela tão perto, eu não sabia se gostaria mesmo de vê-la.

— Como vai funcionar?

— Primeiro, você vai descobrir por que sua morte te trouxe para cá. E depois...

Aguardei ele concluir o pensamento, mas isso não aconteceu. Odilon permaneceu em silêncio, perdido nos próprios devaneios.

— E depois?

Uma pausa.

— Depois, o portal se abre e você segue em frente — respondeu ele, sem parar de andar, evitando me olhar.

— Vai ser bonito? — perguntei, apesar de temer a resposta e sentir meu sangue parar só de imaginar um lugar sem vida ou cores.

— Vai ser o que você precisar que seja.

— Eu gostaria de um céu bem vivo. Colorido e iluminado.

— Então eu gostaria de ter o poder de mudar o céu.

— Por quê?

— Porque assim você não sentiria vontade de ir embora — respondeu ele, me fazendo sorrir e até... cogitar.

Não.

— Não é tão fácil.

— Eu sei.

Paramos diante do espelho. Tudo nele era lindo, perfeito, convidativo. Dos ornamentos entalhados em ouro até a moldura brilhante. Esperei ver minha imagem ao lado de Odilon refletida em sua superfície profunda, mas não foi o que aconteceu.

Engoli em seco, a saliva descendo como pedra por minha garganta.

A imagem de uma garota enfaixada por bandagens nos braços e em metade do rosto surgiu na face do espelho. Ao redor dela, havia uma sala pequena e vazia, com a tinta descascada. Reclinada em um sofá velho cheio de rasgos, ela não parecia se importar. Não era a nossa casa incendiada, percebi logo. Do lado da garota, uma mulher esquelética gesticulava, dizendo algo que eu não podia escutar.

— Você pode ignorar a sua morte — disse Odilon em um murmúrio. — Pode só... deixar o passado de lado e ficar aqui.

Cerrei a boca em uma linha fina antes de falar:

— Se eu entrar lá, o portal vai aparecer?

Eu sabia que o que enxergava no espelho não era o portal para o lugar ao qual eu pertencia, ainda não. Era a entrada para uma vida que já tinha passado, a julgar pela garota enfaixada que, apesar de ser idêntica a mim, não estava mais em minha memória. Enfim, descobriria como tinha morrido.

— Ele vai estar bem aqui, esperando você.

O único sentimento que me mantinha disposta e, de certa forma, viva, ainda que morta, era a vontade de continuar avançando. Só assim saberia onde realmente deveria estar. E como diziam no mundo dos vivos: a verdade vos libertará. E era só disso que eu precisava: liberdade.

Apenas por isso, encostei a palma da mão no espelho e deixei meu corpo ser puxado para seu interior.

⋏

— Por que você não pode simplesmente se levantar daí? Não aguento mais, Lina!

As palavras da minha mãe refletiam seu cansaço, perceptível pelas bolsas abaixo dos olhos sem vida e pelos ossos do rosto proeminentes. Não era uma mulher, mas uma espécie de cadáver vivo; ela só não sabia ainda. Seu discurso, porém, não me machucou. Porque não era dirigido a mim. Eu nem estava ali, afinal.

Eu era apenas um sonho, uma figura de outra realidade, observando a situação como alguém que assistia a um vídeo antigo, mas não reconhecia mais as pessoas presentes na filmagem. Porque a garota no sofá não se parecia comigo. Em seus olhos, não havia alegria, mágoa, raiva... nada. Ela nem mesmo pareceu escutar o que a mãe tinha dito. Se escutou, não sentiu nada. Seu estado era feito da mais pura indiferença.

Só que eu sabia que nada ali fora filmado, pois nem o melhor dos estúdios captaria cada pedacinho da casa com tanta excelência, nem as atrizes mais perfeccionistas conseguiriam transmitir o vazio na feição da garota enfaixada. Não. Tudo aquilo era uma memória, embaçada por sombras em algum lugar da minha consciência.

— Se você tentar de verdade, vai melhorar!

Nenhuma reação.

— Por que você tem que ser tão imprestável?

Nada.

— Quer saber? Desisto!

Ela saiu da sala com pisadas fortes no chão manchado, batendo a porta rachada com uma porrada, o rosto indignado. Apenas naquele momento a garota se moveu o suficiente para ver a mulher se afastar. À sua direita, junto do sofá, uma janela minúscula e quebrada — como tudo no cubículo onde estavam vivendo — exibia o céu com infinitos tons de cerúleo iluminando o dia, mas ela não parecia animada com isso; era apenas uma casca sem desejo de olhar para lugar algum. Não era uma pessoa. E muito menos uma artista.

Dei um pulo, assombrada, quando a porta tornou a abrir, e me perguntei se a mãe dela não teria se arrependido. Mas não. Como em um filme, a cena foi alterada e a mulher entrou acompanhada de um homem mais velho com a barba suja.

O sofá havia ganhado alguns buracos novos, a mãe ficara com os ossos ainda mais visíveis e a menina já não utilizava mais as bandagens, pois as marcas em seus membros já haviam cicatrizado. Ela permanecia no mesmo lugar, ainda sem sentimento algum no rosto.

— O que ela tem? — perguntou o velho, franzindo o cenho para a garota que parecia uma estátua sem cor, com ossos demais à mostra.

— Nada — respondeu a mãe.

Cerrei os punhos, vendo-a sumir com o homem pelo corredor, e abracei meu próprio corpo porque foi a única forma que encontrei para consolar o fato de que eu, muito antes do incêndio, deixara de viver para tentar ajudar alguém que não fez o mesmo por mim quando mais precisei.

De novo, a cena mudou. Só percebi isso porque um pincel apareceu em cima da mesinha diante do sofá e a garota tinha os olhos focados nele.

Seu dedo indicador se moveu, me fazendo torcer para ela se erguer e pegar o pincel. Ir pintar alguma paisagem incrível, como amávamos fazer. Mas a garota baixou o dedo. Era demais para ela, notei, sentindo algo que parecia uma pedra entalar na minha garganta.

Sua paixão pela arte esmaecera, e a urgência que sentia antes ao encarar um pincel era agora uma lembrança distante que nem parecia mais real. Então, ela simplesmente não via sentido em pegá-lo. Na verdade, nem teria forças para fazer isso. Além do mais, os dias eram sempre os mesmos, então por que tentar? Ela não sentia nada, não via mais encanto nas paisagens, e uma pintura só serviria para deixar isso mais evidente. Porque ela era como uma tinta podre fadada a danificar a tela até acabar com a obra inteira.

Entendi por que a garota nunca mais tocou no pincel. Mesmo assim, doeu em cada cantinho do meu corpo. Também entendi o que acontecia em sua mente quando decidiu reunir todos os remédios que havia recebido de um homem no hospital, que mal se importou em encará-la ou conversar com ela. No fim, as pílulas não seriam apenas um alívio, e sim a única saída para a angústia que a devorava.

Tudo fazia sentido agora.

O incêndio apenas terminara de quebrar o que já estava rachado dentro dela, sendo o combustível para tudo o que já escondia, como gasolina jogada em uma centelha de fogo. Pensei nos cortes que Maia havia me mostrado, antes do baile. Pensei na morte da irmã da Kaira e em como isso a afetou.

Todos já enfrentávamos uma dor profunda muito antes dos jogos e, em algum momento, o peso foi grande demais para aguentar. Fomos esmagados por ele.

Encarei a menina no sofá, a lembrança de seu sofrimento vívida em mim. Quis berrar para ela escolher viver. Quis avisar que podia não parecer, mas ela ainda voltaria a amar pintar. Quis dizer que ela não era uma peça quebrada ou uma tinta estragada. Na verdade, só precisava de ajuda, e não tinha nada de errado nisso.

Mas não adiantava mais. Porque eu era a garota e ninguém havia me dito isso. E porque vê-la de longe *nunca* seria como estar dentro dela, vivendo cada dia como se fosse o mesmo, enfrentando uma infelicidade tão profunda a ponto de me perguntar se algum dia fui mesmo feliz.

Eu me despedi com lágrimas escorrendo pelo rosto, a culpa me corroendo um pouco por deixá-la assim, como todos tinham deixado, mas o espelho se materializou diante de mim, me convidando a abandonar aquela memória e seguir para o meu destino.

Por mim e por ela, eu faria isso.

Apoiei a mão na superfície polida e, no segundo em que fiz isso, a garota no sofá se virou em minha direção. No entanto, os olhos que me encararam não eram verdes como os que havia em meu rosto, mas escuros feito as sombras do Abismo. Quando os lábios dela se abriram, compreendi que era o próprio reino da Morte me deixando uma mensagem.

Tudo será diferente, Lina.
Então, fui levada.

XXVII.
Sinto muito

Um nó se afrouxou na minha garganta assim que avistei Odilon me aguardando do lado de fora do espelho com um olhar preocupado. Estava aliviada de poder voltar para ele, pois jamais iria embora sem antes me despedir. Seus braços se abriram, e eu o abracei por inteiro, deixando o ar gélido me acalmar e me despedindo em pensamento. Porque seria nosso último encontro.

Abri levemente os olhos, gravando cada detalhe e a sensação reconfortante de seu abraço para poder lembrar não importava para onde eu fosse. Bom ou ruim, injusto ou não, havia algo em Odilon que me entendia como ninguém jamais entendera. Ele me apertou mais, me envolveu mais e inspirou meu cheiro como se fosse a última vez que o sentiria.

Se um abraço pudesse impedir alguém de deixar um lugar devastado, seria o dele. Ainda assim, não pude evitar um leve incômodo, como uma pele solta no canto da unha, ao encarar o globo de pedras a alguns metros de nós.

— Então, eu… Quer dizer, nós… — murmurei, sem deixar o conforto dos seus braços.

— Sim — respondeu ele.

— Então… por quê? — Franzi o cenho e só então me afastei. — Já não sofremos o bastante? Por que fazer isso com todos nós?

Odilon me encarou com suavidade e algo que parecia... pena, mas também resignação. O olhar de alguém que sabia que não podia alterar o destino, então preferia não se incomodar com ele.

— Até eu preciso seguir algumas regras.

— Não é justo. — Balancei a cabeça, sem saber se acreditava em suas palavras.

— Nada na vida é.

— Mas você poderia mudar as coisas. Escolher não fazer parte disso.

Escolher não machucar pessoas que já foram machucadas demais, quis dizer.

— Eu já fui um de vocês — disse ele, a sobrancelha erguida. — Acredite quando digo que a peça de uma engrenagem não pode escolher parar de funcionar.

Meu coração foi atingido pela pontada de uma agulha e, embora não houvesse indício algum de tristeza em Odilon, quis voltar a abraçá-lo. Porque nada daquilo parecia certo. Porque ninguém merecia sofrer em um jogo que valia tudo, mas que mal permitia vitoriosos.

— Você...

— A Morte precisa ter desejado o fim.

Meus ombros murcharam, sentindo um peso novo sobre eles, um peso que me fez lembrar da minha vida antes do Abismo, um peso que eu não aguentava mais suportar. Nunca aguentei. Se Odilon estava dizendo a verdade e éramos todos peças, não havia mais o que eu pudesse fazer e, mesmo se houvesse, não sei se teria forças para travar mais uma luta.

Porque sentia cada milímetro da minha alma esgotada, ansiosa por um pouco da paz que apenas um céu vívido e um mundo tranquilo poderiam me proporcionar. Estava esgotada de confrontos. Já enfrentara o bastante ao cuidar da minha mãe, superar desafios terríveis, testemunhar pessoas sendo apagadas... Agora, eu só desejava um descanso. *Precisava* disso.

Eu me virei para o espelho, que agora não reluzia nenhuma imagem. Em seu lugar, havia um grande círculo brilhante com bordas tão douradas como as do próprio sol. Ele se expandia a partir da superfície do espelho e dava voltas infinitas. Uma sensação boa percorreu o meu corpo, pois a maneira como o portal reluzia me fez lembrar algumas das coisas mais lindas da existência terrena: as estrelas no céu, o brilho das águas cristalinas, vaga-lumes dançando.

Uma melodia ecoou no ar e pude jurar que se tratava de uma das músicas do meu pai, dedilhada no violão enquanto uma garotinha a cantava.

Sorri e meu coração foi preenchido por um sentimento que devia se assemelhar ao de uma larva prestes a virar borboleta. Pois, assim como ela, eu tinha confiança na transformação que o objeto reluzente me prometia. E, pela primeira vez, escolheria a mim mesma — não minha mãe, não Kaira, e nem mesmo Odilon. Por mais que meu coração doesse ao fazer isso, por mais que cada batida fosse um lembrete de tudo a que eu renunciava.

Suspirei, girando sobre os calcanhares para encarar a figura de olhar enigmático que permanecia atrás de mim. Entre nós, havia um universo de palavras não ditas e emoções embaralhadas; tudo isso eu deixaria para trás.

— Obrigada, Odilon — falei com sinceridade, tocando seus dedos esguios, dizendo adeus para o que só ele causava ao me tocar. — Vou sentir sua falta.

— Por favor, não vá — pediu ele, os olhos cheios de um clamor intenso que jamais imaginei ver no seu rosto. — Eu posso tornar este reino melhor para você. Posso te levar a outros lugares bons, como o lago. Ou o que desejar, Celina.

— Você não pode vir comigo? — perguntei com um aperto no peito.

— Não. Eu nunca poderia te seguir para onde você vai.

Vacilei, suspirando. Era o momento de fazer uma escolha definitiva, de optar por prosseguir ou permanecer. Meus olhos se encheram de lágrimas. Por mais que parte do meu coração ardesse pelo sacrifício, não podia continuar ali. *Simplesmente não podia.*

— Eu não quero ser como os residentes, um fantasma de mim mesma — expliquei.

— Eu já disse, você não ficaria assim.

— Sim, Odilon, eu ficaria — respondi, os olhos suaves. Pois sabia que não seguir em frente, de um jeito ou de outro, retiraria o que havia de melhor em mim.

Ele balançou a cabeça.

— Preciso ir. — Eu me desvencilhei dele. — Sinto muito. É isso o que eu desejo. O que eu *preciso*.

Estendi a mão para o espelho com meus olhos brilhando, pronta para tocá-lo e ser transbordada pela paz profunda que sua superfície me prometia.

— Eu também sinto.

A foice reluziu e uma rajada de vento fez meus cabelos voarem, golpeando minha pele e quebrando os galhos secos das árvores. Uma escuridão densa e opressiva se desprendeu do manto de Odilon, como se ganhasse vida própria, e se interpôs entre mim e o espelho. Aos poucos, a massa sombria foi tomando forma, transformando-se em chamas escuras gigantescas que dançavam e crepitavam diante de meus olhos. Estendi a mão, tentando tocar o espelho, mas fui recebida por uma força tão intensa que pontadas de dor gelada percorreram meu corpo.

A sensação avassaladora afetou meus sentidos, deixando-me tonta e desorientada, o sabor amargo de traição na minha boca. Com um gemido, retirei a mão da massa sinistra e as pontadas doloridas desapareceram instantaneamente, como se nunca tivessem existido.

— Você precisa me deixar ir — pedi, consternada, segurando a mão contra o corpo.

— E como *eu* fico, Celina? — perguntou ele. Seus olhos desorientados não sabiam o que focar, mas, de repente, se voltaram para mim. — Como eu fico quando você se for?

— Algumas coisas são como são. Não foi isso o que você me falou?

— Mas por que eu preciso dar tudo e nunca levar nada? Eu não posso roubar nem uma coisa para mim? — Um meio sorriso se formou em seus lábios e o Orbe de Cronos brilhou com intensidade acima de nós. — Bom, na verdade, *eu posso*.

Minhas pernas vacilaram e arregalei os olhos, incrédula pelas suas palavras, que só podiam significar uma coisa: a intenção de Odilon *nunca* fora me deixar ganhar.

Como eu não percebi? Eu me afastei dele, dando alguns passos trôpegos para trás enquanto uma ideia começava a se formar em minha cabeça. Reconsiderei todos os momentos que vivi desde que tinha ido parar no Abismo. Alguns bons, alguns ruins e outros apenas *estranhos*.

Cada lembrança parecia confusa e desconexa, mas, aos poucos, como peças de um quebra-cabeça, elas foram se combinando até completar uma imagem que me fez prender a respiração e arregalar os olhos em completo choque.

A raiva, junto com a mágoa, foi invadindo meus sentidos da mesma forma que a água inundava o corpo de uma pessoa que desmaiara em um mar revolto: de forma rápida e sem chance de voltar atrás. Em um piscar de olhos, compreendi o que estava acontecendo.

Compreendi *o que ele tinha feito*.

— Eu já ganhei o jogo antes, não foi?

— Noventa e nove vezes.

Desabei no chão, minhas pernas tremendo, sem forças para me sustentar, as peças ainda se amontoando na minha cabeça. O lugar que Kaira e eu encontramos, que, por coincidência, tinha livros e materiais para pintura... A indiferença de Odilon quando eu parei o beijo, pois *sabia* que aconteceria de novo... O modo como ele parecia já saber o que eu diria antes mesmo de as palavras deixarem meus lábios, ou como me tocara da maneira exata, como alguém que tivera muito tempo para aprender.

Ele não afirmava saber tudo sobre mim porque era uma entidade poderosa, mas sim porque já me conhecia. Porque tudo aquilo já havia acontecido repetidas vezes.

— Você nunca escolhe ficar — disse ele, triste, os olhos encarando o chão. — E eu nunca sei responder à sua pergunta.

Cerrei os punhos até minhas mãos doerem, acometida por uma fúria que agora preenchia tudo, uma fúria que não me lembrava de ter sentido por ninguém antes, pois era um sentimento forte demais para esquecer e potente o suficiente para envenenar. Desejei machucar Odilon, desejei ir embora apenas para vê-lo sofrer pela eternidade por me fazer viver experiências horríveis e traumáticas incontáveis vezes quando podia ter me deixado partir.

— *Como você pôde?*

Odilon revirou os olhos.

— Por que as coisas precisam ser sempre tão dramáticas quando você descobre? — Os dedos dele se fecharam ao redor da foice.

— Você não pode fazer isso... Você disse que os jogos precisam acontecer ou tudo aqui é destruído. Então, *como?*

— Hum... é verdade. Nem eu posso parar os jogos, mas nunca falei que não poderia repetir qualquer um deles quantas vezes quisesse.

Levei a mão à barriga, enjoada e furiosa com tudo o que saía de sua boca. Era doentio demais, e seus dedos ao redor da foice soavam um alarme em minha cabeça, pois sabia que bastava a lâmina reluzir e eu estaria acabada.

— E qual é o seu plano, Odilon?! — exclamei, intensificando o aperto no meu estômago. — Continuar assim e ser rejeitado pela eternidade?!

— Um dia, vou te fazer mudar de ideia. — Odilon se aproximou, parecendo incomodado pela maneira como eu segurava a mim mesma, e tentou me tocar. — Vou mudar todo o Abismo até você se sentir em casa.

— Mudar? — Eu saí de seu alcance, e ele me lançou um olhar ferido.

— Você não percebeu como alguns lugares são familiares? Ainda não estão perfeitos, mas vou melhorar cada um deles e...

— Não, não vai! — berrei, alto o suficiente para minha garganta arder, meu corpo doendo como se cada uma das minhas fibras tivesse sofrido incontáveis golpes. — Preciso ir, Odilon. Você não entende? *Preciso.* Se eu não seguir em frente, eu...

— Eu vou consertar tudo, meu amor — prometeu ele, um sorriso triste no rosto. — Você vai preferir ficar aqui e não vai mais ter que participar dos jogos.

— Por que... Por que você está fazendo isso?!

— Porque eu te amo. — Sua feição era séria e as sombras tremeram ao nosso redor.

— Como você consegue acreditar nisso?! Como você tem coragem de *dizer* isso?!

— Coragem? Não tem nada a ver com isso. — Um riso sem humor deixou sua garganta, os olhos angustiados fixos em mim. — Acha que gosto de sentir como se uma faca fosse cravada no meu peito só de pensar em você longe de mim? — Ele balançou a cabeça. — A resposta é não, mas isso não importa, porque, como eu disse, não tem a ver com coragem. Tem a ver com *medo*, e o único que eu tenho é perder você.

Desejei pular em seu belo rosto e arranhá-lo inteiro, feito um animal fugindo da jaula, pois era assim que eu me sentia: um bicho preso por alguém que dizia amá-lo.

— Você não se cansa disso? De mexer com o tempo? Não vê que está tão preso quanto eu? — Franzi a testa, os olhos ardendo.

— O que é o tempo, senão uma maneira de fazer com que eu me apaixone por você mais uma vez? — Ele apertou o cabo da foice. — Vejo você logo, logo.

Odilon ergueu a lâmina alongada para o céu e a esfera dourada cintilou por toda a região com um clarão que facilmente poderia ser confundido com o próprio sol.

— NÃO!

A flecha que apontava para cima deu um giro longo no céu, e a flecha que apontava para o lado, pela primeira vez, realizou o mesmo movimento. Quando uma sensação de impotência me invadiu e algo ínfimo na minha consciência se perdeu, como uma lembrança voando para longe, entendi que as duas formas juntas retrocederiam não apenas o tempo, mas também a minha memória. Com horror, lembrei-me do prêmio que ele oferecera aos vencedores do primeiro desafio. A possibilidade de esquecer um medo, de esquecer o que viveram atrás da porta. Ele ia fazer o mesmo... comigo.

Mas eu não esqueceria apenas uma coisa, esqueceria *tudo*.

Suei com o pânico que crescia dentro de mim e fazia minha respiração ficar ofegante. Meu coração batia rápido e furioso, como se quisesse pular para fora. Dentro da esfera, as flechas agora davam voltas incontáveis no sentido anti-horário — como se estivessem em uma corrida frenética, uma corrida que eu sempre perderia.

E, a cada volta, uma parte de mim ia se perdendo em um buraco tão escuro quanto os olhos das espectrais, e as memórias desapareciam uma a uma, sem me dar tempo para tentar pegá-las de volta.

Até só sobrar o incêndio.

Epílogo

Eu me ergui com um solavanco, a cabeça doendo. Olhei ao redor, tentando entender a paisagem onde estava, mas não foi a melhor das minhas ideias. No chão de pedras, tomado por raízes de árvores mortas, havia *corpos*.

Meu estômago se contorceu.

Tentei buscar na cabeça qualquer lembrança de como eu tinha ido parar ali. A última coisa de que me lembrava era...

A princípio, nada me veio à mente, mas logo um vento selvagem invadiu meus sentidos como uma nevasca feroz, me gelando de dentro para fora, e eu senti minhas emoções se embaralharem como um jogo de cartas conforme todas as lembranças voltaram feito uma avalanche.

Recordei não apenas tudo o que acontecera no último jogo, mas *em todos os outros noventa e nove*. Deixei-me ser arrastada por uma memória que brilhava em minha mente do mesmo jeito como deixava a cachoeira me carregar quando era criança, durante os passeios com meus pais.

Todos os jogadores estavam reunidos no salão de baile, mas não havia música, comida ou qualquer sinal de alegria. A iluminação era precária, pois apenas alguns castiçais estavam acesos e os residentes mais antigos do Abismo caminhavam feito fantasmas com movimentos mecânicos e sem vida, os corpos pálidos, como se toda cor houvesse sido retirada deles.

Odilon estava sentado com uma expressão impassível, enquanto obrigava uma das jogadoras, que vestia uma roupa ridícula de palhaço, a diverti-lo de cima de um palco. Precisei estreitar os olhos para ver que era Kaira, lendo uma passagem de um livro qualquer. Raiva me invadiu e tentei chegar até ela, mas eu não tinha controle sobre meu próprio corpo.

Eu era apenas uma memória sendo exibida, incapaz de intervir em qualquer coisa; só podia observar.

— Eu odeio ele — falei, ou melhor, meu corpo falou.

— Quer abaixar esse tom, pelo amor de Deus? — sussurrou uma voz familiar.

Bastou que eu encarasse os fios ruivos do seu cabelo para perceber que era Milo. E, a julgar pela maneira como nos falávamos, éramos amigos naquela realidade.

— Você não vai querer ficar igual àquele cara que irritou ele ontem — disse Milo, e apontou para um homem no canto do salão.

As sombras o escondiam e por isso não havia reparado nele antes. Estudei o seu estado, agoniada. Não por causa do sangue ou da sua expressão derrotada, mas pelas agulhas longas que cobriam diversas partes do seu corpo. Tão afundadas nele que já pareciam fazer parte dos seus membros. Aquilo era... tortura.

Palmas vieram do trono, atraindo meu olhar.

— Muito bom, muito bom. — Odilon encarou o resto dos jogadores. — E agora, quem é o próximo?

Os olhos dele recaíram sobre mim como se, desde o começo, eu estivesse em sua mente. Porém, ele me encarava de uma maneira distinta da que eu me lembrava, dura e impassível, sem sentimento algum.

— Que tal você? — Ele virou a lâmina da foice para mim, a sobrancelha arqueada. — Que habilidade mortal idiota você tem que possa me divertir?

Milo me cutucou e sussurrou um aviso:

— Não faça nada de que possa se arrepender.

— Pode deixar — prometi, lançando um sorriso falso para a Morte.

Caminhei em direção ao palco com passos lentos, atraindo olhares de pena dos jogadores ao redor. No entanto, mantive o queixo erguido e a postura altiva, usando o ódio que sentia como muleta.

— Eu gostaria de criar uma pintura — anunciei.

Com olhos intrigados, Odilon estalou os dedos. Um cavalete com uma tela em branco e algumas tintas surgiram diante de mim. Eu virei a tela para longe dos seus olhos, já que sabia que a sua diversão estaria em zombar da minha arte, e peguei um pincel. Contornei a tela com movimentos rápidos e furiosos, abusando principalmente de tons cinzentos.

Odilon se inclinou no trono, interessado, mas eu estava ocupada demais desenhando o que pareciam... ossos. Não era uma pintura cuidadosa, longe disso, mas logo entendi a ideia central. Era um desenho satírico. A Morte fora ilustrada como uma caveira vestindo roupas extravagantes, um sorriso enorme na face. E, no lugar da foice, uma garrafa de vinho. Como se estivesse bêbada.

Virei a pintura para a plateia antes que o ser no trono pudesse fazer qualquer coisa, e alguns jogadores arregalaram os olhos. Um deles precisou segurar o riso. Odilon, por outro lado, inclinou os lábios em um sorriso debochado.

— Vejo que você gosta muito de ser castigada — disse ele.

A lembrança começou a se dissipar de forma rápida, como uma nuvem de fumaça se esvaindo ao vento. Em seu lugar, emergiu outra memória, uma cena nítida, que assumiu o protagonismo na minha mente. Deixei-me ser arrastada por ela também.

O vento soprava furiosamente os meus cabelos, tornando difícil a tarefa de pintar. No entanto, eu traçava o pincel na tela com animação, empolgada em capturar o Abismo tão pequeno abaixo de nós. Afinal, eu estava em uma montanha tão alta que uma neblina escura envolvia meus pés.

As rajadas de ar aumentaram, carregando algumas folhas e galhos, e a tela na minha frente quase caiu. Precisei segurá-la com uma mão enquanto mantinha o material de pintura no lugar com a outra, tudo isso sem largar o pincel. Um galho ameaçou despencar na minha cabeça e desviei dele com um suspiro irritado.

— Dá para me ajudar ou vai ficar só olhando? — perguntei à figura que se mantinha a alguns passos de distância.

— Que tal um "por favor"? — sugeriu ele, os olhos fixos em mim.

— Você pode, por favor, usar essas sombras assustadoras para fazer algo decente? — perguntei, olhando para seu manto com irritação.

— Hum, eu esperava um pouco mais de gentileza...

— Odilon! — insisti, lutando contra o vento.

— Certo, certo.

Sombras densas e escuras ganharam vida a partir do seu manto de escuridão e nos cercaram até estarmos dentro de uma redoma obscura. O vento não chegava ali, mas a redoma era fria e escura. Acariciei meus braços em uma tentativa de me aquecer.

Odilon tinha um sorriso no rosto, como se gostasse da ideia de estar a sós comigo em uma redoma. Porém, seus olhos ficaram perdidos de repente, atormentados por alguma memória distante. Talvez muitas. Não o incomodei. Apenas aguardei até o vento cessar.

— Parou — avisei, constatando que nada se movia do lado de fora.

— O quê? — perguntou ele, confuso.

— O vento.

Bastou que eu dissesse isso para as rajadas retornarem com ainda mais força. As árvores chegaram perto de cair enquanto todo o resto era arrastado. Por um instante, só o que se ouvia eram os estalos dos galhos despencando e das folhas sendo levadas.

Por algum motivo, ergui o queixo e semicerrei os olhos na direção de Odilon, afiada. Choque cruzou o olhar dele e seus músculos se enrijeceram. A mão dele se moveu com ansiedade, como se desejasse convocar a foice. Tive a certeza de que ele achou que eu o havia descoberto.

— É você — acusei. — Controlando o vento!

Seus músculos relaxaram.

— Você não cansa de me surpreender com a sua inteligência — desdenhou ele.

— Já os seus comentários engraçadinhos me cansam até demais — retruquei, revirando os olhos. — Agora eu posso voltar a pintar ou você prefere manter a gente dentro dessa coisa?

— Bom... Sem dúvidas, eu gostaria de ver a pintura finalizada. — Ele levou a mão ao queixo, fingindo pensar. — Mas a outra opção me parece ainda mais recompensadora.

— Por que eu sinto que você está brincando comigo, hein?

Ele avançou em minha direção e, antes que eu questionasse sua atitude, ergueu a mão e segurou uma mecha do meu cabelo entre os dedos. Minha respiração acelerou, e a escuridão ao nosso redor se intensificou.

— Brincando? — Ele deixou um riso sarcástico escapar. — Acredite, Celina, eu nunca estive tão sério.

Essa memória desapareceu do mesmo jeito que a anterior, como se o vento a carregasse para outros lugares da minha consciência, deixando-a segura, só que outras vieram.

Lembrei-me de conversar com ele em um lugar bonito e de dizer que gostaria de poder chamá-lo por um nome comum, em vez de algo que representasse o fim da vida. Ele se virou para mim e disse que eu poderia chamá-lo como bem entendesse, e meus olhos se iluminaram ao pensar em "Odilon". Lembrei-me de pintar diversas obras de arte, incluindo uma paisagem dentro da folha de um livro, e da seriedade dele ao dizer que manteria todas minhas pinturas em segurança pela eternidade, me fazendo rir do exagero. Lembrei-me de como ele tentou transformar as construções do Abismo em lugares agradáveis para mim, que remetiam a boas memórias do mundo dos vivos, e como ficou frustrado por ver seu próprio reino reivindicando-as, até todas serem arruinadas. Lembrei-me de despertar no castelo em uma noite após um pesadelo que me fez arrancar os cabelos e de Odilon chegando para me confortar, dizendo que tomaria meus sonhos ruins, se pudesse, que aceitaria qualquer barganha. E depois disso nem eu, nem qualquer outro jogador jamais berrou durante o sono. Porque ele pegou todos os pesadelos para si.

Lembrei-me de cada alteração feita após cada jogo para tentar me fazer escolher ficar. O modo como ele parou de castigar os jogadores de formas tão brutais, como mandou os residentes mais antigos para longe, sempre tentando esconder de mim o pior lado do Abismo. Nunca aceitando minha decisão. E recordar tudo isso gerou em meu peito uma fúria tão profunda e devastadora quanto os olhos atormentados das espectrais. Uma fúria que escondeu todo o resto dos sentimentos confusos.

Uma brisa suave percorreu meu corpo, me acalmando. De imediato, as palavras do reino retornaram como uma lembrança vívida.

Tudo será diferente, Lina.

Sim, tudo seria diferente, concluí ao ver uma entidade sombria com olhos ainda mais obscuros de volta ao seu trono, que era tão espinhoso quanto ele próprio. Eu o encarei, fingindo confusão, fingindo não entender como havia ido parar em um lugar tão opaco e destruído, fingindo até me envergonhar das cicatrizes — motivo pelo qual fechei os braços ao redor de mim mesma e joguei o cabelo para a frente do rosto.

— Bem-vinda, *minha* cara Celina.

— Co-como sabe o meu nome? — perguntei, evocando a dose exata de horror, mas, na verdade, estava calma como um lago, porque a leve brisa permanecia comigo, tranquilizando meus batimentos.

Agora entendia que aquela não era a brisa de Odilon, mas sim do Abismo. Quando eu conseguia dormir apenas depois de sentir uma corrente pacífica de ar, quando o vento suave fez a tela balançar, no primeiro desafio, e quando o monstrinho feito de fumaça preta me ajudou, no segundo...

Era tudo o Abismo. E, por algum motivo, eu sentia um pouco da força daquele lugar correndo nas minhas veias, como se eu tivesse sido escolhida; só não sabia para quê. Perguntei-me se Odilon tinha acabado com a harmonia, se tinha passado do ponto, até não poder mais ser ignorado. Ou se havia algo mais.

— Eu sei tudo sobre você — respondeu ele, reclinando-se no trono com um olhar intenso.

Não, eu *sei tudo sobre* você.

Sabia que seu amor se transformara até virar uma escuridão obsessiva, capaz de consumir tudo para conseguir o que desejava. Sabia que ele tinha me obrigado a parar no tempo para enfrentar múltiplas vezes todas as emoções e horrores dos quais eu fugia. Acima de tudo, sabia que ele tinha medo de caminhar sozinho pela eternidade, tendo apenas as sombras como companhia.

Por isso, mais uma vez nós íamos jogar. E, se era realmente aquilo que ele queria, nada mais justo do que jogarmos como iguais.

— Pouco provável — respondi, fazendo-o sorrir.

Agradecimentos

Escrever um livro, muitas vezes, é um modo de confrontarmos nossos próprios receios e medos. Antes de escrever esta história, tive muitos deles, mas, às vezes, precisamos atravessar a porta e enfrentar as coisas que mais nos assombram. Fico feliz por ter feito isso; caso contrário, *O Abismo de Celina* não estaria em suas mãos agora. E é claro que toda jornada se torna muito mais fácil quando temos aliados, pessoas gentis e sagazes, que nos estendem a mão em meio ao caos.

Agradeço ao meu parceiro de vida, Caique Araujo, que me ajudou desde o começo, quando a história de uma garota que agarra a mão da Morte e acaba indo parar em outro mundo era apenas um sonho. Sem seu apoio e amor incondicional, nada disso seria possível.

Aos meus pais, que foram os primeiros a se animarem com as histórias que eu contava quando ainda era só uma garotinha, e até hoje passam horas ouvindo as minhas ideias — sem reclamar, o que é algo considerável.

Às profissionais incríveis que trabalharam neste livro, especialmente Beatriz D'Oliveira e Emanoelle Veloso, pelas sugestões sempre tão perspicazes, e a todos que de algum modo contribuíram para este lançamento.

Aos amigos, também escritores incríveis, que foram um porto seguro quando eu precisava compartilhar alegrias e desabafos. Vocês são absolutamente incríveis e não sei o que eu faria sem seus conselhos.

Por fim, o maior agradecimento de todos vai para os meus leitores que, ao contrário da Celina, gostam da sensação de encontrar a confusão de outras pessoas nas páginas de um livro. Obrigada por terem se apaixonado por essa história desde o princípio e por me fazerem adorar o meu trabalho.

Impressão e Acabamento:
LIS GRÁFICA E EDITORA LTDA.